Brina Starler

Anne
DE MANHATTAN

Tradução
Patricia N. Rasmussen

Principis

Esta é uma publicação Principis, selo exclusivo da Ciranda Cultural
© 2022 Ciranda Cultural Editora e Distribuidora Ltda.

Título original em inglês
Anne of Manhattan

Produção editorial
Ciranda Cultural

Texto
Brina Starler

Diagramação
Linea Editora

Editora
Michele de Souza Barbosa

Revisão
Fernanda R. Braga Simon

Tradução
Patricia N. Rasmussen

Design de capa
Ana Dobón

Preparação
Adriane Gozzo

Ilustração de capa
Vicente Mendonça

Dados Internacionais de Catalogação na Publicação (CIP) de acordo com ISBD

S795a	Starler, Brina
	    Anne de Manhattan / Brina Starler ; traduzido por Patricia N. Rasmussen. -
	Jandira, SP : Principis, 2022.
	    288 p. ; 15,50cm x 22,60cm.
	
	    Título original: Anne of Manhattan
	    ISBN: 978-65-5552-804-6
	
	    1. Literatura americana. 2. Romance. 3. Juventude. 4. Crescimento. 5.
	Amadurecimento. 6. Cotidiano. 7. Amizade. I. Rasmussen, Patricia N. II. Título.

2022-0802	CDD 810 CDU 821.111(73)

Elaborado por Lucio Feitosa - CRB-8/8803

Índice para catálogo sistemático:
1. Literatura americana 810
2. Literatura americana 821.111(73)

1ª edição em 2022
www.cirandacultural.com.br
Todos os direitos reservados.
Nenhuma parte desta publicação pode ser reproduzida, arquivada em sistema de busca ou transmitida por qualquer meio, seja ele eletrônico, fotocópia, gravação ou outros, sem prévia autorização do detentor dos direitos, e não pode circular encadernada ou encapada de maneira distinta daquela em que foi publicada, ou sem que as mesmas condições sejam impostas aos compradores subsequentes.

Para Rebecca,
Este sonho é dedicado a você.
Sempre e para sempre, meu amor, de sua irmã
mais velha, mesmo que de pais diferentes,
Brina

3 de maio
Querido Diário,

Hoje, os gêmeos Hammonds vomitaram em mim. Sim, os dois. A mãe estava na loja, então tive que dar um jeito de colocar duas crianças pequenas no banho, ao mesmo tempo, e lavá-las muitíssimo bem. Foi como travar uma luta em uma banheira repleta de enguias, com elas gritando toda vez que a água caía sobre elas e querendo puxar meu cabelo. Por mais terrível que seja para mim, entendo por que a senhora Hammond precisa "dar um pulinho rápido na loja" o tempo todo.

Este não é, nem de longe, o pior lar adotivo em que morei, mas fazer compras no mercado parece o paraíso… se eu pudesse ir sozinha.

Para sempre cansada,
Anne

15 de junho
Querido Diário,

Bem… Estou de volta ao lar coletivo de Poplar Grove. O senhor Hammond morreu de ataque cardíaco, inesperadamente, segundo a senhora Hammond, mas não tão inesperadamente, se alguém me perguntar. Claro que ninguém pergunta. Mas o médico também não pareceu ficar surpreso, considerando que o senhor Hammond não mudou nem um pouco seu "estilo de vida" desde o episódio quase fatal do ano passado, e a maior parte dos remédios nunca saiu do armário da cozinha. Mas, enfim, voltei para cá porque a senhora Hammond pegou as crianças, as seis, e foi morar com a irmã. O que foi bom, sinceramente. Não queria me mudar para Cincinnati, não mesmo.

Bora assistir àquele brutamontes do Jimmy Saltzer na TV.

Anne

30 de junho

Querido Diário,

Minha nova assistente social disse que encontrou um lar adotivo para mim e que vou me mudar na semana que vem! (Cá entre nós, vai ser um alívio me mudar daqui outra vez. Lillie está chata de novo, voltou a fazer *bullying*.)

Bem… Minha nova casa fica no norte da ilha, em uma fazenda, ou chácara, algo assim. Os donos lá são irmãos, um homem e uma mulher, solteiros e de meia-idade. Devem ter, pelo menos, uns 40 anos, acho. Minha colega de quarto aqui, Dani, acha estranho eles ainda morarem juntos, mas acho legal. Pelo menos eles têm um ao outro. Bem que eu gostaria de ter alguém, um irmão, ou irmã, morando comigo. Deve ser uma sensação boa morar com uma pessoa da família que está sempre ali com você.

Tomara que eu goste de lá.

Dedos cruzados,

Anne

6 de julho

QUERIDO DIÁRIO,

ESTOU NO FUNDO DE UM POÇO DE AGONIA E DESESPERO.

HOUVE UM ENGANO, E OS IRMÃOS NÃO ME QUEREM.

HOJE FOI, DEFINITIVAMENTE, O PIOR DIA.
O PIOR DE TODOS.

CHORANDO MUITO,
ANNE

7 de julho

Querido Diário,

Acho que tive uma reação exagerada quando escrevi aqui da última vez. A realidade é que, à noite, tudo parece pior. Quando está escuro e as sombras circundam minha cama, é difícil pensar em coisas boas. Mas, quando acordei nesta manhã, tudo estava bem. Por um tempo, simplesmente fiquei sentada no banco junto à janela do quarto mais incrível em que já dormi e fiquei ouvindo os passarinhos conversando uns com os outros. Fico pensando no que será que dizem. Bem, agora é melhor eu descer para tomar o café da manhã. Assim posso ter uma ou duas horas para fazer explorações antes de virem me buscar para me levarem de volta a Poplar Grove.

Preciso me apressar!

Anne

7 de julho

Querido Diário,

Vou poder ficar em Green Gables! Marilla e Matthew disseram que querem que eu fique, só para fazer uma experiência. Disseram para eu não me entusiasmar demais, mas estou esperançosa, tão esperançosa! Nem tenho mais palavras para escrever, porque estou tomada de alegria da cabeça aos pés!!!

Exultantemente flutuando nas nuvens,
Anne

5 de agosto

Querido Diário,

Hoje conheci uma garota, Diana Barry. A família dela mora na casa vizinha, se é que se pode chamar de "vizinha" uma casa no meio de um terreno de mais de quinze mil metros quadrados, com um pasto de cavalos entre ela e Green Gables. A amizade foi instantânea! Ela me fez rir tanto, a ponto de chorar. Sabia que seríamos melhores amigas quando ela começou a rir também. Estou feliz por ter feito pelo menos uma amiga antes do início das aulas, daqui a três semanas. Droga... Nova na escola, de novo! Mas parece ser uma escola boa, e Diana estuda lá. Ela disse que não é tão ruim usar uniforme.

Ao menos não terei que me preocupar em tentar disfarçar quão pouca roupa tenho, como tinha de fazer o tempo todo nas outras escolas em que estudei. Às vezes, era uma prova dura para minha criatividade, para ser sincera.

Esperando pelo melhor,

Anne

25 de agosto

Querido Diário,

HOJE CONHECI O GAROTO MAIS ABOMINÁVEL DA FACE DA TERRA. ELE É MEU INIMIGO MORTAL, E VOU ACABAR COM ELE, NEM QUE SEJA A ÚLTIMA COISA QUE FAÇA!

Furiosamente,

Anne

Capítulo 1

Se havia algo que Anne Shirley rebatia com todos os argumentos era que nunca se podia dizer que alguém possuía livros demais. De qualquer modo, era possível que ela tivesse empacotado mais que o estritamente prático quando arrumara as coisas em seu quarto de infância para ir cursar o último ano no Redmond College. Sua mãe adotiva, Marilla Cuthbert, tentara convencê-la a deixar a maior parte da coleção de livros no sótão de Green Gables, seu lar nos últimos oito anos. Mas escolher quais livros deixar e quais levar era uma tarefa interminável. Toda vez que achava que finalmente conseguira separar os livros, ela avistava um na pilha que ia ficar, e depois outro, e mais outro que queria levar.

O resultado foi ter que se esgueirar entre um labirinto de caixas de papelão empilhadas em cada espaço disponível no novo quarto toda vez que precisava de alguma coisa. A bagunça era atordoante; lugares desorganizados apenas adicionavam à sua vida um estresse desnecessário. Era tão bom ver tudo no lugar. Uma das desvantagens do apartamento minúsculo em Hell's Kitchen que ela estava alugando com as melhores amigas Diana Barry e Philippa Gordon era que não havia muitos armários. Quase nenhum, para falar a verdade. A única solução era tentar convencer o senhorio a deixar instalar prateleiras em uma das paredes do quarto, e talvez algumas na sala. E talvez uma no banheiro. Eram muitos livros. Mas isso era um problema para resolver em outro dia, porque naquela noite ela e as amigas estavam encerrando a tarefa interminável de desempacotar a mudança e iam sair para espairecer um pouco.

Era legal estar de volta à cidade com duas das três garotas que ela mais amava no mundo.

A família de Philippa era de Connecticut, e ela fora para lá para as férias de verão, mas Diana e Anne eram de Avonlea, pequena cidade turística nos Hamptons. As duas haviam se encontrado várias vezes nos últimos meses, com exceção apenas das duas semanas de férias que a família Barry tirava todos os anos, quando iam para o sul da França. A maior parte do tempo de Anne, até então, era dividida entre trabalhar na vinícola de Green Gables, ajudando a inspecionar as vinhas com Matthew, irmão de Marilla, e atender na sala de degustação. Perpetuamente solteiro e nem um pouco incomodado com isso, Matthew vivia na casa da família que dividia a propriedade com a vinícola desde muito antes de Anne ir morar lá, com 12 anos de idade. Andar pelos campos com o homem mais velho fora, por muitos anos, uma de suas atividades de verão prediletas; com o tempo, ele acabara se tornando uma maravilhosa figura paterna para ela, e ela não trocaria aquelas tardes nem por cem viagens à Europa.

Apesar de sempre sentir desesperadamente a falta da amiga quando ela não estava, as histórias que Diana contava quando voltava para casa compensavam a ausência, já que Anne nunca saíra da ilha antes de ir para a faculdade.

Embora tivesse passado um verão maravilhoso em Green Gables, Anne apreciava a oportunidade de ter maior variedade de escolhas para sair à noite. Os programas noturnos em Avonlea resumiam-se a restaurantes caros, com toalhas de linho nas mesas e um código de vestimenta, ou a botecos que cheiravam a docas de cais do porto. A cidade era um exemplo perfeito da estranha mistura de antigo e novo, riqueza inimaginável e gente batalhadora, praias intocadas e as cidades turísticas sofisticadas que constituíam os Hamptons.

Afastando do caminho uma pilha de caixas com um resmungo, Anne finalmente conseguiu chegar ao *closet*. As roupas eram a única coisa que ela desempacotara e arrumara. Pegou um vestido guardado desde a primavera e que comprara em uma loja *vintage*. Adorando o contato com o tecido fino de algodão, ela o vestiu e virou-se para puxar o zíper lateral. Era um vestido bonito, branco com bolinhas azuis, sem gola e com mangas brancas cavadas. Era graciosamente acinturado e com saia rodada até acima dos joelhos. Muito confortável, com ar retrô, e, o melhor de tudo, tinha bolsos.

Mesmo depois de quatro anos na Universidade de Nova York e dois no Redmond College, uma pequena faculdade particular localizada nos limites de Greenwich Village, onde ela estava matriculada no curso de pós-graduação, as infinitas maravilhas e surpresas da cidade nunca deixavam de encantá-la.

Pressionando os lábios uma última vez na frente do espelho pendurado na parede oposta à sua cama, Anne limpou, com a ponta do dedo, o excesso de batom rosa-nude no canto da boca. Depois calçou um par de rasteirinhas, porque não estava a fim de "sofrer para ficar elegante", nem via sentido nisso. Na sala de estar do tamanho de uma caixa de fósforos, Philippa ajustava a tira dos sapatos de salto alto, porque a morena alta parecia que nunca ficava com bolhas nos pés. Nem acne na pele. Nem tinha dias de cabelo ruim.

Anne tinha de lembrar a si mesma que realmente, verdadeiramente, gostava de Phil... tudo ficava bem naquela garota; até sandálias com meias ela usava com estilo!

Quando Anne entrou na sala, a outra moça ergueu os olhos e sorriu. Phil era a pessoa mais doce, mais generosa, sempre pronta para elevar a autoestima de uma amiga e genuinamente feliz em fazê-lo. Era uma pessoa fácil de gostar. Anne sabia que era sortuda por ter tido Phil como colega de quarto no primeiro ano de faculdade.

Phil olhou Anne de cima a baixo.

– Você está uma graça! Parece uma Donna Reed sexy, só que sem as pérolas.

Uma risada soou da outra extremidade do sofá, onde Diana estava sentada.

– Sim, mas bem mais propensa a incendiar a casa quando está cozinhando.

– Muito legal… Não minta, você comeu duas porções do frango e dos bolinhos com molho que fiz na semana passada.

Anne estreitou os olhos para a melhor amiga, vestida em um *short* cor de laranja e um *top pink* brilhante que constratava vantajosamente com seu tom escuro de pele. Diana sempre tivera talento natural para combinar cores. Com exceção daquele infeliz incidente com o vestido tubinho amarronzado, quando elas tinham 15 anos. Mas também quase ninguém fica bem de marrom.

A outra melhor amiga arqueou uma sobrancelha, e os olhos brilharam, marotos, enquanto ela cruzava elegantemente as longas pernas.

– Era isso? Pensei que fosse sopa de batata. Minha avó teria colocado você para correr da cozinha com uma colher de pau se dissesse a ela que aquilo eram bolinhos.

– Uau. – Anne levou a mão ao peito com uma exclamação zombeteira. – Primeiro, como se atreve… Gastei, no mínimo, vinte minutos preparando aquele prato. Espere para ver se cozinho para você novamente.

– Estou arrasada.

– É sério.

– Minha vida nunca mais será a mesma – retrucou Diana com doçura enquanto se levantava do sofá para conduzir Anne e Philippa à porta, sendo a única do grupo que se preocupava com horários.

Diana e Anne eram inseparáveis desde o sétimo ano, quando Anne fora morar em Avonlea, e ela sabia que Diana estava só brincando. Provavelmente. Ela tinha uma história de oferecer à amiga comidas duvidosas, como o bolo de rum que Marilla fizera quando elas tinham 14 anos e Anne achava que era um simples bolo de abacaxi. Elas haviam comido algumas fatias, mas a mulher mais velha não economizara no rum, e as duas garotas acabaram ficando um pouco embriagadas. A senhora Barry ficara furiosa. Anne ainda se encolhia quando se lembrava de como Diana vomitara em cima das botas Gucci novas da mãe.

Ops…

– Explique-me de novo por que vamos até o Brooklyn para tomar cerveja quando podemos comprar uma aqui na esquina e ficar jogando jogo de tabuleiro, entre todas as coisas do mundo? – perguntou Philippa, enquanto percorriam os dois quarteirões até a estação de metrô.

Anne invejava a graciosidade com que ela evitava as rachaduras e tampas de bueiros na calçada, como se estivesse andando em um piso de madeira liso.

Então as palavras da amiga alcançaram seu cérebro.

– Espere, vamos pegar o metrô para jogar jogos de tabuleiro?

– Anne! – exclamou Diana, lançando-lhe um olhar inexpressivo. – Você não abriu o *link* que lhe mandei? Não são só jogos de tabuleiro. De acordo com o *site* do bar, eles têm de tudo, todos os tipos de jogos de tabuleiro, jogos de perguntas e respostas, até um fliperama *vintage*!

– Você disse que era um bar! Um bar, frequentado por rapazes bonitos, *sexies*, de barba e tudo o mais. O que mais eu precisava saber?

– Ah, meu Deus, sua tonta...

Phil deu risada da expressão perplexa de Diana.

As três garotas foram falando sobre seus horários de aulas pelo restante do caminho até o metrô. As aulas recomeçariam em alguns dias, e Philippa e Anne iam voltar para o Redmond College.

Philippa esperava se formar em medicina antes das férias de inverno e assim poder iniciar o curso de doutorado. Diana estudaria no *campus* que ficava alguns quarteirões ao sul, no último ano na Faculdade de Moda. A mesa em seu quarto já estava lotada de esboços e moldes e materiais de tódo tipo que pareciam se multiplicar numa rapidez alarmante.

O curso de mestrado em pedagogia tinha duração de dois anos, mas Anne diluíra as disciplinas, estendendo-o para três anos, com o intuito de diminuir a pressão e o estresse, já que, além de estudar, trabalhava em período integral. Segunda-feira seria o primeiro dia do último ano, finalmente! Quando estava no ensino médio, sonhara, por algum tempo, em ser escritora, mas esse sonho se transformou um pouco quando ela começou a ajudar os colegas do clube de escritores a enriquecer seus textos. Foi quando descobriu que não havia nada que gostasse mais do que ver uma história tomar forma a partir de fragmentos de ideias e de vislumbres de criatividade. Proporcionava-lhe uma sensação de profunda satisfação orientar outras pessoas à medida que encontravam sua voz e descobriam como escrever uma história que somente elas podiam contar. E ficou surpresa, e contente, em perceber que parecia ter talento natural para isso.

Assim, Anne ajustou seu sonho e mudou o foco para tornar-se professora, com o incentivo da professora de inglês, a senhorita Stacey. Ela achava especialmente atraente a ideia de lecionar em uma universidade ou, quem sabe, no ensino médio. Por mais que adorasse crianças, sabia que não conseguiria crescer profissionalmente como babá nem ganhar muito dinheiro com isso.

Ela tinha algumas oportunidades em vista para aquele ano, para conseguir um emprego em uma universidade depois que se formasse. Seu orientador, o doutor Lintford, era conhecido pela influência com vários reitores, incluindo o do Priorly College, o objetivo final de Anne. Ela quase fora estudar lá em vez de em Redmond – fora por pouco –, e a faculdade particular e pequena era um lugar perfeito para iniciar a carreira.

Naquela noite, porém, ela iria deixar todos esses pensamentos de lado e aproveitar a última noite de verão com Diana e Phil.

Depois de um percurso até o Brooklyn que pareceu interminável, as moças subiram as escadas para a saída da estação de metrô e seguiram as direções fornecidas pelo GPS do celular de Diana. Chegaram a uma espécie de *pub* que tinha um fliperama dos anos 1980 e ficava entre um estúdio de tatuagem e uma mercearia coreana. Nenhum dos estabelecimentos tinha a ver com os outros, mas estranhamente combinavam.

O bar movimentado e barulhento era interessante também do lado de dentro, com feixes de luz brilhante cortando a penumbra do ambiente. Na parede dos fundos, havia uma fileira de cabines de fliperama velhas e desgastadas, intercaladas com máquinas de *pinball, Skee-Ball* e grandes telas de TV planas montadas na parede preta com todo tipo de jogos. De outro lado do recinto, havia prateleiras cheias de caixas de jogos. Anne nem fazia ideia de que havia tantos jogos de tabuleiro, mas teve certeza de que o Archie's Amusement Arcade possuía todos que existiam. Entre a porta da frente e as máquinas de *pinball* ficavam um bar lotado e uma área aberta com mesas redondas, com quase todas as cadeiras ocupadas. Parecia que a nostalgia dos anos 1980 estava em alta.

Quando a música mudou de uma do Run DMC para uma dos Guns N' Roses, Diana conduziu as duas amigas entre um mar de clientes, usando duas vezes os cotovelos para abrir espaço no longo balcão de madeira. Quando iniciou uma conversa com um *bartender* abençoado com uma barba espessa perturbadoramente *sexy* e que se adiantou de imediato para atendê-las, Anne virou-se e observou o recinto. Sendo a mais baixa das três e mais sujeita a ser comprimida por pessoas que não notavam sua presença, ela estava acostumada a ficar de lado e a deixar que as amigas pedissem as bebidas. Percorreu o olhar pela multidão e, com estremecimento, reparou no canto onde estava montado um karaokê. De jeito nenhum. Não havia vodca suficiente no mundo para fazê-la participar daquilo. Os jogos arcade *vintage*, entretanto, pareciam divertidos. Fazia anos que ela não via um Galaga, e mais ainda que tentara jogar.

Nos alvos colocados ao lado do Ms. Pac-Man, um movimento atraiu a atenção de Anne, quando um homem que estava de costas para o bar acertou o alvo com exatidão. O rapaz corpulento, com os braços tatuados, que estava jogando com ele soltou um grito quando o outro se virou para um cumprimento de punhos fechados. Anne sentiu o estômago subir e descer, como se estivesse na descida de uma montanha-russa. Reconheceria em qualquer lugar aquela postura descontraída e confiante, além do sorriso meio torto de satisfação. Fazia mais de cinco anos que o vira pela última vez, na noite de verão em que jurara nunca mais pensar nele, mas de repente parecia que fora ontem.

Num gesto inconsciente, Anne levou os dedos aos lábios, como se com isso pudesse banir a lembrança indesejada de um beijo de muito tempo atrás.

Gilbert Blythe, a causa da ruína de sua adolescência, rival de longa data no colégio, o menino de ouro de Avonlea e o único que chegara perto de ferir seu coração, era para estar a cinco mil quilômetros dali, na Califórnia. Ele fora para a Universidade da Califórnia em Berkeley no fim do verão, depois que eles se formaram no ensino médio, para cursar jornalismo, ou algo assim, ela não se lembrava direito. Nenhum dos amigos em comum de ambos tivera notícias dele desde então; era como se ele tivesse simplesmente sumido do mapa. Até onde ela sabia, ele não voltara nem mesmo para passar as festas de fim de ano, tendo os pais dele viajado para a Costa Oeste em vez disso.

Não que ela tivesse perguntado, mas Avonlea era um lugar muito pequeno; era impossível passar um fim de semana lá sem ficar a par de tudo que acontecera desde a última visita.

Então, o que, em nome de Deus, ele estava fazendo no Brooklyn?

Como se pudesse ouvir seus pensamentos do outro lado do bar barulhento, Gil virou a cabeça em sua direção, e seus olhos castanhos profundos se fixaram nos dela com precisão impressionante. Mesmo àquela distância, Anne podia ver que ele ficara imóvel, afastando o ombro da parede onde estava encostado enquanto esperava o amigo jogar e empertigando-se. Segundos depois, ele começou a andar, movendo-se entre as mesas lotadas, alheio à perplexidade do amigo, que não estava entendendo nada. Recusando-se a tomar consciência do acelerar traiçoeiro de seu coração, Anne armou-se de coragem e determinação para não demonstrar nervosismo diante daquele inesperado reencontro.

Ele atravessou o bar com passos firmes, os cachos castanho-escuros refletindo a luminosidade dos feixes de luz, cachos que, por contraste, realçavam ainda mais o tom ruivo-alaranjado do cabelo de Anne, que ela amaldiçoava desde que se entendia por gente. Os músculos dele flexionavam-se de tal modo sob a camiseta que fez a boca de Anne secar, conforme encurtava a distância entre eles.

Gil parou diante de Anne, perto demais para o gosto dela, a covinha do sorriso acentuando-se com o brilho travesso dos olhos. Ela se esforçou mais uma vez para ignorar a lembrança da pressão dos lábios dele nos seus, erguendo o queixo em uma tentativa de manter a dignidade. Tinha que ser a mulher adulta e inteligente que se tornara, não a garota adolescente que se perdera em fantasias românticas tolas de beijos ao luar.

– Anne – ele disse, deslizando as mãos para dentro dos bolsos da frente da calça *jeans* com uma naturalidade que ela gostaria de conseguir imitar.

A covinha acentuou-se quando o sorriso dele se alargou daquele jeito que ela conhecia tão bem e que sempre a deixava cautelosa. Aquele sorriso era sinônimo de problema. Mais especificamente, problema para ela.

Aquilo não era bom. Não era nada bom.

Capítulo 2

No passado

– A questão é que só o que você faz é, praticamente, ficar sentada em algum lugar da casa lendo, e não vai morrer se sair um pouco no fim de semana. – Com as mãos apoiadas nos quadris e a familiar expressão de determinação no rosto, Diana deixava claro que não aceitaria um "não" de Anne. – Sol! Ar fresco! Todos os nossos amigos, de quem você vai sentir saudade quando formos para a cidade na semana que vem...

Uma ponta de culpa infiltrou-se na exasperação de Anne. Ela ainda tinha tanta coisa para fazer antes de ir para a faculdade. Arrumar suas coisas em Green Gables era uma emoção esmagadora, sabendo que, agora que se formara no ensino médio, era hora de deixar para trás suas lembranças da infância. Tirar das paredes aqueles pôsteres de bandas e organizar os livros que já não cabiam na estante e empilhavam-se em todos os cantos do quarto. Sem falar na coleção de fotos que tirara com as amigas ao longo dos anos, pregadas com tachinhas acima da cama, para horror de Marilla. Matthew ia pintar o quarto enquanto ela estivesse fora, e ela não queria dificultar o trabalho dele, pois a artrite nos joelhos piorara nos últimos anos.

Essas coisas a faziam lembrar que os irmãos Matthew e Marilla estavam chegando perto dos 60, fato que a deixava apreensiva quando ela pensava a respeito.

Pelo menos Marilla ficara com pena dela depois de ver sua agonia ao ter que decidir o que guardar e o que doar ou se desfazer. Concordava que a maior parte das lembranças da infância deveria ser mantida, como as medalhas que ganhara na escola, os diários e os álbuns de poesia. Tudo isso poderia ficar guardado no sótão. Mas escolher o que deixar e o que levar para o que certamente seria um dormitório pequeno no Redmond College era uma tarefa estressante, que exigia tempo e que ela vinha postergando por razões óbvias.

Era difícil aceitar que ela iria embora de Green Gables e ficaria fora por um ano, que perderia a mudança de cor das folhas no outono e o florir dos narcisos em volta da varanda na primavera. Claro que viria visitar de vez em quando, mas não seria a mesma coisa.

– Veja só esta bagunça – ela respondeu por fim, gesticulando para mostrar o quarto.

Diana atravessara o quarto pulando por cima das coisas, até chegar ao assento próximo à janela onde Anne separava roupas que guardara no *closet*, com a ideia de que algum dia poderia querer usar de novo. Obviamente, a amiga iria compreender que não era possível, para ela, simplesmente largar aquilo tudo e ir acampar na praia no fim de semana, mesmo sabendo que metade da turma da classe estaria lá. Três dias e duas noites de areia, sol, comida feita na fogueira e, provavelmente, uma ou outra decisão duvidosa tomada sob a noção de que nunca mais voltaria a ver aquelas pessoas.

Tudo bem, a ideia era divertida, exceto o último item, que não lhe interessava nem um pouco. Os namoricos no colégio haviam sido escassos e espaçados, com exceção do primeiro namoro de verdade, com Roy Gardner, no primeiro ano. Ele era alto e esbelto, com cabelo preto e tom moreno de pele, que parecia imune às espinhas e à acne próprias da adolescência. O sorriso lento e o modo ponderado de falar haviam atraído Anne; Roy era exatamente o tipo de garoto que ela imaginara quando ainda sonhava com o primeiro namorado. Por quase quatro meses eles haviam sido felizes. Mas depois ela começou a se sentir ansiosa, e tudo o que no início lhe parecera charme e encanto passou a irritá-la, embora ela não soubesse determinar exatamente por quê. Quando ela disse a Roy que o problema não era ele, mas, sim, ela, era verdade, era o que, de fato, sentia. Contudo, aparentemente, isso não o fez se sentir melhor. O bom foi que eles conseguiram continuar amigos, o que deixou Anne contente, pois até vir para Avonlea ela nunca tivera um amigo de verdade.

– A bagunça vai continuar aqui do jeito que está. Quando você voltar, terá bastante tempo para arrumar – disse Diana.

– Quero passar mais tempo com Marilla e Matthew antes de ir embora.

– Mas foi Marilla quem me mandou subir aqui e tentar convencê-la! Pelo que percebi, você a está deixando enlouquecida; ela disse que praticamente tropeça em você cada vez que dá um passo.

Puxa… tudo bem… Ela estava se sentindo mais emotiva nos últimos tempos, com o fim do verão cada vez mais próximo, e talvez estivesse sendo inconveniente sem se dar conta disso.

– Não sei, Di… Não sou muito fã de acampamento.

– Por favooorrr… Com uma cereja em cima?

Erguendo as mãos, Anne cedeu ao inevitável.

– Está bem, eu vou… – disse, revirando os olhos.

– Nossa, quanto entusiasmo! – brincou Diana, provocando, estendendo a mão para ajudar a amiga a se levantar, depois virou-se para a pilha de roupas espalhadas sobre a cama.

Vasculhando entre as peças, encontrou o que estava procurando e segurou no alto, num gesto de triunfo, um biquíni azul-royal novinho, com pouquíssimo uso, que Anne comprara em um momento de insanidade.

– Este vai.

– Não!

– Ah, vai, sim. Você arrasa com esse biquíni. Não entendo sua relutância em usá-lo.

Anne tentou tirar o biquíni da mão da amiga, que o afastou.

– Foi Jane quem me fez comprar isso. Estava em liquidação! Não uso porque ninguém está a fim de ver um monte de pele branquela à mostra.

– Nããããooo – Diana cantarolou com um sorriso, ainda segurando fora do alcance de Anne o traje de banho que a amiga em comum a convencera a comprar.

– Só porque você não é abençoada com a beleza da melanina, como euzinha... sério, você praticamente brilha no escuro, amiga... não significa que não fique bonita de biquíni.

– Todo mundo na praia ficará ofuscado, e vou virar um camarão! Você sabe que é verdade! – Tentando controlar o riso, Anne desistiu de tentar pegar o biquíni. – Tudo bem, tudo bem, eu uso. Mas, se voltar parecendo um pimentão, a culpa será sua.

– Existe uma coisa chamada protetor solar, sabia? – Diana revirou os olhos e procurou no chão do *closet* a mochila gasta que Anne usava sempre que ia passar a noite em sua casa nos últimos seis anos. – Vamos lá, vamos ver com quais outras coisinhas bonitinhas posso torturá-la para usar no fim de semana.

E foi assim que Anne acabou se vendo de pé, na areia, usando um *short jeans* vários centímetros mais curto do que usaria normalmente e uma camiseta emprestada da amiga.

Diana sempre insistia que ruivas podiam usar cor-de-rosa, que dependia do tom. Como obviamente a amiga entendia de moda muito mais que ela, Anne acabou seguindo o conselho. Puxou a barra da camiseta de algodão rosa-claro, sentindo uma alegria secreta por estar usando uma cor que sempre considerara inadequada para si mesma.

– Você está muito bem, Shirley – soou uma voz atrás dela.

Reconhecendo o tom ligeiramente zombeteiro, Anne enrijeceu. Claro... Lógico que ele estaria ali...

Virando-se para trás, ela viu Gil subindo a duna em que ela estava. Os dois haviam se visto muito pouco desde a formatura. Ele estava com ótima aparência, mas a verdade é que sempre estava com ótima aparência. O verão combinava com ele; o sol concedia um tom dourado aos cachos castanhos e à pele bronzeada. À medida que ele se aproximava, ela notou algumas sardas irritantemente charmosas espalhadas sobre o nariz. Era evidente que ele conseguira tirar uma folga do emprego de meio período na sorveteria e decidira acompanhar o grupo naquela última noite. Vendo o carro dele estacionado mais adiante, Anne reparou em uma barraca dobrada, uma cadeira de *camping* fechada e uma mochila encostada no veículo, como se ele tivesse largado tudo ali e caminhado diretamente para as dunas assim que chegara.

Uma sensação desconfortável a atingiu ao pensar que ele talvez tivesse feito isso porque a vira. O que obviamente era ridículo. Os dois mal se toleravam, fato que deixava os amigos de ambos inconformados.

– Eu não sabia que você viria – disse Anne, amaldiçoando-se por não ter sido prevenida e perguntado a Diana quem estaria no acampamento. Não que a presença de Gil a tivesse impedido de ir, mas ela gostaria de ter se preparado melhor para lidar com as emoções que ele lhe provocava.

– Mas eu sabia que você estaria... apesar da ameaça ao ar fresco.

Anne virou a cabeça abruptamente ao ouvir aquelas palavras, mas Gil sombreou os olhos com a mão para olhar a praia lotada, e ela não conseguiu decifrar a expressão do rosto dele. O que exatamente aquilo significava? Não que fosse perguntar. Ele não lhe daria uma resposta objetiva, nunca dava. Essa era uma das coisas mais irritantes nele, sempre cheio de indiretas e evasivas. E claro que ela sabia muito bem que ele fazia de propósito, que se divertia com isso, uma das razões pelas quais ela fora uma das poucas meninas do colégio que parecia não ter uma queda por ele.

– Já está com tudo pronto para a semana que vem? – perguntou Gil com jeito preguiçoso, tirando do bolso de trás da calça um boné amassado, desenrolando-o e colocando-o na cabeça de Anne.

Ela começou a protestar, reconhecendo o boné que ele usava em todo lugar fazia anos, e só Deus sabia quanto tempo fazia que aquilo fora lavado, mas ele afastou as mãos dela.

– Você vai se queimar feio nesse sol, garota fantasma. Espero que tenha trazido protetor solar fator 150.

– Obrigada, papai, mas já vim à praia antes.

Anne revirou os olhos, porém deixou-se ficar com o boné. Não admitiria jamais, mas era boa a sensação de ter o rosto protegido do sol. Bastava estar com a camiseta grudada nas costas, de tão quente que estava, e ela se perguntava por que ainda ficava ali ouvindo as recomendações de Gil quando poderia estar se refrescando nas águas do Atlântico. A ideia de nadar era excelente. Tirando o elástico do pulso, ela puxou o cabelo para trás sob o boné e o torceu em um coque bagunçado.

Após breve momento de hesitação que fez seus dedos se atrapalharem na barra da camiseta, Anne controlou os nervos e tirou a peça pela cabeça, tomando cuidado para não deslocar o boné. Gil ficou imóvel ao lado dela enquanto Anne desabotoava o *short*, abria o zíper e o tirava em um só movimento. Pegando as roupas, ela enrolou tudo e colocou a trouxa nas mãos de Gil. Ele a pegou automaticamente, o olhar fixo em algum ponto abaixo do pescoço de Anne. De repente, ela achou divertido o jeito dele, e foi difícil reprimir um sorriso quando ele voltou a fitá-la nos olhos assim que ela deu uma tossidela para clarear a garganta.

O leve rubor que se espalhou no rosto dele era, ao mesmo tempo, fascinante e hilário.

– Vou entrar na água.

– Hum… tudo bem.

– Você pode levar minhas coisas e entregá-las a Diana?

– Sim, claro. Posso, sim, sem problema.

Ela iria cair na risada se não saísse logo dali. O habitual jeito arrogante e espertinho de Gil parecia tê-lo abandonado.

Quem diria que um biquíni seria capaz de mexer tanto com a cabeça de um garoto, até mesmo de Gil? Talvez Jane e Diana estivessem certas, afinal, se aquele olhar vitrificado fosse indicação de alguma coisa. Virando-se, ela se permitiu sorrir enquanto descia a duna, correndo na areia quente para chegar logo à água. Uma coceirinha entre as omoplatas a fez olhar para trás no instante em que a espuma do mar cobriu seus pés. Gil continuava parado no alto da duna, observando-a. Ela acenou rapidamente, e ele virou-se, desaparecendo do outro lado da duna. Por fim, Anne deixou escapar a risada reprimida quando se jogou nas ondas, dizendo a si mesma que era a água fria do Atlântico que a deixava sem fôlego, não a expressão nos olhos de Gil quando ela colocara as roupas nas mãos dele.

Anne tentou não pensar nessa expressão mais tarde, quando o viu armar a barraca, a camisa cuidadosamente dobrada no chão, os músculos das costas se movendo conforme ele fincava os espeques. Também afastou a lembrança de quando ele se sentou a seu lado, na hora em que o grupo se reuniu ao redor da fogueira, e lhe estendeu um prato com um cachorro-quente levemente carbonizado. E bloqueou, em definitivo, a lembrança de quando ele se afastou depois que Josie Pye, levemente embriagada, pousou a mão no braço dele e apertou seu bíceps enquanto flertava com ele batendo os cílios.

No entanto, Anne se lembrou muito bem da expressão que vinha querendo deletar da memória, quando, dali a pouco, ele se esquivou da outra garota, e seu olhar encontrou o dela, do outro lado da fogueira. Agora, ela não tinha como culpar a água gelada pelo modo como o ar abandonou seus pulmões, como se fora sugado. Gil estreitou os olhos, e um dos cantos de sua boca se ergueu naquele sorriso de lado que ela reconhecia como precursor de algo que ele diria ou faria que a deixaria irritada. Só que dessa vez não era irritação que ela sentia, mas algo que nunca imaginara sentir por Gilbert Blythe.

Um desejo desenfreado de beijá-lo até ele esquecer o próprio nome.

Ah, não, isso era totalmente inaceitável! Ele era abominável, e ela não gostava dele.

Claro que não precisava gostar dele para beijá-lo. Quando ele colocou de lado o copo de cerveja que estava bebericando fazia uma hora e contornou a fogueira na direção dela, Anne levantou-se depressa e correu para a praia, determinada a evitá-lo. Sim, era o fim do verão, e cada um ali iria para um lugar diferente, para a faculdade, mas isso não significava que ela podia jogar o bom senso para o alto.

Porém... deveria ter previsto que ele iria atrás dela. Gilbert Blythe jamais perdia uma oportunidade de ser chato.

Embora, dessa vez, fosse diferente. Anne olhou sobre o ombro, mas Gil não estava olhando para ela. Estava com as mãos nos bolsos do blusão de moletom, contemplando o mar com as sobrancelhas franzidas e expressão pensativa. Anne mordiscou o lábio inferior, confusa com aquele silêncio e, sobretudo, com o jeito como ele parecia estar à vontade. Fazia quase dois minutos que ele estava ali, perto dela, e ainda não haviam brigado. Anne não tinha certeza de como agir. Após um momento, decidiu deixar para lá; fora até ali para respirar ar fresco, longe da fogueira, não para conversar, muito menos com Gilbert.

As ondas escuras arrebentavam na praia, deixando um brilho prateado na areia conforme recuavam. A brisa fresca de fim de verão fazia os cabelos de Anne esvoaçar, e ela cruzou os braços, fechando mais o casaco. No dia seguinte, seria uma tortura desembaraçar o cabelo, mas naquele momento ela não estava em condições de se preocupar com isso. Em breve deixaria tudo aquilo para trás para morar na cidade grande e queria aproveitar o máximo possível.

Mais alguns minutos se passaram, e Anne esqueceu sua resolução de ignorar Gilbert, o silêncio, por fim, deixando-a inquieta.

– Estava muito quente lá. Não sei por que fazem uma fogueira tão alta. – Era torturantemente constrangedor ter que buscar um assunto para conversar, mas ela não sabia como se comportar naquela situação inédita, em que não estavam trocando farpas. – Você também se incomodou com a fumaça?

– Não. – Gil a fitou nos olhos. A luz brilhante da lua cheia realçava os ângulos do rosto dele, lançava um reflexo dourado nos cachos castanhos despenteados que teimavam em cair sobre a testa e iluminava o arco perfeito do lábio superior, de modo que acendia o desejo dentro de Anne. Que constatação assustadora sentir-se atraída justamente pelo rapaz de quem precisava manter distância se tivesse um mínimo de juízo e autopreservação. – Vim para cá porque você veio.

Então, como se essas palavras não bastassem, ele fez outra coisa que jamais fizera antes… segurou a mão de Anne, entrelaçando os dedos nos dela, e levou-a aos lábios.

Ela prendeu a respiração, surpresa ao vê-lo sorrir sem o habitual ar irônico.

Sentiu como se uma revoada de borboletas estivesse no estômago, batendo as asas por toda parte. Paralisada com a visão de Gil beijando as costas de sua mão, ela demorou alguns segundos para se dar conta de que ele virara seu braço e agora beijava seu pulso. A intimidade daquele gesto, a potencial exposição de sua pulsação, acelerada sob o toque dele, fez que Anne puxasse o braço bruscamente. Numa reação instintiva, ela pressionou o braço contra o peito, tentando clarear os pensamentos.

Aquilo era… o que ele estava pensando? Ele queria torturá-la, era sua meta de vida, não era possível que aquilo fosse sincero!

Mas parecia que era...

Mesmo que Anne alguma vez tivesse esperado que Gil a beijasse, ainda mais em qualquer parte do corpo além da boca, o que, com certeza, ela nunca esperara, a sensação dos lábios dele em sua pele teria, mesmo assim, sido devastadora. O cuidado, a delicadeza com que segurara seu braço eram tão diferentes do jeito desengonçado dos poucos garotos que ela permitira que se aproximassem até então... Anne não sabia como lidar com aquela fraqueza que deixava seus joelhos bambos nem com a sensação de estar flutuando, que dificultava seu raciocínio e sua concentração.

Nem com o modo como ele a fitava com aqueles olhos cor de chocolate. Mesmo na claridade pálida da lua, ela podia sentir a intensidade deles.

– Anne...

A voz dele soou baixa, carregada de uma emoção que ela não conseguia identificar. Nem tinha certeza se o queria.

Aquilo era ridículo. Aquele era Gil! Uma pedra em seu sapato, um espinho, um estorvo...

Dando um passo para trás, ela abriu um sorriso largo, que a fez se sentir um pouco como uma pessoa insana.

– Preciso voltar. Diana vai achar que entrei no mar e me afoguei.

– Não acho que ela vá se preocupar tão cedo; nem está perto da fogueira. Ela e Hannah estão juntas por aí. – A covinha aprofundou-se, ao mesmo tempo encantando e irritando Anne. – Não duvido de que você vá passar a noite sozinha na barraca.

A imagem de Gil deitado a seu lado no colchonete, os músculos firmes do abdômen se flexionando sob seus dedos, passou pela mente de Anne. Uma onda de calor inflamou seu rosto, tão forte que havia uma distinta possibilidade de que ela desmaiasse. Era como se a fogueira do *camping* tivesse se transferido para dentro de seu corpo.

Faça boas escolhas, Anne Shirley.

– Que bom para ela. Para elas. Demorou, eu acho.

ANNE DE MANHATTAN

Anne reuniu o que sobrava de sua mente racional, mantendo o tom de voz o mais distante possível, ignorando a insinuação nas palavras dele. Aquela situação dera uma guinada brusca, e ela precisava desesperadamente colocá-la de volta em terreno familiar.

– Achei que Hannah nunca perceberia...

– É engraçado como isso acontece com mais frequência do que a gente pensa.

Gil deu um passo na direção dela, o modo controlado e fluido com que se movia contrastando com o tom de voz indolente. Instintivamente, ela recuou, reconhecendo o perigo daquela proximidade. Perigo de perder a cabeça e se jogar com ele no chão, por exemplo.

O modo como ele a olhava disparava sinais de alarme no cérebro de Anne. Ela se esforçou para se lembrar sobre o que estavam falando antes. Precisava se recompor. Não era o tipo de garota para ser perseguida em uma praia e se deixar seduzir por um rapaz a quem mal suportava. Tudo bem, admitia que ele a fizera rir uma ou duas vezes, sem que tivesse vontade de bater com o caderno na cara presunçosa dele. Mas isso não significava que estivesse a fim de passar mais tempo que o necessário com ele. Endireitando os ombros, Anne respirou fundo e parou de andar para trás. Estava na hora de parar com aquela insanidade e...

Sem aviso, Gil apareceu na frente dela de repente, tão perto que bloqueava o luar com sua silhueta.

Anne engoliu em seco, o olhar fixo no rosto dele, esquecendo-se por completo da resolução que acabara de tomar. Os corpos de ambos estavam tão próximos que ela podia sentir o calor que ele emanava, mesmo através do moletom grosso do colégio de Avonlea. Gil fechou as mãos ao redor dos braços dela e a puxou para si, devagar o suficiente para ela protestar, se quisesse. Mas Anne não disse uma palavra, mesmo sabendo que deveria dizer, e de repente eles estavam colados um ao outro, dos joelhos ao abdômen. Apenas as mãos dela, fechadas em punho e aprisionadas entre ambos, mantinham a parte superior dos corpos afastadas por poucos centímetros. E agora, o que fazer?

Deveria deslizar as mãos para os ombros dele? Espalmá-las no peito largo?

Sem dúvida nenhuma, ela estava em posição muito desconfortável, que a deixava inquieta. Gil sempre a chamava de mandona, dizia que ela tinha necessidade de estar sempre no comando, e ele não deixava de ter razão. Mas é que... não estar no controle era difícil para ela.

O momento prolongou-se, e Anne deu-se conta de que esperava que ela erguesse os olhos para ele. Quando, por fim, ela o fez, estremeceu de leve, de tão intenso que era o olhar dele. E compreendeu que o coração que batia acelerado contra seus dedos fechados não era o dela. Era o dele.

Era estranhamente reconfortante saber que ele estava tão afetado quanto ela por aquele contato. Fosse o que fosse que estivesse acontecendo, não era só com ela. Insegura, ela abriu os dedos, finalmente espalmando as mãos no peito rijo. Foi quase imperceptível o modo como ele se moveu quando ela o tocou, mas ela sentiu. Ele flexionou os dedos, pressionando a parte superior de seus braços.

Talvez ela não fosse tão insignificante e impotente quanto pensara, afinal.

Anne ficou imóvel, pensando, um fio de curiosidade serpenteando na mente. Com cautela, como se estivesse pisando em terreno minado, deslizou as mãos para o blusão de moletom. Gil permaneceu imóvel enquanto ela abria o moletom, explorando devagar. Anne ergueu os olhos com rapidez para se certificar de que Gil estava totalmente atento a ela, então, devagar, puxou o zíper do moletom. Ele deixou escapar um gemido sedutor quando ela deslizou as mãos ao redor do corpo dele por baixo da camiseta, tocando a pele nua. A consciência de que ela, entre todas as pessoas, provocava aquela reação nele a deixava ousada. Passando os polegares pelos músculos rígidos das costas dele, ela se inclinou para a frente, apenas o bastante para seus seios encostarem no peito dele.

O modo como o corpo dele se retesou a fez sorrir.

Com um riso abafado, Gil estendeu os braços para trás e segurou as mãos dela, deslizando-as para baixo, ao longo do corpo, e entrelaçando, outra vez, os dedos com os dela. Anne prendeu a respiração quando ele inclinou a cabeça, parando a poucos centímetros de sua boca.

Com olhar estudado fixo nos lábios dela, ele murmurou:

– Provavelmente este é o momento em que você deveria me fazer parar.

Uma vozinha na mente de Anne concordava cem por cento, provavelmente ela deveria mesmo, mas com todo o restante do seu ser ela ansiava demais pelo próximo passo para ter forças para impedi-lo.

– Prefiro não.

– Tem certeza? Porque...

Ele fora até ali atrás dela, claramente com aquela intenção, e agora recuava? Por Deus, havia horas em que ela tinha vontade de esganá-lo!

– Ah, por favor, me beije logo!

Sem paciência, Anne libertou uma das mãos e enterrou os dedos nos cabelos macios na nuca de Gil, puxando-o para si.

Sem mais uma palavra, Gil inclinou mais a cabeça e cobriu os lábios dela com uma urgência que a deixou atordoada.

Soltando a outra mão de Anne, ele deslizou os dedos até os quadris dela, segurando-a contra si. Os dois se entregaram ao beijo, aprofundando-o cada vez mais. Anne se pôs na ponta dos pés quando ele, por fim, deslizou os lábios até a parte inferior de sua orelha.

O gritinho abafado que ela deixou escapar quando ele mordiscou o lóbulo de sua orelha e depois o sugou teria sido embaraçoso se houvesse nela algum resquício de orgulho naquele momento. Mas ela estava concentrada demais em abraçá-lo, em tocar a pele das costas musculosas, para se preocupar com isso. Uma das mãos dele afastou-se do quadril de Anne para enterrar-se em meio aos fios macios dos cabelos soltos. Anne inclinou a cabeça para trás para expor o pescoço, e Gil a abraçou com mais força quando os dedos dela pressionaram suas costas logo abaixo da cintura. Com a mente enevoada, ela se perguntava vagamente até que ponto se arrependeria no dia seguinte, quando ele murmurou de novo, movendo os lábios sobre seu pescoço.

– Finalmente... prove que você gosta mesmo de mim. Sabia que você não resistiria para sempre.

Anne voltou a si com um baque, o sangue gelando nas veias. Durante anos, Gil insistira que ela gostava dele, mas que era teimosa demais para admitir, e ela fazia o possível para convencê-lo de que não, que, ao contrário, o achava extremamente irritante.

Então, toda aquela paquera que durara seis anos e aqueles beijos ternos de agora eram porque ele não tolerava a ideia de que fosse possível uma garota que o conhecesse não se apaixonar perdidamente por ele?

Aquilo era um jogo para ele? Ele estava se sentindo o tal agora que ela se deixara beijar e transparecer como se sentia atraída?

Como fora ingênua ao acreditar que poderia ser algo diferente disso! Uma sensação de humilhação queimou dentro de Anne, enquanto ela se desvencilhava de Gil e cruzava os braços ao redor do corpo, tentando conter um acesso de náusea. Gil deu um passo um pouco cambaleante para trás, e a expressão de perplexidade em seu rosto enfureceu Anne ainda mais, a ponto de ela sentir vontade de chutar a canela dele com força. Devia ser incompreensível para Gil, e até chocante, que uma garota não caísse de amores por ele instantaneamente após ser beijada. Anne sentia-se mal de pensar que por pouco ela não fora essa garota. Quase permitira que ele continuasse a beijá-la, que a tocasse, que fosse até além disso... sem se dar conta de que, para ele, tudo se resumia a marcar pontos e triunfar antes que ambos saíssem de Avonlea.

O alívio por nunca mais voltar a vê-lo depois do dia seguinte era imenso.

Quando ele estendeu a mão para segurar a dela, a testa franzida como se não entendesse o que estava acontecendo, Anne recuou.

– Não – disse ela, ignorando o nó na garganta e as lágrimas que ameaçavam escapar. Era inadmissível que permitisse que Gil percebesse como estava vulnerável. – Vou voltar para a barraca. Estou… cansada.

– Está cansada… – Gil repetiu devagar as palavras dela, como se fossem uma charada que estivesse tentando desvendar.

– Foi o que eu disse. – O tom de voz de Anne soou mais ríspido do que ela pretendia, e também um tanto vacilante, mas a neutralidade seria impossível naquele momento.

Ele estreitou os olhos, esquadrinhando o semblante dela. O que quer que tivesse visto não parecia ser o que esperava, e seus lábios se apertaram numa expressão contrariada.

– Fiz algo errado?

Ah, então ele ia continuar fazendo de conta que aquilo não tinha nada a ver com a autossatisfação de vencer? Era enervante pensar em como ela chegara perto de deixá-lo ter essa vitória.

– Foi… – Anne fez um gesto abrupto entre eles. – Isso foi um erro, que não pretendo repetir.

Uma nuvem encobriu a lua, obscurecendo o bastante a claridade prateada para ela não ter certeza se a aparente hesitação de Gil era apenas impressão, um truque de sua mente tola e infantil que ainda tinha um fio de esperança de estar enganada. Contudo, quando a sombra se desvaneceu, o corpo dele assumiu de novo aquela postura relaxada e arrogante, tão familiar para ela. As mãos que poucos momentos antes pressionavam seu corpo contra o dele estavam agora nos bolsos da calça *jeans*, de um jeito casual, como se nada no mundo fosse capaz de abalá-lo. A transformação de volta ao Gilbert Blythe que ela conhecia, confiante e seguro de si, o tipo de rapaz que nunca sequer pensaria em beijá-la, fora quase instantânea. Anne não antecipara como isso a magoaria.

– Você disse que quer voltar. Vamos voltar, então. – Ele a surpreendeu fitando-a e deu um sorriso travesso, porém sem nenhum vestígio de calor nos olhos castanhos. – Boa pedida, realmente seria estranho se aparecêssemos só de manhã.

Canalha. Deveria ter sido mais esperta. Mas fora tola, e aquela era a consequência de ignorar sua intuição.

– Fico feliz por poupá-lo de uma situação constrangedora – Anne murmurou, virando-se e afastando-se, pisando desajeitadamente na areia e mirando a coluna de fumaça da fogueira a distância.

Pelo canto do olho, ela viu Gil puxar o capuz sobre a cabeça, e com isso o perfil dele, antes iluminado pelo luar, ficou oculto.

– Eu não diria tanto – ele respondeu. – Mas você deve admitir que somos as duas últimas pessoas que alguém imaginaria juntas. Nós dois juntos? Obviamente seria um desastre.

As palavras dele a magoaram, embora no fundo ela concordasse.

– Sabe, não estou no clima para conversar.

Por que ela andara até tão longe na praia? O caminho de volta parecia interminável, com Gil andando a seu lado, acompanhando-a, sem ficar um único passo para trás.

Irritada e ansiosa para escapar dele, Anne ignorou o ardor nas pernas queimadas de sol e apertou o passo, e Gil se recusou a ficar para trás.

Lógico. Não podiam nem caminhar sem que se tornasse uma competição para ele, pelo amor de Deus…

A faixa de areia finalmente deu lugar às dunas, e o som de risos misturado com música tornou-se mais nítido à medida que se aproximavam da área do *camping*. A fogueira ainda não estava à vista, mas a claridade atrás dos morrinhos de areia produzia sombras que pareciam dançar no ritmo da música que tocava no rádio de um carro. No início da trilha entre dois barrancos cobertos de relva que levava ao acampamento, Anne parou e respirou fundo, precisando de um momento para se recompor.

Preferia se jogar no mar a deixar Gil perceber como estava chateada.

Gil diminuiu o passo e parou ao lado dela, a expressão ilegível, parcialmente oculta pelo capuz. Anne não fazia ideia de quantas expressões dele conhecia até tentar decifrar aquela e não conseguir. Uma partícula minúscula, microscópica, de dúvida infiltrou-se em sua mente. Será que exagerara? Será que estava reagindo de modo irrazoável e chegando a conclusões precipitadas?

Talvez fosse bom se certificar. Só para ter certeza. Assim não ficaria com a consciência pesada por dar um fora nele, sem nenhum resquício de dúvida, com a convicção de que a culpa daquele fiasco todo era dele mesmo.

– Então... foi um erro, não foi? Definitivamente um erro – falou, cautelosa, concentrada na reação dele.

Tudo o que conseguiu foi um olhar estranho, como se Gil achasse que ela estava brincando.

– Sim, acho que sim. Foi um erro, sem dúvida.

– Sim. Claro.

Anne cerrou os dentes. Tudo bem. Beleza. Agora podia esquecer o episódio todo, apagar o que acontecera. Apesar disso, foi mais difícil forçar um sorriso do que ela imaginara que seria. Tomando a resolução de ser forte e superior e de reaver o controle da situação, ela estendeu a mão em um gesto de cordialidade.

Por um longo instante, Gil ficou apenas olhando para a mão dela, depois para o rosto.

– Ninguém sabe o que acabou de acontecer. Ou quase aconteceu – disse ela, mantendo a mão estendida. – Não vamos contar nada a ninguém. Acho que nós dois concordamos que seria incrivelmente embaraçoso se algum dos nossos amigos soubesse.

– Jesus, Anne! Você... caramba, garota...!

Virando-se parcialmente, Gil afastou o capuz e passou a mão pela cabeça. Anne ignorou quando ele puxou de leve o próprio cabelo. Por que aquela irritação agora? Tudo estava de volta ao normal, e eles poderiam esquecer a história toda se ele ao menos apertasse sua mão.

– Só estou tentando chegar a uma solução boa para nós dois.

– Certo. – Ele deixou escapar uma risada abafada, parecendo incrédulo. – Não vou apertar sua mão como se estivéssemos fazendo um acordo comercial. Você terá que confiar em mim, por mais que isso pareça impossível para você.

Anne sentiu um aperto no peito com a amargura na voz dele. Por que ele tinha que tornar tudo pior sendo tão desagradável? Ela reprimiu uma resposta que provavelmente daria início a uma nova discussão. Uma dorzinha de cabeça começava a se formar atrás de seus olhos, e ela só queria acabar logo com aquilo. De uma vez por todas.

A contrariedade devia ter transparecido em seu rosto, apesar do silêncio, porque o maxilar de Gil se retesou quando ele expirou o ar com um silvo. Em seguida, virou-se de costas e se afastou, sem dizer mais uma palavra.

O que era ótimo. Era isso que ela queria.

Era disso que precisava.

Então, por que se sentia tão péssima?

Capítulo 3

No presente

– Espero que esteja a fim de beber uma sidra forte, porque as únicas outras opções são cerveja e cerveja, além de cerveja... que sei que você não adora. – Diana apareceu ao lado de Anne com um copo de sidra âmbar espumante em uma das mãos e uma garrafa escura na outra, arregalando os olhos ao se deparar com o antigo colega de ambas. – Gilbert Blythe!

Ela colocou as duas bebidas nas mãos de Anne e abriu os braços para Gil. Alguns clientes reclamaram baixinho, irritados, quando o abraço entusiasmado de Diana deslocou Gil para trás, esbarrando numa mesa.

Mas ele riu, segurando-a com firmeza para ela não cair, enquanto ela o beijava ruidosamente no rosto. O afeto despreocupado e caloroso que sentia pela ex-colega era tão diferente do modo como sempre olhara para Anne!

Por que ela não estava brava? Depois do modo como ele se comportara com Anne, era de esperar que ela tomasse as dores da amiga. Mas não... e Anne não entendia por quê.

Após outro abraço apertado, Diana pegou de volta a garrafa de cerveja da mão de Anne e empurrou o ombro de Gil com o punho fechado.

– Por onde você anda? Não ligou mais, não escreveu...

– Ai... foi mal... – Gil sorriu, esfregando o ombro. – E você, ainda joga hóquei de campo? Que força é essa, Di...

– Ah, sei, tenho certeza de que o machuquei muito! – Ela revirou os olhos.

Anne ficou em silêncio enquanto eles começavam a conversar, sentindo-se deslocada, sem conseguir pensar em algo para dizer ou comentar, apenas bebericando a sidra. A espuma cobriu seu lábio superior, e, sem pensar, ela passou a língua por ele. Gil fez um movimento abrupto, e os braços de ambos se tocaram; ela levantou o rosto para encontrar os olhos dele fixos nos seus. Ele piscou rapidamente e, por um segundo, baixou os olhos para os lábios de Anne, antes de desviá-los e virar-se para ouvir o que Diana dizia.

Oh... Respire.

Anne soltou o ar numa expiração lenta e controlada.

Era apenas nostalgia combinada com óbvia carência, com o início do leve efeito do álcool e a visão de músculos perfeitos sob a pele bronzeada recoberta por pelos escuros na medida ideal, nem demais nem de menos. Olhar aqueles antebraços fortes atiçava a imaginação de Anne, como instigaria a imaginação de qualquer mulher, pensou Anne, afirmando mentalmente que não tinha nada a ver com a pessoa, com o rapaz em questão.

Ela desviou o olhar e tomou um grande gole de sidra, bem mais longo que o anterior.

Grande demais, como logo ficou claro quando o líquido parou em sua garganta, e ela engasgou com a ardência da carbonatação. Felizmente, ela conseguiu engolir em vez de cuspir, o esforço hercúleo fazendo-a lacrimejar.

À esquerda, ela ouviu um murmúrio quase imperceptível, que disfarçava o tom de riso.

– Tudo bem?

ANNE DE MANHATTAN

Uma daquelas mãos másculas e bronzeadas que ela acabara de admirar estava dando tapinhas em suas costas. Tossindo para aliviar a queimação na garganta, Anne esquivou-se do toque da palma da mão dele antes que algo indesejável acontecesse. Ela começar a tremer, por exemplo.

Deixando o braço cair para o lado do corpo, Gil enfiou a mão no bolso da frente da calça *jeans*, com expressão pensativa. Anne tratou de evitar contato visual e concentrou-se em beber a sidra devagar. Alheia à tensão latejante entre os dois, Diana passou o braço pela cintura da outra amiga e puxou-a para a frente.

– Ei, você não conhece Phil! Gilbert Blythe, Philippa Gordon. Ela foi colega de quarto de Anne no primeiro ano, e agora nós três dividimos um apartamento.

Os modos impecáveis que Gil sempre demonstrava com todo mundo, exceto com ela, tiveram o efeito de um soco no estômago de Anne quando ele apertou a mão da amiga com expressão de educado interesse no rosto irritantemente sedutor.

Diana virou-se para Phil, explicando:

– Gil é de Avonlea; crescemos juntos, mas ele mora em Cali agora.

– Ninguém que mora na Califórnia fala "Cali", Di – corrigiu ele.

– LL Cool J fala.

– Ninguém que mora na Califórnia fala "Cali", Di.

Diana abriu a boca para retrucar, mas Phil, sempre pacificadora, adiantou-se. E sorriu calorosamente para Gil.

– Tudo bem, Califórnia. Minha tia mora em Pasadena, uma região muito bonita. Mas que coincidência encontrarmos você no Brooklyn, não?

– Ah… sim, bem… meu pai está doente. Câncer de próstata. Foi diagnosticado na primavera, mas tive que concluir o último semestre antes de poder voltar para casa. Os médicos estão otimistas, mas só saberemos mais detalhes depois que ele começar a químio.

Se Anne não tivesse passado anos olhando Gil do outro lado de uma sala de aula, teria lhe passado despercebido o fato de que o sorriso dele não chegava aos olhos, embora estivesse nos lábios. Aceitando os comentários simpáticos de Phil e Diana, ele ergueu um ombro em um gesto de "fazer o quê, né?".

– Então decidi ficar o máximo tempo possível perto dele, até ele enlouquecer e querer me mandar de volta para a Califórnia.

Anne arqueou as sobrancelhas.

– Ah, bom, se é esse o plano, não se preocupe. Certeza que logo, logo, você estará de volta a Berkeley.

– Essa é a garota que conheço, que não deixa passar uma oportunidade de demonstrar sua doçura. – O sorriso que iluminou rapidamente o rosto dele foi real outra vez, apesar de sarcástico.

– Você não saberia como agir se eu fosse doce com você – retrucou ela.

– Bem, aí já não sei...

O rosto de Anne ruborizou diante do tom provocador de Gil. Bem, ela fora a primeira a provocar, tinha que reconhecer.

– Mas lamento saber sobre seu pai – acrescentou em tom de voz suave, decidindo ignorar o último comentário dele. – Ele sempre foi um amor comigo, perguntava como eu estava indo na escola e tinha paciência de ouvir uma adolescente de 15 anos reclamar de álgebra como sendo uma invenção do demônio. Se achava cansativo, era educado demais para demonstrar. Mas... bem, não sei ao certo o que aconteceu aqui – continuou, gesticulando na direção de Gil, com ar de menosprezo. Como uma memória muscular, a troca de insultos entre eles era um hábito quase automático.

– E eu achando que você ia ser simpática comigo, pelo menos uma vez na vida.

Ela quase fora, por todos os santos do céu!

Diana deixou escapar um suspiro ruidoso.

– Phil, não ligue para esses dois. Eles sempre foram assim.

ANNE DE MANHATTAN

– Ah, é? – Philippa olhou de um para o outro com um brilho no olhar do qual Anne não gostou.

– Brigam feito duas crianças.

Gil murmurou um protesto, mas Diana ignorou.

– Ou como cão e gato. Ou… sei lá, que outros seres ficam se cutucando constantemente até um deles sair do sério?

– Nunca saí do sério na vida. – Anne estreitou os olhos, ofendida com a ideia.

– Só estou falando.

– De minha parte, acho ótimo sair do sério – interrompeu Gil, inclinando-se na direção de Philippa como se confessasse um segredo importante. Ele começou a dizer alguma outra coisa, mas alguém o interrompeu batendo em seu ombro com a mão, tatuada com a bandeira de Porto Rico.

– Eu estava me perguntando para onde você havia ido, mas agora entendi.

O homem tatuado era o que estava com Gil quando ele e Anne se avistaram no bar, e seu tom de voz era bem-humorado. Seu olhar demorou-se por um momento em Diana, antes de ele se voltar para o amigo, com as sobrancelhas arqueadas.

– Aliás, você me deve vinte pilas, pela metade do aluguel do jogo.

Gil coçou a nuca, parecendo sem jeito.

– Sim, cara, desculpe… Deixe-me apresentar vocês…

O grupo conseguiu uma mesa e ali ficou por um tempo surpreendentemente agradável. Anne simpatizou de imediato com Fred Wright, que fizera amizade com Gil na Califórnia antes de decidir que a faculdade não era sua praia, fazer as malas e mudar-se para o Brooklyn, onde fora fazer um curso de tatuador em um estúdio local. Ele era divertido e arrancou boas risadas de todos, conhecia todo tipo de curiosidades espaciais estranhas e não se importou quando Diana pediu para ver suas tatuagens. Não se incomodou a ponto de tirar a camisa, mas, quando ela olhou para ele de alto a baixo com um brilho especulativo nos olhos, Gil pareceu ficar incomodado e disse duas vezes ao amigo que vestisse a camisa.

As horas se passaram, e, por fim, ficou tarde o suficiente para Anne querer encerrar a noite. Seria seu turno na manhã seguinte, na livraria onde trabalhava nos últimos anos. O bar continuava lotado, como quando elas haviam chegado, e o grupo teve que se esgueirar entre as mesas e os clientes para chegar até a saída. Quando Anne foi empurrada sem querer por um homem que gesticulava amplamente ao conversar com os amigos, Gil estendeu a mão para segurá-la. O calor da palma da mão dele em sua cintura pareceu atravessar o tecido do vestido e alcançar sua pele. Estavam quase chegando à saída quando ele esfregou o polegar nas costas dela, em movimentos semicirculares, enviando uma espécie de corrente elétrica ao longo de sua espinha, causando um estremecimento involuntário.

Inalando uma lufada de ar ao sair para a rua, Anne praticamente pulou para a frente, pisando nos calcanhares de Diana. A amiga olhou para trás e fitou-a com expressão estranha, mas Anne evitou o contato visual e se concentrou em respirar o ar fresco da noite. Estava abafado no bar, e o choque de temperatura a fazia se sentir daquela forma.

Não tinha nada a ver com o modo como Gil a tocara.

Não. Ela não entraria naquele ciclo novamente. A constante troca de farpas, a competição para querer sempre sair por cima, o impulso irresistível de antagonizar um ao outro além de tudo o que era normal e razoável.

Somando-se a isso a atração e o desejo, a situação era como um barril de pólvora pronto para ser aceso, o que não podia resultar em boa coisa.

Diana não mentira quando dissera a Philippa que ela e Gil viviam se provocando e brigando ao longo de toda a vida escolar. Eles discutiam sobre qual dos dois era melhor em dissecar uma rã no laboratório de biologia; discutiam sobre a melhor maneira de resolver um problema de matemática em cálculo; e passaram um semestre inteiro no segundo ano brigando porque Anne declarara que, provavelmente, metade das invenções e descobertas creditadas a homens ao longo dos séculos tinham, na verdade, sido feitas por mulheres, mas o machismo ignorara isso porque "Deus o livre" uma mulher ser melhor que um homem em alguma coisa.

Aparentemente, Gil ofendera-se com o olhar raivoso que ela lhe lançara ao dizer a segunda metade da frase. Relembrando agora, Anne não sabia direito por que agira assim, mas tinha certeza de que tivera um motivo justo.

A questão era que eles não perdiam uma oportunidade de discutir. Desde o primeiro dia, quando ela e Gil se conheceram, com exceção daquela única noite de verão na praia, eles sempre tinham vivido em guerra um com o outro. E era assim que Anne queria. Em território seguro.

Capítulo 4

Gil pagou o motorista do táxi e foi juntar-se a Fred, na calçada em frente ao prédio estreito de arenito onde haviam alugado o segundo andar. Não era novo, nem chique, mas era uma moradia, pelo menos pelo próximo ano. O estúdio de tatuagem de Fred estava começando a se equilibrar, e naquele momento Gil estava vivendo com o dinheiro que conseguira economizar na Califórnia. Aquele apartamento antigo era o melhor com que podiam arcar por enquanto. Não era com o que estava habituado... e, quando pensava nisso, ele se sentia esnobe, mas era o padrão de pensamento resultante da criação que tivera, estudando em colégio particular de elite e morando em uma casa com piscina e quadra de tênis.

Mas era para isso que ele estudava e trabalhava.

Depois de concluir o ensino médio, ele arrumara um emprego de garçom e *bartender* para se sustentar ao longo dos anos de faculdade. Era importante para Gil tornar-se independente, sem precisar do dinheiro dos pais. E ele ia indo bem antes de se mudar; assim que conseguisse um emprego em Nova York, ficaria bem também. Já tinha uma entrevista marcada para o dia seguinte em um bar chamado Kindred Spirits, administrado por uma família. Mas, mesmo que precisasse batalhar um pouco, tudo bem. Ali era seu lugar agora, não a cinco mil quilômetros de distância, do outro lado do país. O pai fora diagnosticado com câncer, Redmond aceitara seu pedido de transferência, e Fred precisava de alguém para dividir o aluguel. Com tudo isso, a decisão de voltar para o leste fora fácil.

Bem, talvez não exatamente fácil, mas era a coisa certa a fazer, ficar mais perto de casa. E estar onde... Anne Shirley estava.

Ele não iria mentir, fazia muito tempo que sabia que Anne fora para Manhattan após concluir o ensino médio. (E sabia qual curso fazia, e com que frequência ia a Avonlea, e que ela estava morando com Diana, e muitas outras coisas que sua mãe sentia ser primordial que fossem do seu conhecimento ao longo dos últimos cinco anos.)

Não que o fato de estar outra vez perto de Anne tivesse sido um fator decisivo para Gil pedir transferência para Redmond. Ele também se inscrevera, e fora aceito, na Universidade de Nova York e no Queens College. Mas o currículo de Redmond era o mais similar ao de Berkeley, e o programa deles não exigia tantos cursos suplementares como a NYU. A simples mudança de uma universidade para outra já implicaria um ano a mais para concluir o curso. A possibilidade de rever Anne fora um bônus, apenas isso. Fazia anos que ele superara a paixonite por ela. Tivera vários namoros na Califórnia, alguns mais sérios que outros. Namorara Christine Stuart por quase um ano, uma garota que conhecera na aula de economia no segundo ano, antes de se dar conta de que o relacionamento deles era tão excitante quanto ficar esperando cola de papel de parede secar. Ela representava segurança. Boazinha, doce, calma, Gil sabia que ela jamais o magoaria. Demorou algum tempo para perceber que ela jamais o magoaria porque ele nunca lhe dera motivo e porque eles nunca haviam enfrentado nenhuma crise ou impasse.

Essa epifania o deixou extremamente desconfortável, e depois disso o relacionamento foi morrendo aos poucos e sem turbulência.

Dali por diante, Gil evitava se envolver, não saindo com a mesma garota mais que algumas poucas vezes, apenas. Teria muito tempo para conhecer alguém e namorar firme depois que se formasse e se estabelecesse na carreira. Esse procedimento estava dando muito certo, e por esse motivo ele ficou tão chocado ao reencontrar Anne e sentir o coração quase pular do peito e ver-se à mercê dela.

De novo.

Ele achara que aprendera a lição no sétimo ano, depois novamente no fim do último ano, quando ela pisara sem dó em seu coração. Aparentemente, seu coração gostava de sofrer.

Ela estava meio perdida no meio de uma multidão barulhenta no bar numa sexta-feira à noite, mas a massa de cabelos ruivos caindo sobre os ombros atraiu a atenção de Gil como um farol. Ainda assim, ele pensou, havia centenas de garotas ruivas no Brooklyn.

Apenas por reflexo, o olhar dele se prendera nos cabelos ruivos por alguns segundos antes de ele desviar a atenção para o jogo, mas então os olhares de ambos se encontraram, e foi a maior surpresa de sua vida. Após anos esperando inconscientemente encontrar Anne em meio a uma multidão, dessa vez era real! Foi quase um choque finalmente encontrar a ruiva certa.

O modo como seu coração disparou no peito quando a inegável compulsão de estar perto dela o levou a abrir a porta da gaiola de segurança respondia, sem sombra de dúvida, à pergunta se seu sentimento por Anne se extinguira ou ainda persistia. No fundo da mente, ele registrara a voz de Fred dizendo seu nome, acima do burburinho e em tom de perplexidade. Mas seu foco era um só, o brilho daqueles cachos cor de cobre, conforme ele abria caminho em meio à multidão. Mesmo àquela distância, ele identificou o momento exato em que Anne o reconheceu, pela expressão também chocada dos olhos cinzentos. A reação dela, um misto de pânico e desconfiança à medida que ele se aproximava, ajudou a abrandar um pouco a urgência em alcançá-la. Era tão típico de Anne suspeitar de que

ANNE DE MANHATTAN

ele estivesse sempre tramando alguma coisa. Ele passara anos tentando reparar isso, receber a atenção de Anne de outra forma. Era embaraçoso pensar em quantas horas da vida ele dedicara a conseguir que aqueles olhos cinzentos o fitassem sem medo ou irritação.

Gil acreditara que estava preparado para ver Anne novamente; tivera meses para se acostumar com a ideia, enquanto providenciava a transferência para Nova York depois do diagnóstico da doença do pai. Mas não estava, nem um pouco. Chegava a ser ridículo quão despreparado estava.

Destrancando a porta da frente, Gil afastou-se a tempo de não ser atropelado à medida que Fred passava, chutando as botas enquanto ia para a cozinha, nos fundos do apartamento. Nenhum dos dois primava pela organização, então Gil empurrou as botas com o pé até perto da parede e seguiu o som da cantoria do amigo bêbado. Sempre que Fred bebia mais de três cervejas, começava a entoar os maiores sucessos dos musicais da Broadway. Era muito engraçado.

Encostando-se no batente da porta da cozinha, Gil arqueou as sobrancelhas.

– Bicho, você não comeu quase uma *pizza* inteira e uma salada Caesar agora há pouco?

– Cara... – Fred fez uma expressão magoada enquanto equilibrava um pedaço de salame, um pacote de queijo ralado e um vidro suspeito de cogumelos em cima de uma caixa de ovos. – Isso foi há cinco horas. Eu malho bastante, preciso comer muita proteína.

Suspirando alto, Gil entrou na cozinha, puxou com o pé uma cadeira e se sentou, subitamente cansado. Fred cheirou os cogumelos, fez uma careta e jogou o vidro no lixo perto da porta de serviço. Os dois ficaram em silêncio por alguns minutos, enquanto Fred cortava o salame com movimentos cuidadosos e precisos, e Gil curtia o silêncio depois da barulheira no bar. Se não se mexesse, ainda podia sentir os ouvidos trepidar no compasso da música.

– Então... – começou Fred.

Droga. Gil já antecipara aquilo, mas não achava que seria tão imediato; esperava que fosse, pelo menos, no dia seguinte.

– Hum – murmurou.

Então se levantou, pegou um frasco de isotônico na geladeira e girou a tampa. Sentia-se melhor tendo algo para fazer com as mãos. Tomou um gole enquanto Fred colocava o salame picado na frigideira, produzindo um som crepitante e impregnando a cozinha com o aroma fragrante de carne frita.

– O que pega entre você e a ruiva?

Pelo sorriso torto do amigo, Gil soube que ele não se esquecera do nome de Anne; estava apenas provocando.

Gil fechou o frasco da bebida e apoiou-se na bancada ao lado da pia, pensando em como condensar uma década de não exatamente amizade, e não exatamente inimizade, para poder colocar o amigo a par de tudo.

– Temos uma história – disse, por fim. Rolando o frasco entre as mãos, observou o líquido azul brilhante balançar dentro do vidro, ainda um pouco zonzo pela última rodada de drinques que haviam bebido antes de encerrar a noite. – Você sabe que somos da mesma cidade. Estudamos juntos, ela, eu e Diana.

Fred assentiu, quebrando dois ovos sobre o salame e misturando tudo.

– Anne e eu crescemos juntos. É uma cidade pequena, todo mundo se conhece, sabe como é? Anne foi para o colégio em que eu estudava quando estávamos no sétimo ano e... – Ele fez uma pausa, coçando a nuca um pouco sem jeito. – Não começamos muito bem desde o início.

– O que você fez? – Fred colocou um punhado de queijo ralado na frigideira.

– E por que acha que fiz alguma coisa?

– Porque conheço você...

Gil pensou um pouco e deu risada, reclinando-se contra a porta do armário ao lado.

– Ah, tudo bem... faz sentido. Pode ser que eu a tenha chamado de Cenourinha e puxado o cabelo dela...

– Cara! Sério?! – Fred franziu a testa enquanto passava a omelete da frigideira para o prato.

– Eu sei... fui imaturo e maldoso, o que, aliás, ela fez questão de deixar claro na ocasião.

– Imagino... – Fred fez uma careta. – Você gosta de viver perigosamente desde garoto, para provocar uma ruiva? Sei que é estereótipo associar ruivas a gênio forte, mas minha prima Macey é ruiva e olhe... é um perigo!

– Não, era só idiotice de adolescente. Do tipo que, se tiver um filho, farei questão de ensiná-lo a evitar. Eu me arrependi na mesma hora e pedi desculpas, mas não adiantou. O estrago estava feito. Acredite, ela nunca esqueceu... e nunca me deixará esquecer, não importa o que eu faça.

– Espere... – Apoiando o garfo no prato, Fred lançou um olhar sério para Gil, que tomou mais um gole da bebida para evitar contato visual com o amigo, sabendo que este fizera a conexão que ele desejava que não fosse feita. – Então é ela? A garota que bagunçou sua cabeça de tal maneira que você nunca engatou um relacionamento sério desde que o conheci, há quatro anos?

– Para falar a verdade... – começou Gil, jogando o frasco vazio no lixo, um pouco contrafeito por desfazer-se de sua ferramenta de defesa – ... a culpa nunca foi dela. A culpa é minha. Acho que ela nunca acreditou que eu gostasse dela, mesmo depois de ficarmos juntos naquele acampamento de verão.

Ficarmos juntos.

Ele estalou a língua, a contrariedade da oportunidade perdida ainda tão aguda quanto cinco anos antes.

– Nós nos beijamos. Uma vez. Mas depois tudo desandou, como sempre acontecia toda vez que tentávamos dar uma trégua.

– Então é isso... vocês se detestavam porque você fez uma brincadeira com a cor do cabelo dela?

– Bem, parece ridículo, colocado dessa forma. Nunca detestei Anne. Bem que gostaria de detestar, preferiria mil vezes detestar a gostar dela, mas sentimento a gente não controla. – Gil esticou as pernas, sentindo o acúmulo de tensão da última semana. Uma mudança para o outro lado do país, depois o encontro com a mãe e o pai para a primeira sessão de quimioterapia do pai, em seguida desfazer a bagagem e pôr tudo em ordem. Fora uma semana atribulada, e ele começava a sentir o peso nas pálpebras. Bocejando, escorregou na cadeira. – E, na realidade, também não acho que ela me detestasse. Ela só me achava um chato, e com razão. Eu era chato mesmo, pelo menos em cinquenta por cento das vezes. Setenta por cento, talvez.

– Você contou a ela que também está no Redmond?

– Não.

– Por quê?

Inclinando a cabeça para trás, Gil ficou olhando o teto.

– Não sei. Ia contar, mas... acabei não falando nada. Talvez porque eu a conheça, e, se contasse hoje, ela provavelmente passaria o fim de semana traçando rotas no *campus* para me evitar. E não quero que ela me evite – acrescentou com um suspiro resignado.

Fred levantou-se e levou o prato para a pia, dando a Gil alguns minutos de silêncio enquanto lavava a louça. Enxugando as mãos numa toalha, virou-se e encostou-se na bancada, encarando o amigo.

– Isso vai ferrar você de novo?

– Talvez. Provavelmente.

– Droga. – Fred jogou a toalha para o lado, retorcendo a boca em um sorriso irônico. – Gostei muito de Diana. Menina bonita. Engraçada. Pernas lindas. Que pena, gostaria de poder conhecê-la um pouco melhor.

Gil endireitou-se na cadeira, sentindo-se culpado.

– Mas isso não impede que a gente continue se encontrando e saindo juntos. Diana é legal, e Phil parece ser legal. Anne e eu podemos ser...

– Legais?

– Cale a boca! – Ele tentou chutar a canela do amigo, mas Fred desviou-se com uma risada. – Sim, podemos ser legais. – Gil gesticulou, descartando uma década de animosidade enquanto se levantava, estalando as costas. – Estamos com 24 anos... o ensino médio foi há quase seis anos. Vai dar tudo certo.

– O que pode dar errado? – murmurou Fred, *sotto voce*, desaparecendo no corredor em direção ao quarto.

Embora consciente de que o amigo estava sendo sarcástico, Gil não podia deixar de se sentir otimista. A rivalidade com Anne era um passado distante, e ambos eram adultos agora. Não deveria ser tão difícil deixar as diferenças de lado e tentar ser amigos, sobretudo porque tudo levava a crer que eles se encontrariam outra vez num futuro próximo. E daí se ele ainda se sentia loucamente atraído por ela e jamais esquecera a sensação dos lábios macios sob os seus?

Ele sabia separar as coisas. Daria tudo certo.

Capítulo 5

No passado

Anne entrou na sala do sétimo ano do Colégio Preparatório de Avonlea com o mesmo senso de determinação e otimismo que sempre levava consigo para todo lugar aonde ia. Escola nova, novo ano, casa nova, novos amigos... ali estava Diana Barry, na segunda fileira, a menina que morava na casa vizinha à da sua mais recente família adotiva... e Anne estava pronta para mergulhar de cabeça na nova vida.

De novo.

Porque, pela primeira vez em muito tempo, parecia que a boa sorte iria perdurar. Por causa de uma confusão na papelada, a agência de adoções mandara uma menina para a casa dos Cuthberts, sendo que eles haviam solicitado um menino, por isso o sonho durara pouco para ela, mas, no final, o que ela chegara a pensar que seria um lar por apenas poucos dias aparentemente se tornara um lar permanente.

Sua nova mãe adotiva, Marilla, concordara com um período de experiência, em vez de mandá-la de volta para o orfanato. Mediante o fato de

ANNE DE MANHATTAN

que a mulher mais velha havia, a princípio, se oposto com veemência à permanência de Anne em sua casa, foi uma grata surpresa quando ela mudou de ideia. Aparentemente, o irmão de Marilla, Matthew, ficara deprimido com a ideia de a menina ser mandada de volta para o orfanato quando eles tinham tanto para dividir. A irmã insistiu que só concordara com o período de experiência porque não aguentava mais olhar para a expressão de melancolia do irmão e ouvir seus suspiros sentidos.

Contudo, quando Anne enlaçou a cintura de Marilla numa demonstração de gratidão, a mulher retribuiu carinhosamente o abraço, afagando suas costas.

E assim aquele trio improvável iniciou uma confortável rotina de verão. Anne levantava-se ao alvorecer e devorava o café da manhã, depois saía com Matthew para acompanhá-lo nas tarefas matinais. Ele não parecia se incomodar com sua presença, apesar de ela fazer incontáveis perguntas, sobre tudo! Uma vez por semana, ela ficava em casa para ajudar Marilla, e as duas limpavam a casa de cima a baixo.

Anne não entendia muito bem por que era necessário fazer aquela faxina toda semana, uma vez que a casa estava sempre limpa e arrumada sob a supervisão atenta de Marilla, mas acostumou-se a apreciar aquela organização perfeita.

O verão passou num piscar de olhos, e as noites se tornaram mais frescas, a ponto de Anne vestir um agasalho para se sentar na varanda depois do jantar. Sua hora favorita do dia era quando o sol começava a descer atrás das árvores, colorindo o céu com tons brilhantes de laranja e rosa. Era tudo tão tranquilo e pacífico ali, a não ser pelo chirriar dos grilos, um sossego que ela até então não conhecia e que inspirava sua imaginação, fazendo sua mente viajar para longe. Logo, porém, Marilla começou a falar em escola, e, quando Anne se deu conta, estava matriculada no colégio mais lindo que já vira na vida. A mulher mais velha explicou que era uma escola particular, que seria um desafio para Anne e onde ela poderia explorar ao máximo "seu cérebro criativo, sua infindável curiosidade e seu vocabulário perturbadoramente extenso". Elas quase perderam o prazo da matrícula, em especial para solicitar uma bolsa de estudos, mas Marilla foi até a secretaria com aquela expressão determinada que Anne aprendera a reconhecer como a faceta séria da personalidade da mãe adotiva. E uma hora depois Marilla voltou com tudo resolvido e agradeceu ao ligeiramente surpreso diretor antes de ir embora com Anne.

Marilla Cuthbert era uma força da natureza.

Assim, ali estava Anne usando o uniforme da escola, bermuda cáqui e camiseta polo branca, que em nada favorecia sua pele clara, as solas dos tênis novos estalando no piso de linóleo conforme ela atravessava a sala até onde Diana estava. A garota morena ergueu o rosto para ela e abriu um sorriso largo, apontando com o polegar para a carteira que guardara para Anne com sua mochila. Anne sentiu uma onda de alegria por já conhecer Diana e por terem tido uma afinidade imediata. Uma única amiga era suficiente para que tudo o mais fosse enfrentado com facilidade. Anne devolveu a mochila de Diana e sentou-se na carteira com um suspiro, desembaraçando a longa trança das tiras da própria mochila antes de colocá-la no chão, embaixo da carteira.

– Quase perdi a hora! – Com uma careta, colocou vários lápis bem apontados sobre a mesa, com precisão militar. – Marilla insistiu para eu tomar um café da manhã reforçado, mesmo eu dizendo a ela que havia grande probabilidade de vomitar, de tanta ansiedade. Ela disse que eu estava fazendo drama... – Anne deu de ombros. – Aí, quando estávamos saindo e Matthew viu que a caminhonete estava com pouca gasolina, eu queria morrer só de pensar em ter que vir a pé logo no primeiro dia e chegar atrasada, com todo mundo na classe olhando para mim.

– Bem, ainda faltam cinco minutos para começar a aula – respondeu a amiga, quando finalmente o sinal tocou, e os alunos que estavam no corredor entraram, falando alto. Ela apoiou o queixo na mão, observando com os olhos castanhos divertidos Anne tirar da mochila um caderno novo em folha e colocá-lo exatamente no centro da carteira. – Você precisa de uma régua?

– Ha-ha-ha, você é hilária! – respondeu Anne, com voz seca. – Saiba que virei uma pessoa muito organizada. Culpa de Marilla, que passou o verão inteiro me ensinando.

– Ceerto...

Enquanto os outros alunos disputavam os assentos no fundo da sala, Anne examinou discretamente sua carteira com olhar crítico, sentindo no peito, outra vez, a opressão do nervosismo. Afastando o sentimento e tentando ignorá-lo, ela se voltou para Diana. Sentia uma ponta de inveja da altura da amiga; a outra garota devia ter crescido uns cinco centímetros desde que tinham se conhecido, no início do verão. Uma das ex-mães adotivas de Anne lhe dissera que ela devia ser a menorzinha da ninhada, sendo tão magra e baixa, comentário realmente rude e até maldoso.

Era difícil não se deixar influenciar por pessoas assim, sobretudo nos dias ruins. Todavia, seu nariz era bonitinho, e as sardas, charmosas. Anne tinha a esperança de que um dia a cor alaranjada de seu cabelo escurecesse para o tom castanho-avermelhado do da mãe. As lembranças da genitora eram poucas, pois ela tinha apenas 5 anos quando a mãe morrera, mas nunca se esquecera dos fascinantes cachos ruivos que costumava enrolar nos dedos quando estava no colo dela.

Esperava um dia olhar no espelho e ver algo da mãe. Contudo, até isso acontecer, precisava se contentar com o que tinha. Mesmo não havendo o menor sinal de que algum dia seus seios cresceriam.

– Gostei do seu cabelo – ela disse para Diana, em vez de continuar se lamentando mentalmente por parecer uma tábua e gesticulando para as tranças longas e finas da amiga entremeadas com uma fitinha azul.

– Obrigada. – Diana passou delicadamente a mão no alto da cabeça, com ar envaidecido. – Minha mãe não queria que eu fizesse, diz que meu cabelo vai encrespar, e ela quer que eu ganhe o Prix des States em outubro. Diz que vou perder pontos por não usar o coque tradicional ou o estilo francês retorcido. Fala que tudo tem que estar perfeito, que não posso dar nenhum pretexto para os jurados me tirarem pontos.

– Você acha que perderia pontos por causa do cabelo? – Anne não sabia nada sobre competições de hipismo, apenas que Diana praticava desde pequenina e parecia ser muito boa nisso, por mais que os jurados parecessem ser exigentes.

A amiga deu de ombros e retorceu a boca numa careta, antes de sua expressão se suavizar de novo.

– Talvez. Se não for por causa do cabelo, provavelmente por alguma outra coisa. É sempre assim… mas não ligo mais. A chapinha estava acabando com meu cabelo, assim como a química. Sem falar que fico horas naquela cadeira.

Nesse momento, o professor entrou na sala calando o burburinho, seguido de perto por um garoto alto, ombros largos e cabelo escuro ligeiramente despenteado. Enquanto se dirigia para sua mesa, o rapaz olhou em volta e sorriu para um grupo de colegas que o cumprimentaram. Seus olhos passaram rapidamente por Anne à medida que procurava uma carteira, mas em seguida voltaram para ela, estreitando-se.

O modo como ele a estudou, como se observasse cada detalhe, deixou-a sem graça, e ela baixou os olhos. Inclinou-se para remexer na mochila, fingindo procurar alguma coisa e tentando aliviar o rubor no rosto.

Rosto vermelho e cabelo cor de laranja não eram uma combinação charmosa.

Assim que ele passou por sua carteira, Anne sentou-se ereta, movendo-se desconfortavelmente ao perceber que ele ocupava a carteira vazia logo atrás dela. Ficar nervosa daquele jeito por causa de um garoto não era algo que costumava lhe acontecer. Ignorando o arrepio na nuca, ela abriu o caderno e tentou prestar atenção no professor conforme este se apresentava. Com olhar condescendente percorrendo a classe, o senhor Philips enumerou as muitas regras que esperava que fossem seguidas. Depois pegou uma folha de papel em sua mesa e a examinou por um instante, antes de olhar direto para Anne.

– Turma, temos uma aluna nova neste ano. Ann Shirley, por favor, fique de pé e nos fale um pouco sobre você.

Essa era sempre a pior parte, mas ela estava acostumada com as constantes mudanças de escola e já tinha o discurso pronto.

– Olá, eu me mudei recentemente de Deer Park para cá. Gosto de fazer pão e bolo, adoro ler, e minha cor predileta é azul. – Ela ia se sentando, mas voltou a ficar de pé. – Ah, e meu nome é A-N-N-E, com E.

O senhor Philips olhou o papel outra vez e arqueou uma sobrancelha.

– Em sua ficha de matrícula está escrito A-N-N – ele soletrou.

– É a escrita oficial, mas prefiro "Anne" com E. Sem o E, parece que fica muito curto e incompleto, então por isso sempre escrevo com E.

– Bem, a forma correta da escrita do seu nome é sem o E, independentemente de sua preferência. E é desse modo que usarei.

Anne reprimiu um suspiro, prevendo que ela e o senhor Philips não se entenderiam às mil maravilhas. Ele era do tipo que não gostava do seu estilo; ela era muito falante, falava alto, era entusiasmada, imaginativa. Demais, já lhe haviam dito isso algumas vezes. Entretanto, ela focou a atenção no professor quando ele mandou abrir os livros que haviam sido distribuídos e iniciou uma palestra seca e monótona sobre as Guerras Napoleônicas.

Após alguns minutos, alguém cutucou seu ombro com a ponta emborrachada de um lápis.

– Ei, pode me emprestar uma folha? – susurrou uma voz.

Era o garoto de cabelos castanhos que se sentara atrás dela. A seu lado, Diana parecia estar tentando lhe dizer alguma coisa ininteligível com movimentos das sobrancelhas, quando o garoto a cutucou de novo. Com um suspiro de irritação, Anne arrancou duas folhas do caderno e passou-as para ele, sem se virar para trás. Era o primeiro dia de aula, e ele nem se lembrara de trazer um caderno? Sério?

Inclinando-se para a frente com o intuito de ficar fora do alcance dos cutucões com o lápis, ela voltou a prestar atenção no que o senhor Philips dizia, fazendo anotações caprichadas no caderno, copiando o que ele escrevia na lousa. Não tinha tempo para meninos, nem para os bonitos, muito menos para os que achavam que cutucar alguém com um instrumento de escrita era o melhor modo de chamar a atenção. Aquela era a melhor escola em que já estudara, com livros novos e computadores modernos alinhados nas mesas ao longo da parede. As possibilidades do que poderia aprender e fazer ali eram vertiginosas e infinitas. No início, ela se sentira apreensiva por ir para uma escola particular, mas Marilla a convencera de que ela tinha todo o direito de estudar ali, tanto quanto qualquer outro adolescente. Talvez até mais, já que conseguira vaga ali unicamente por mérito e pelas notas altas. Nunca, nem em um milhão de anos, ela imaginara que acabaria em um colégio como o Preparatório de Avonlea; esse tipo de coisa não acontecia com ela. E ela não estava a fim de perder nem um segundo daquela oportunidade. Marilla dissera que, se ela continuasse tirando boas notas até o fim do nono ano, teria grandes chances de fazer o ensino médio no mesmo colégio. O que, segundo lhe dissera a mulher mais velha, lhe proporcionaria uma base sólida para entrar em uma boa faculdade. Dessa forma, Anne nunca mais precisaria depender da boa vontade e da caridade de ninguém.

Absorta na tarefa de dissertação que o professor passara, ela quase não prestou atenção no esbarrão de um tênis em uma das pernas traseiras de sua cadeira. Aquele garoto, de novo. Cerrando os dentes, ela se debruçou sobre o caderno e o ignorou. O pontapé seguinte foi mais forte, fazendo a cadeira dela ranger sobre o linóleo.

– Quer parar, por favor?! – sussurrou, virando-se na cadeira para lançar um olhar fulminante para ele.

Ele apenas esboçou um sorriso inocente, exibindo uma covinha que só o deixava ainda mais lindo, o que fez que seu comportamento inadequado irritasse Anne ainda mais. Ela conhecera garotos iguais a ele antes; em toda escola, havia os meninos bonitos e populares, todos confiantes em sua posição no topo da pirâmide social. E ela aprendera a manter distância deles, porque, na maioria, eram tontos que gostavam de tirar sarro dela. Eles a provocavam por ser adotada, por ser *nerd*, por causa do cabelo cor de laranja, por ser ingênua.

– Meu nome é Gilbert Blythe. Mas todo mundo me chama de Gil – disse o garoto, alheio aos pensamentos de Anne enquanto se recostava na cadeira, claramente satisfeito agora que conseguira a atenção dela.

– Fascinante. – Ela revirou os olhos. Francamente... Eram todos iguais, mesmo. – Então pare, beleza? Alguns aqui estão interessados em aprender.

– Estou interessado em aprender... – ele retrucou e piscou para ela – ... com quem você vai lanchar, por exemplo.

Ah, pelo amor...

– Vou lanchar com Diana – ela sussurrou de volta em tom furioso, com a esperança de que ele calasse a boca. – Que não fica cutucando minhas costas com o lápis! Agora chega!

– Anne Shirley! – soou a voz ríspida do senhor Philips na frente da sala.

Uma onda de humilhação atravessou Anne da cabeça aos pés.

– Você se importaria de compartilhar com a turma o assunto tão interessante que a leva a conversar com Gilbert em vez de fazer a tarefa que deveria estar fazendo?

Ignorando a expressão culpada de Gilbert quando ele disse um "desculpe" silencioso apenas com um movimento dos lábios, Anne endireitou-se na cadeira e virou-se para olhar o professor.

– Eu não estava conversando, porque "conversar" significaria que ele teria algo a dizer em que eu estaria interessada, e não estou.

– Ei!

O professor ignorou a exclamação do garoto, estreitando os olhos para Anne.

– É sarcasmo que percebo em suas palavras, senhorita Shirley?

Sem dúvida era, mas ela não tivera a intenção de deixar transparecer. Adultos como o senhor Philips a colocavam na defensiva. As opiniões deles eram formadas muito rápido e eram sólidas como cimento. Ela era sempre a estranha, a eterna forasteira, bocuda demais para seu próprio bem, orgulhosa além do bom senso. Tudo o que lhe restava fazer era acatar a bronca, baixar a cabeça e engolir a indignação.

– Não, senhor. Sinto muito – disse, resignando-se a pedir desculpas por algo que não era sua culpa.

– Não sente tanto quanto sentirá se não respeitar as regras na minha aula.

Ela assentiu, envergonhada e emudecida. Era possível que alguns dos ex-professores não tivessem simpatizado com ela, mas ela jamais tivera problemas na escola. Nunca. Em outros lugares, sim, por não ter filtro quando falava, mas não na escola.

Aparentemente satisfeito, o senhor Philips retornou para sua mesa e voltou a digitar no *notebook*.

– Desculpe. Não queria causar problema para você.

Anne fechou os olhos ao ouvir o som da voz baixa de Gil e respirou fundo, tentando buscar paciência. Será que ele não calava a boca nunca? Algumas pessoas deveriam vir com tecla *mute*, e ele era uma delas, com certeza. Ela contou mentalmente até dez.

Por infelicidade, não havia tecla *mute*, então ela teria que ser superior e ignorá-lo.

– Psiu. Ei, Cenourinha... não fique brava...

Cenourinha? Cenourinha?!?

Anne respirou fundo outra vez, indignada até a alma com o insulto a seu cabelo, esquecendo a resolução de manter-se calma e controlada.

Enfurecida, pegou o caderno, girou na cadeira e bateu na cabeça dele com toda a força.

– Senhorita Shirley! Nunca vi uma aluna tão desrespeitosa em meus dez anos de magistério! Seu comportamento é inaceitável! – O senhor Philips andou entre as carteiras até perto deles, o rosto vermelho, a testa franzida numa expressão zangada.

Anne sentiu uma onda de pavor, mas recusou-se a demonstrar, erguendo teimosamente o queixo.

– Fui obrigada, professor. O senhor ouviu o que ele disse? – Não era possível que ele não reconhecesse que ela era a inocente ali. Qualquer pessoa com o mínimo orgulho teria reagido da mesma forma que ela quando atacada daquela maneira.

– Não sei como era em sua outra escola, o que vocês podiam ou não fazer. Aqui no Preparatório de Avonlea, os alunos não agridem uns aos outros.

Aquele garoto horroroso falou pela primeira vez em voz alta desde que a confusão toda começara.

– Estou bem, não foi nada. Nem doeu.

Anne virou-se para ele, estreitando os olhos.

– Não preciso que me defenda, obrigada.

– Já pedi desculpas...

Anne apontou o dedo para ele, calando-o.

– Ele me chamou de Cenourinha, senhor Philips! Cenourinha!

– Não foi por mal!

Anne ergueu as mãos, e ele cruzou os braços, em defesa, sobre o peito.

– Como assim não foi por mal?!

– Chega! – O senhor Philips elevou a voz acima da discussão de Anne e Gilbert, silenciando também os murmúrios dos demais alunos, e fez um gesto com a mão, cortando o ar.

– Senhorita Shirley, parabéns por tomar suspensão no primeiro dia de aula, em sua nova escola. E, senhor Blythe, já que parece tão ansioso em dar continuidade à conversação com sua colega, quem sou eu para atrapalhar esse encantador interlóquio... Os dois sexta-feira, às 15 horas, no centro de mídia.

Anne obrigou-se a calar a boca, o rosto ardendo de vergonha e raiva ao se dar conta de que a classe inteira olhava para eles.

Tanto empenho para causar boa impressão na escola nova, tudo jogado no lixo! Ela queria que o chão se abrisse. E que Gilbert Blythe afundasse também.

Ele era um garoto horroroso, insuportável, e ela jamais o perdoaria.

Capítulo 6

No presente

A Redmond Writers House, espaço compartilhado para todos os cursos de mestrado, incluindo pedagogia, literatura e belas-artes, ficava em um condomínio na esquina da Washington Square. Era uma construção discreta de três andares, entre um edifício de apartamentos de luxo e um famoso estúdio de gravações que produzira alguns dos maiores *hits* da década de 1970.

Antes de ser comprada pela universidade, a casa fora a residência de um famoso compositor/poeta/*beatnik* que realizava festas conhecidas tanto pela espetacular variedade de drogas que circulavam entre os convidados como pelos rostos famosos que as frequentavam, noite após noite. Até que o homem se cansou da fama, tornou-se sóbrio e, segundo rumores, mudou-se para Montana, para criar gado.

Os dois andares superiores consistiam em espaços para palestras, salas de leitura e grupos de estudo. Era um cenário interessante, bem diferente do que Gil estava acostumado em Berkeley, onde as aulas eram ministradas em um amplo prédio em estilo gótico construído para acomodar centenas de estudantes ao mesmo tempo.

Naquele lugar, na maior das salas provavelmente não caberiam mais de setenta e cinco pessoas, espremidas.

Ele fez questão de chegar cedo no primeiro dia de aula, assim que o portão foi aberto, para ter tempo de explorar o primeiro andar. Fora amor à primeira vista quando estivera ali na primavera, antes de pedir a transferência; o andar térreo inteiro era uma grande biblioteca. As três lareiras originais haviam sido emparedadas ao longo das décadas e agora continham arranjos de flores artificiais e esculturas sinuosamente retorcidas. Estantes de livros revestiam as paredes, e, embora as salas fossem pequenas e lotadas, a disposição das mesas e dos assentos era aconchegante, e as altas janelas em arco propiciavam ampla iluminação natural, suavizada por múltiplas folhagens verdejantes que pendiam de cestos suspensos. A biblioteca toda tinha ar arejado e boêmio, o que combinava com a atmosfera descontraída de Redmond.

Gil imaginou que Anne se sentisse em casa ali. Provavelmente, ela adorava circular por aquelas salas repletas de estantes de livros e peitoris com pontas de lápis esquecidas.

Entrando em uma das salas dos fundos da biblioteca, Gil sentou-se perto de uma janela estreita com vista para o pátio que o prédio dividia com vários outros edifícios do condomínio. Grato pelo excelente ar-condicionado que parecia estar aguentando bem a onda de calor do fim de agosto, ele ignorou o modo como sua camiseta suada grudava nas costas após a curta caminhada do metrô até ali e abriu o *notebook*. Passou a hora seguinte verificando os *e-mails*, certificando-se de que encomendara todo o material de que precisaria para seus cursos e lembrando a si mesmo de que não se deixaria distrair no primeiro dia de aula com a possibilidade de encontrar Anne em algum lugar por ali, a qualquer momento.

Por certo eles teriam algumas aulas sobrepostas, já que a programação era apertada.

Seus lábios se curvaram num sorriso conforme ele antecipava a reação dela quando descobrisse que ele pedira transferência para aquela instituição. Seria imaturo da parte dele, aos 24 anos, ainda se animar com a perspectiva de ver aquela expressão emburrada que ela parecia reservar somente a ele? Com certeza. Isso diminuiria o prazer que ele sabia que sentiria com a situação? Não particularmente.

Um olhar para o celular avisou Gil de que precisava se apressar se não quisesse chegar atrasado na aula. Guardou na mochila o *notebook* e os livros que estava contemplando com sensação de expectativa pela aula daquela manhã, sobre as tradições ancestrais de contar histórias orais e seu impacto na literatura moderna. Subindo as escadas estreitas para o terceiro andar, ele cumprimentou, com um aceno de cabeça, alguns alunos que passavam em sentido contrário. Verificando as placas indicativas ao lado de cada porta à medida que percorria os corredores, não demorou para encontrar a sala peculiarmente chamada Dashiell Hammett. Em homenagem ao ex-proprietário do imóvel, cada sala tinha o nome de um escritor ou poeta famoso. A aula da manhã seguinte seria na sala nomeada Octavia E. Butler, no segundo andar. Ele passara por ela no caminho e tivera um vislumbre do interior... Era mobiliada com longos sofás almofadados e poltronas de aspecto confortável, com várias mesinhas de apoio espalhadas. A diferença entre as duas salas era impressionante.

Parando na soleira, Gil avaliou as longas mesas curvas e as cadeiras de madeira dispostas em semicírculo, com a mesa do palestrante na frente. A sala estava parcialmente ocupada por estudantes que ou conversavam baixinho ou preparavam seus *notebooks*.

Encontrando um lugar vago no fim da penúltima fileira, ele abriu novamente o *notebook* e estava colocando o celular no modo silencioso quando um lampejo de uma roupa vermelha na porta o fez erguer os olhos.

Ali estava ela, começando a atravessar a sala, os dedos segurando a tira da mochila pendurada no ombro.

Gil olhou para ela com um sorriso torto e indicou a cadeira vazia a seu lado. Ela o encarou por um instante com expressão inescrutável. Em seguida, sua postura relaxou um pouco, e ela foi para perto dele. Sentando-se, posicionou o *notebook* e o celular na mesa com movimentos precisos e virou-se para Gil com as sobrancelhas arqueadas.

– Tudo bem, desembuche.

– Desembuche o quê? – Ele reprimiu uma risada quando Anne, previsivelmente, o fitou com os olhos estreitados.

– O que está fazendo aqui, para início de conversa? Está me perseguindo, Gilbert Blythe? Porque, para ser sincera, é muito estranho você estar aqui, entre todos os lugares do mundo. – Ela tamborilou os dedos na superfície de fórmica da mesa, sem desviar o olhar do rosto dele.

Dessa vez ele riu e ergueu as mãos em gesto de defesa.

– Não a estou perseguindo, juro. Não vou mentir, sabia que estaria aqui quando solicitei a transferência, mas não foi por isso que vim. Redmond tem o currículo mais semelhante ao de Berkeley. Não precisarei de tantos créditos como necessitaria na Universidade de Nova York. Além disso, gosto da *vibe* daqui.

– Marilla chama de "metidos a artistas". – Ela deu um sorrisinho.

– Marilla é um tesouro nacional.

– Ela é, sim – concordou Anne. – Mas por que não me contou, quando nos encontramos no bar, que viria para cá?

Como não queria que aquele pretexto para falar com ela de novo não parecesse algo que ele teria de confessar em voz alta, Gil limitou-se a encolher os ombros. Pelo menos, com a idade, vinha a capacidade de filtrar o que o cérebro pensava antes de expressar em palavras, ao contrário daquela ocasião humilhante em que ele a convidara desajeitadamente para o baile na frente de metade da classe, e ela recusara com extremo preconceito.

– Esqueci. – Era uma desculpa fraca, mas a única em que ele podia pensar no momento.

Anne lançou a ele um olhar inexpressivo que projetava ceticismo com a mesma veemência como se tivesse falado em voz alta que não acreditava nele, mas não o confrontou. O professor entrou nesse instante, interrompendo a continuidade da conversa, mas Gil não conseguia evitar lançar olhares de soslaio para ela de vez em quando, com a estranha sensação de *déjà vu* quando ela afastava o cabelo para trás do ombro para desobstruir a visão. Numa das vezes, Gil a surpreendeu olhando para ele, os olhos cinzentos encontrando os seus por um segundo antes de se desviarem. O leve rubor que cobriu o pescoço dela era fascinante.

Quando a aula terminou, Gil não se levantou de imediato, concentrado em guardar vagarosamente suas coisas, enquanto Anne trocava abraços e risos com alguns colegas que não via desde o semestre anterior. Ele tinha cerca de duas horas de intervalo até a próxima aula; não valia a pena ir para casa para voltar de novo em seguida.

Sentindo a sonolência de ter acordado muito cedo após uma noite mal-dormida, Gil daria tudo por uma xícara de café. Se Anne também estivesse livre, talvez pudessem colocar a conversa em dia, sem precisar gritar acima do som de música alta ou esquivar-se de clientes bêbados.

Ele estava prestes a desistir, sentindo-se tolo enquanto remexia os livros pela terceira vez, quando Anne voltou para guardar suas coisas na mochila. Ela retorceu o cabelo para cima, prendendo-o com um elástico num coque improvisado, algumas mechas se soltando imediatamente.

Colocando a mochila no ombro, ela olhou de esguelha para Gil.

– Vai sair? – Anne perguntou.

– Sim.

Em silêncio, eles desceram as escadas e atravessaram o saguão; o bafo de calor do meio da manhã os atingiu quando saíram para a calçada, tão quente que Gil sabia que estaria suando em bica em questão de minutos. Parando no pé do curto lance de degraus de alvenaria, eles se afastaram para o lado, para evitar esbarrarem no fluxo de pessoas que entravam e saíam do prédio.

Anne levou a mão ao rosto para sombrear os olhos, apertando-os um pouco.

– Qual é a sua próxima aula?

– Direito Educacional – disse Gil, já pensando em desistir. Teria os créditos necessários mesmo sem essa disciplina, e, além do mais, era um assunto mais seco que bife sola de sapato.

– Parece interessante. – Anne não obteve êxito em disfarçar seu divertimento, embora Gil não tivesse certeza de que ela tentara.

– Ah, muito, você nem imagina... – Ele consultou a hora no celular. – Tenho cerca de uma hora e meia até lá e estou desesperado por um café. Quer alguma coisa também?

– Claro. Na realidade, não tenho mais aulas hoje. – Anne atravessou a rua, e Gil ficou aliviado ao constatar que o outro lado era sombreado por árvores grandes e frondosas. – A carga horária está mais leve neste ano, poucas disciplinas por semestre. Estendi o curso para três anos, para ter mais tempo para trabalhar na minha dissertação.

Empurrando a porta de uma pequena cafeteria não longe da Writers House, ela pegou o último lugar da fila que quase chegava na entrada.

– Eu me conheço... sou um pouco obsessiva com essas coisas. Não queria prejudicar nenhuma disciplina por causa da dissertação.

Gil sabiamente se absteve de lembrar Anne de que sabia, com exatidão, como ela era focada quando queria atingir seus objetivos. Eles estavam se dando surpreendentemente bem; na realidade, era boa a sensação de não brigar, pelo menos uma vez na vida. Então, em vez de provocar, ele conversou sobre assuntos triviais enquanto esperavam os pedidos. Esgueirando-se para uma mesa pequena próxima à vidraça da frente, Gil desembrulhou o *muffin* gigante que pedira e o partiu ao meio, oferecendo metade a Anne. Apesar de ter garantido que não estava com fome quando pediu o café, ela aceitou com um sorriso.

Inalando o aroma doce de mirtilos, ela murmurou prazerosamente ao morder o bolinho, depois riu quando o *muffin* se desmanchou e ela teve que catar os pedaços. Observando-a juntar as migalhas em uma pilha no guardanapo, Gil resolveu o problema partindo em três sua metade. Anne revirou os olhos vendo a rapidez com que os três pedaços desapareceram.

– Eu não tinha ideia de como precisava disso até sentir o cheiro! Obrigada – murmurou. – Pretendia tomar café da manhã direito, mas, como sempre estava atrasada, acabei comendo só uma banana.

– Não sou muito fã de banana. É uma fruta tão... – Gil deu de ombros – ... insossa, acho.

– Você sabia que as bananas que comemos hoje não são as mesmas que as pessoas comiam na virada do século passado? Houve um surto de fungos que destruiu uma variedade inteira de bananas, que eram maiores e mais saborosas. – Anne colocou o último pedaço de *muffin* na boca, cobrindo-a com um dedo enquanto mastigava.

Tentando não sorrir atrás da xícara de café, Gil tomou um gole enquanto ela terminava de comer e limpava os dedos no guardanapo.

– Então os cientistas desenvolveram a banana que comemos hoje por meio de clonagem, pasme! Mas agora existe outra ameaça de fungo, então sabe-se lá o que vão fazer. Talvez criar uma espécie de banana Frankenstein em algum laboratório.

– Vejo que seu fascínio por fatos estranhos e aleatórios não mudou.

– Foi uma pergunta do Quiz Bowl! – Anne exclamou. – Mas é verdade, gosto de fatos estranhos e aleatórios – admitiu, amassando o guardanapo e jogando-o sobre a mesa.

Ela riu quando Gil pegou o guardanapo antes que o atingisse no rosto.

– Sabia que a maioria das pessoas associa o mamute-lanoso aos tempos pré-históricos, porém, na realidade, ele ainda existia quando os egípcios começaram a construir as pirâmides? E que, seguindo essa linha, o reinado de Cleópatra está mais próximo da invenção do automóvel moderno que da construção das pirâmides de Gizé? E sabia que o cérebro dos elefantes pesa quatro quilos e meio e eles podem rastrear trinta membros da manada de uma vez só? E sabia que irmãos normalmente compartilham cinquenta por cento do DNA, mas gêmeos univitelinos compartilham cem por cento, o que significa que, se você tem um irmão gêmeo, seus filhos e os do seu irmão compartilham cinquenta por cento do DNA, em vez de doze por cento, como seria com primos de primeiro grau, e isso torna seus filhos e os do seu irmão gêmeo, que, na realidade, são primos, mais próximos de meios-irmãos?

Gil ficou em silêncio por um momento, antes de responder.

– Não, deixe para lá. É um pouco demais para minha cabeça. Sabia que, se você dirigir seu carro direto para o céu, a cem quilômetros por hora, demorará apenas uma hora para chegar ao espaço?

– Óbvio – disse Anne, em tom de voz não exatamente simpático e do qual ele se lembrava com carinho. – Sabia que um quarto de todos os ossos do corpo estão nos pés?

– Acho que quebrei cada um deles ao longo dos anos em que joguei futebol quando garoto. – Gil deu risada. – É sério que você se lembra de tudo que caiu no Quiz Bowl? Porque não me lembro nem do que comi ontem no almoço.

– Não me lembro de tudo. – Um leve rubor coloriu as faces de Anne. – Na verdade, li sobre a clonagem das bananas em algum lugar, há algum tempo.

Era em momentos como aquele que Gil tinha dificuldade de combater sua fixação em Anne. Ela era bonita, tinha cabelos nos quais ele sentia vontade de enterrar as mãos, e lábios rosados que ele queria beijar e nunca mais parar. Se fosse só isso, porém, seria fácil deixar para lá e seguir adiante. Atração puramente física era um sentimento superficial, a seu ver, e fácil de descartar. Mas a inteligência peculiar e excêntrica, a espirituosidade de Anne e seu jeito engraçado o motivavam a continuar insistindo muito tempo depois que já deveria ter admitido a derrota.

– E seu pai, como está? – Ela o estudou com os olhos cinzentos, a expressão novamente séria, porém com uma ternura que ele não estava acostumado a receber dela.

O estômago de Gil revirou-se ligeiramente ao se lembrar do aspecto do pai, pálido e calado, quando ele estivera na casa dos pais uma semana antes de se mudar para o apartamento de Fred.

– Está indo. Você conhece meu pai, quando ele cisma com alguma coisa, não desiste. E ele decidiu que vai vencer o câncer. Não sei ao certo se é assim que funciona... – Gil sabia que seu sorriso transmitia uma amargura que ele não gostaria de demonstrar, mas a ideia de perder o homem que o ajudara a fisgar o primeiro peixe e lhe ensinara a fazer panquecas era angustiante... – Mas todo mundo diz que é bom ter uma atitude positiva e batalhadora, pelo menos para a saúde mental e emocional, senão para a cura da doença em si. Os médicos estão otimistas; então, obviamente, isso ajuda.

– E você, como está lidando com isso?

– Estou bem...

Ele deu de ombros e apertou a xícara vazia entre os dedos. Por que todo mundo lhe fazia aquela pergunta? Não era ele quem estava doente, então repetia para si mesmo que estava bem... mesmo havendo dias em que não conseguia encarar a possibilidade de o pai morrer, tão jovem ainda, sem sentir como se houvesse o peso de uma pilha de tijolos oprimindo seu peito.

Anne não pareceu muito confiante, mas mudou de assunto, obviamente compreendendo que era difícil para ele.

Dando uma tossidela para clarear a garganta, Gil pegou sua mochila e recolheu os descartáveis sobre a mesa com a outra mão. O clima alegre havia se desfeito. Isso não agradava a Gil nem um pouco, mas ele não estava mais com vontade de conversar.

– Desculpe-me, mas está na hora da minha próxima aula.

Para alívio de Gil, Anne não pareceu ficar chateada com a súbita interrupção da pausa para o café. Ela o seguiu para fora da cafeteria e parou também quando ele parou para olhar o celular.

– Ouça, vamos trocar nossos números? Para ver quando teremos aula juntos, e também facilita se precisarmos avisar sobre algum imprevisto ou qualquer coisa assim.

– Ah. Sim, claro… – Pela primeira vez desde que haviam saído da Writers House, Anne parecia cautelosa outra vez. Mas pegou o celular, clicou em algumas teclas e gesticulou sem desviar o olhar do aparelho. – Pode falar.

Enquanto dizia o número, Gil percebeu que o humor de Anne mudara após sua sugestão e reparou que os dedos dela estavam rígidos enquanto digitava o próprio número para enviar a ele por mensagem. Absorto, ele salvou o número, refletindo sobre aquela mudança repentina. Fora a mesma coisa no bar, quando ele colocara a mão nas costas dela, tentando usar o próprio corpo para protegê-la da multidão enquanto saíam.

De certa forma, ele entendia, mas fora um gesto instintivo, apesar de saber muito bem que ela era perfeitamente capaz de se cuidar.

Agora, no entanto, parecia diferente.

Afastando do pensamento a abrupta mudança de humor de Anne para refletir a respeito mais tarde, Gil ignorou a expressão distante no olhar dela e sorriu calorosamente.

– Foi muito bom. Obrigado pela companhia.

ANNE DE MANHATTAN

A expressão dela suavizou-se de leve, outro detalhe que ele arquivou em um canto da mente, e ela retribuiu com um sorriso contido.

– Sim. Se não tivermos outra aula juntos nesta semana, nos vemos na segunda-feira.

Assim eles se despediram, partindo em direções diferentes. Se Gil parou no cruzamento para olhar para trás para os cachos ruivos até desaparecerem em meio aos transeuntes, o problema era unicamente dele.

Capítulo 7

Anne sentou-se em uma das cadeiras do lado de fora da sala do doutor Lintford, tentando equilibrar a agenda sobre os joelhos enquanto verificava no celular as datas das próximas aulas e da palestra sobre a exploração da cultura da escrita no século XVIII, em um esforço para se distrair um pouco e acalmar os nervos. O assunto parecia fascinante, mas era difícil se empolgar com as ofertas do curso quando uma extensa lista de ideias para o projeto da dissertação passava incessantemente por sua cabeça.

O momento era aquele, quando ela e seu orientador criariam juntos um plano para o projeto mais importante de sua carreira acadêmica. Seria o componente decisivo de sua graduação. Se ela não fizesse direito, os últimos dois anos teriam sido em vão.

O som de passos no corredor chamou sua atenção, e ela ergueu o rosto, estreitando os olhos ao ver Gil. Aquela fora uma semana de joelhos se tocando sempre que ela mudava de posição na cadeira, de olhares de soslaio e sorrisos cada vez que os professores contavam uma piada sem graça e de uma enervante consciência da umidade do verão criando um halo de fios curtos e encaracolados que escapavam de seu rabo de cavalo, por mais que ela tentasse amarrar direito o cabelo; uma semana esbarrando em Gil a cada passo que dava ou a cada esquina que dobrava no *campus*. Deveria ser agravante o fato de, após cinco anos, ele reaparecer de repente para perturbar sua vida organizada. Por alguma razão, no entanto, não era. Em vez disso, Anne surpreendeu-se sorrindo de volta para si mesma com crescente sensação de... carinho.

Contraditoriamente, isso era suficiente para deixá-la irritada.

Anne tensionou-se quando ele se sentou na cadeira a seu lado, apesar de haver outras três cadeiras vazias ao longo da parede. Ele não disse nada, apenas pegou o celular e começou a ler o que parecia ser uma notícia. Não que ela estivesse bisbilhotando.

Empinando o queixo, Anne voltou a atenção para a agenda. Havia se passado dez minutos do horário marcado com o doutor Lintford, mas ela sabia que era comum os professores atrasarem o atendimento, porque eram constantemente requisitados pelos alunos, portanto era normal; aquele era um compromisso que ela não podia perder, então continuou a preencher seu horário do semestre na agenda, tentando ignorar quando o braço de Gil encostava no dela cada vez que ele se mexia na cadeira.

Contudo, na terceira vez que ele encostou nela num espaço de mais ou menos três minutos, Anne fechou a agenda com força e virou-se para ele, exasperada.

– Você tomou muita cafeína hoje? Porque definitivamente está inquieto!

– Desculpe-me – murmurou ele, nada constrangido. – Não consegui correr hoje de manhã. Já descobri que fica muito mais fácil manter o foco gastando energia com exercícios regulares.

Anne fez uma careta.

– Eu, hein... eu, para correr, só se tiver alguém me perseguindo.

– Ha-ha-ha, nunca tinha ouvido isso antes!

Anne deu um sorrisinho. Não era contra praticar exercícios, mas era bem mais inclinada a passar o tempo livre deitada no gramado do Washington

Square Park lendo um livro que correndo pelos caminhos da praça. Gostava de observar as pessoas, a natureza, os arbustos florescendo.

– Você veio falar com o doutor Lintford? – Anne perguntou, olhando de novo para o celular. O professor já estava quinze minutos atrasado, e ela corria o risco de não ter tempo de almoçar antes da aula da tarde.

– Sim. Marquei para as dez e meia, mas parece que ele está atrasado.

Dez e meia... Esse era o horário dela.

Anne virou-se na cadeira para olhar para Gil.

– Acho que houve alguma confusão no agendamento, ou então um de nós se enganou, porque também marquei para as dez e meia.

Antes que Gil pudesse responder, a porta da sala do doutor Lintford se abriu. Ele deu passagem a uma moça loira que parecia preocupada, dizendo a ela que não hesitasse em mandar um *e-mail* se precisasse de qualquer coisa. Em seguida, virou-se para Anne e Gil.

– Ah, que ótimo! Os dois estão aqui. Desculpem-me pela demora, vamos entrar.

Anne piscou várias vezes quando ele gesticulou convidando-os a entrar antes de se afastar da porta e sair do campo de visão. Não era possível que ele estivesse chamando os dois ao mesmo tempo, mas Gil já estava em pé e dirigindo-se para a sala. Pega desprevenida, Anne guardou rapidamente a agenda na mochila e levantou-se, apressando-se atrás de Gil.

Sentando-se na segunda cadeira diante da mesa do doutor Lintford, Anne olhou ao redor da pequena sala sem janelas. Estantes repletas de livros cobriam as paredes, intercaladas apenas por uma ou outra fotografia emoldurada do professor com algum escritor famoso e por seus múltiplos diplomas. Havia em um canto uma representação artística de um globo terrestre em tons de sépia sobre um suporte de bronze, que Anne adoraria examinar mais de perto. Sobre a mesa estavam enfileirados vários pesos de vidro marrom para papéis e uma caneta de ouro em seu suporte de mármore. A combinação de tantas coisas que Anne apreciava deveria ser reconfortante para ela, mas o teto baixo e a ausência de luz natural eram um pouco opressivos. Também não ajudava estar sentada tão perto de Gil, bem como o brilho perspicaz no olhar do professor quando se voltou para ela.

Sentindo-se pouco à vontade, Anne colocou a mochila no chão e sentou-se na beirada da cadeira com as mãos cruzadas sobre as pernas. Determinada a disfarçar o nervosismo, entrelaçou os dedos, tensa.

Gil, ao contrário, recostou-se na cadeira e apoiou uma perna na outra, tornozelo sobre o joelho, como se não tivesse uma única preocupação na vida. Anne não entendia como ele conseguia ficar tão relaxado; ela sentia como se estivesse prestes a ter uma síncope.

– Muito bem, vamos ver... Como vocês sabem, meu nome é Kenneth Lintford e serei o orientador da dissertação de vocês. – O doutor Lintford remexeu em alguns papéis e pegou duas pastas finas. Abriu uma, depois a outra e examinou o conteúdo para se familiarizar com ele, fosse lá qual fosse. Após alguns segundos agonizantes para Anne, ele ergueu o rosto e cofiou a barba com ar pensativo. – Anne Shirley e Gilbert Blythe. Que interessante vocês terem crescido e estudado juntos e agora estarem aqui juntos também. Coincidência...

Um sentimento de apreensão percorreu Anne. Ela precisava fazer um trabalho excelente, tanto para suas perspectivas de carreira como para sua paz de espírito. Colocá-la naquilo com Gil só porque os dois eram de Avonlea não iria dar a ela, exatamente, uma chance de brilhar.

– Pedi a todos que agendaram horário comigo que viessem preparados com várias ideias para seus projetos, então espero que tenham trazido uma lista. Meu tempo é valioso, não posso desperdiçá-lo com *brainstorming*; aqui é uma formação em mestrado, não uma feira de ciências – continuou ele. – No fim do primeiro semestre, vou começar a avaliar o progresso do projeto de vocês e fazer sugestões à medida que se fizerem necessárias. Mas repito, e enfatizo, o projeto é tocado pelos alunos; é uma espécie de *test-drive* para o mundo real da pós-graduação.

– Desculpe-me – Anne interrompeu, cismada. – O senhor disse "projeto", no singular? Um projeto para nós dois?

O doutor Lintford franziu a testa, mas respondeu:

– Sim. E, como disse, meu tempo é valioso. Não estava esperando uma transferência de última hora, e meu programa de orientação está bem apertado. – Ele bateu nas pastas com um dedo. – Presumo que, como dois adultos cursando mestrado, vocês sejam capazes de trabalhar juntos e com êxito no projeto. Estou enganado?

Pelo tom seco de voz, era evidente que o professor não gostava de ser questionado. Anne reprimiu o impulso de se levantar e sair da sala, desgostosa com a atitude pouco amigável do professor, mas a aprovação dele era muito importante para arriscar contrariá-lo.

– Sem problema no que me diz respeito – respondeu Gil calmamente, e Anne sentiu quando ele encostou o pé no seu, pressionando-o de leve em sinal de advertência.

Em vez de pisar no pé dele, como gostaria, ela abriu um sorriso para o orientador.

– Perfeito, professor – murmurou.

O doutor Lintford a fitou por mais um instante, então voltou a atenção para o *notebook* aberto sobre a mesa e digitou alguma coisa antes de gesticular para eles.

– Certo. Digam-me o que têm em mente para que possamos falar a respeito e… espero… ter tudo encaminhado antes que saiam daqui. Mas rápido, porque tenho vários agendamentos ainda de manhã.

Um pouco injusto, considerando que o atraso era do próprio doutor Lintford, mas Anne limitou-se a respirar fundo e abriu seu *notebook*, enquanto Gil começava a falar sobre suas ideias. Aquele ano não seria fácil, de um lado tendo que levar adiante, em parceira com Gil, um projeto para o qual ela tinha tantos planos e de outro tendo que trabalhar com alguém como o doutor Lintford. Em muitos aspectos, ele a fazia se lembrar

ANNE DE MANHATTAN

do senhor Philips, e não pelo lado favorável. Mas era o que havia para o momento, e ela teria que fazer o melhor possível. O doutor Lintford tinha razão ao dizer que eles eram adultos e estudantes de um curso superior; precisavam ser capazes de levar aquilo em frente, de modo produtivo.

Além disso, as coisas estavam diferentes agora entre ela e Gil. O tempo e a distância fizeram bem a eles, a animosidade da adolescência se abrandara. Um pouco, pelo menos. Ela só precisava ter cuidado para evitar uma recaída.

Como, na realidade, ela só teria que estar perto de Gil durante as aulas até começarem a trabalhar no projeto de dissertação, não deveria ser tão difícil manter as coisas no âmbito profissional.

Obviamente, ela deveria saber que Gil não colaboraria com esse plano mais do que fizera a vida inteira. Depois que ele conseguira fazê-la dizer onde trabalhava, parecia que a todo instante eles se trombavam.

Umas das principais vantagens de trabalhar na livraria era que esta ficava a uma curta caminhada do seu apartamento, no coração de Hell's Kitchen, na esquina da Rua 45 com a 10ª Avenida.

A Lazy Lion Bookstore não era uma livraria da moda, nem particularmente bonita, mas era um estabelecimento tradicional do bairro havia cinquenta anos e tinha clientela fiel. O que era ótimo, porque significava que seu salário estava garantido. Às vezes, porém, ela se esquecia de como era fazer uma pausa e respirar um pouco. Trabalhar quarenta horas semanais e fazer mestrado era exaustivo. E a inexplicável decisão de Gil de fazer da livraria seu segundo lar não facilitava as coisas, tornando-se um obstáculo aos planos de Anne de evitá-lo em todos os momentos que não fossem de estudo.

– Você sabe que isso aqui não é uma biblioteca, não sabe? – comentou ela enquanto colocava alguns livros nas prateleiras, demonstrando excessivo entusiasmo.

Gil levantou o rosto de onde estava sentado estudando, junto à pequena mesa de madeira perto da vitrine da loja. Seguiu Anne com o olhar enquanto ela se agachava para encontrar um espaço entre os últimos lançamentos para um romance de ficção científica, que parecia não estar se encaixando entre os demais volumes.

Considerando, no entanto, a rapidez com que a loja vendia os livros, esse não era um grande problema.

– Tem wi-fi grátis, café em conta e uma mesa com boa iluminação. Sem falar que sempre tem algum funcionário à vista. Para mim, é o lugar ideal!

Do local onde estava, Anne viu Gil inclinar a cadeira para trás, erguendo as pernas dianteiras do chão, e quase cedeu à tentação de chutá-la para que ele caísse.

– Sempre à vista... – Anne levantou-se, revirando os olhos. – Devo considerar isso um galanteio?

– E quem disse que estou falando de você? Não posso ter simpatia por octogenários carrancudos?

Anne não pôde deixar de rir baixinho, olhando sobre o ombro para o outro vendedor, que estava no caixa.

Ken era um eterno rabugento e, embora ela não achasse que ele já estivesse na faixa dos oitenta, trabalhava ali desde sempre. Fazia quase dois anos que era funcionária da loja, e ele ainda se referia a ela como a "garota nova", e não de um jeito carinhoso.

Ela se voltou para Gil e olhou para a pilha de livros sobre a mesinha.

– Você vai mesmo comprar isso ou terei que guardar tudo de volta mais tarde?

Ele deu de ombros, um movimento que atraiu o olhar de Anne para o modo como sua camiseta realçava os músculos do peito e dos braços; como ele conseguia manter a forma mesmo dividindo o tempo entre as aulas e a livraria, ela não sabia. Era irritante. Reprimindo um suspiro, Anne segurou na alça do carrinho de livros e o empurrou para o corredor seguinte. A loja estava tranquila, os ruídos do tráfego e dos pedestres lá fora estavam abafados pelas vidraças das vitrines; lá dentro, os únicos sons eram o zumbido baixo do ar-condicionado e os cliques do *notebook* de Gil.

Anne distraiu-se com a tarefa de colocar os livros nas prateleiras, ocasionalmente lendo a quarta capa de um ou outro título que lhe chamava a atenção. Sua coleção de livros já ultrapassara o limite, mas o apelo de um livro novo era irresistível. Envolvida na leitura da primeira página de um romance, ela deu um pulo quando Gil falou atrás dela.

– Com licença, senhorita, estou procurando um livro. Pode me ajudar?

Pressionando contra o peito o livro que estava segurando, Anne tentou acalmar o coração disparado. Como um homem do tamanho dele conseguia se mover tão silenciosamente?

– Não satisfeito em vir perturbar meu trabalho, agora está querendo me matar? – disse ela, contrariada, ao sentir o rosto arder.

Ter a pele tão branca era uma provação, sobretudo quando ficava constrangida. Ou zangada. Ou… Ela deu uma tossidela, passando os dedos sobre a capa do livro. Aquela constante consciência da proximidade de Gil e o modo como isso a perturbava eram bastante inconvenientes.

– Desculpe-me, não quis assustá-la.

Ela não acreditava nele nem por um minuto, e sua convicção foi reforçada pela sombra de um sorriso no rosto dele.

– Mas, mudando do assunto do seu quase encontro com a morte… queria realmente ver se você pode me ajudar a encontrar um livro. Prometo que vou comprá-lo, se tiver.

Ele mostrou a tela do celular para Anne.

Grata por ter outra coisa em que focar que não o modo como a camiseta verde que Gil usava fazia os olhos dele parecerem mais calorosos e assumirem um tom castanho mais claro, como mel, Anne olhou o título do livro. Não conhecia, mas isso não era incomum. A livraria possuía um estoque numeroso de títulos, dos mais variados gêneros.

Rodeando Gil, Anne foi até o computador no balcão da frente. Ken olhou para ela com o cenho franzido quando ela se esgueirou para passar por ele, enquanto catalogava uma nova remessa de romances, mas ela o ignorou, acostumada às suspeitas do homem mais velho de que estava, de alguma forma, se esquivando de seus deveres.

Gil aproximou-se do balcão e inclinou-se para a frente, apoiando os braços e esticando o pescoço para olhar o monitor enquanto Anne procurava o título, o que o colocava em posição próxima demais dela para que Anne se sentisse confortável.

Ela digitou com agilidade com uma das mãos, pressionando gentilmente a outra na testa de Gil, para empurrá-lo para trás, tentando não sorrir quando ele murmurou um protesto.

– Não temos – disse ela após um momento. – Mas posso fazer o pedido.

– Quanto tempo demora para chegar?

– Uma semana, mais ou menos.

Gil colocou o celular no bolso de trás da calça.

– Tudo bem, ótimo.

Anne abriu o formulário digital, contendo o impulso de perguntar por que ele mesmo não fazia o pedido *on-line*. Sem dúvida, seria muito mais rápido. Mas Ken estava quase caindo em cima dela no esforço de ouvir a conversa, então ela não iria sabotar uma venda e dar a ele motivo para acusá-la outra vez. Não depois do incidente com o sanduíche de pastrami.

Após enviar o pedido, Anne virou-se para onde Gil folheava um ou outro guia de Nova York dispostos em destaque para o caso de algum turista entrar na livraria a caminho de algum restaurante famoso ali perto, por indicação de algum anúncio na seção de gastronomia do *Times*. Ela não tinha coragem de dizer a eles que provavelmente teriam mais sorte em Tribeca ou no Soho.

Procurando um terreno mais familiar, ela pegou o celular e abriu o calendário.

– Quando vamos nos encontrar para falar sobre o projeto da dissertação? Ainda não entendi por que Lintford nos colocou juntos nisso. Nunca ouvi falar em dissertação feita em dupla. Parece contraproducente... Como ele vai saber quem contribuiu com o quê? Se estamos contribuindo igualmente, ou um mais que o outro...

– Está preocupada que eu não faça minha parte? – Gil não parecia ofendido com a franqueza dela, apenas curioso. – Gostaria de pensar que, a essa altura, você já soubesse que tenho responsabilidade.

– Não, sei disso – Anne concedeu. – É que é um arranjo estranho...

Gil deu de ombros.

– Mas é algo com que temos de lidar, então vamos fazer o melhor. Estou livre amanhã à tarde.

– Amanhã não posso. Serei assistente do professor Kerry na aula de literatura de Shakespeare.

– Eca!

– Por que eca? Gosto de Shakespeare! – protestou Anne, rindo. Tonto! – Ele criou algumas das minhas expressões prediletas. Insondável, indulto, interminável. Como em "é insondável para mim que eu não receba um indulto da sua interminável presença nesta livraria".

– Tudo bem, sei quando não sou bem-vindo.

Gil afastou-se do balcão com ar fingido de indignação e voltou para a mesa. Depois de guardar suas coisas, pendurou a mochila no ombro e encaminhou-se para a porta, mas parou antes de sair.

– Você está livre na sexta à noite?

Anne olhou para ele, confusa. Ele a estava convidando para sair?

– Sexta à noite?

– Para decidirmos o tema do projeto, fazermos uma pesquisa juntos...

A expressão dele era neutra, mas Anne teve a impressão de que, por dentro, ele ria dela.

– Ah. – Aquilo era embaraçoso. – Hum... sim. Em geral, estou livre à noite nos fins de semana. – Caramba, ela precisava admitir que não tinha vida social?! Então apressou-se a acrescentar: – Trabalho aqui no período da manhã, a loja abre às oito. Tenho que chegar antes para deixar tudo em ordem, esse tipo de coisa.

Anne forçou-se a calar a boca, interrompendo aquela tagarelice desnecessária que em nada contribuía em seu favor.

Com um aceno de cabeça solene demais para ser espontâneo, Gil abriu a porta.

– Ótimo. Nos encontramos na biblioteca às sete da noite, então? Tem um cantinho de estudo no fundo da seção de ficção que percebi que está sempre tranquilo.

– Combinado – respondeu ela, sem pensar.

– Perfeito. Até lá!

Quando se deu conta do que acabara de acontecer, a porta já estava se fechando atrás de Gil. Com um gemido, ela debruçou-se sobre o balcão e bateu a testa na superfície de madeira. Aii.

– Se terminou o drama, estes livros estão esperando para ir para as prateleiras. – A voz azeda de Ken soou logo à direita de Anne.

Com um suspiro, ela se empertigou, conseguindo não balançar a caixa que o homem mais velho colocou em seus braços.

Capítulo 8

Ocorreu a Anne que ela poderia ter calculado mal até que ponto era capaz de suportar aquela exposição dos ombros largos de Gil, enquanto percorria os corredores entre as estantes da biblioteca até onde ele estava sentado, na noite de sexta-feira. Metade da mesa já estava ocupada com vários livros, o *notebook* e uma enorme mochila. O coração traiçoeiro de Anne acelerou quando ele abriu um sorriso, amplo o suficiente para fazer aparecer a bendita covinha.

A pulsação de Anne começou a normalizar quando ela se sentou e tirou suas coisas, arrumando tudo em cima da mesa com a ordem e o método habituais, e o processo a acalmou. Ajudou também descobrir que Gil continuava com alguns maus hábitos que tinha no colégio. Ela observou, com fascínio mórbido, enquanto ele se inclinava para trás, equilibrando a cadeira nas duas pernas traseiras, como sempre, mordiscando a ponta da caneta.

– OK, quais são os itens da sua lista? – ele perguntou.

Como todas as vezes em que fazia aquilo, Anne desejou que ele perdesse para a força da gravidade. Quando isso acontecesse, ela faria questão de dizer "eu avisei!".

– Antes de mais nada, pare de morder a caneta! Que coisa mais anti-higiênica... – Ignorando o modo como ele jogou a caneta de volta sobre a mesa, revirando os olhos, Anne cruzou as mãos sobre a agenda e inclinou-se para a frente. – Vi seu *e-mail* com as sugestões, repassei as minhas mais uma vez, e quer saber? Acho que a que mais me interessou foi a de número três.

Gil assentiu, a expressão iluminando-se.

– Cursos extracurriculares e seu papel na formação de alunos mais saudáveis e felizes? É o meu favorito também.

– Perfeito! Começamos bem – disse Anne, fazendo uma anotação na agenda.

– Agora estou nervoso, porque começamos bem. Foi indolor, inclusive. – Gil sorriu para ela sobre o *notebook*, os olhos se franzindo nos cantos de um jeito enervantemente sedutor.

De todas as coisas do mundo, sua libido decidira achar, naquele momento, que olhos franzidos eram atraentes.

O que havia de *sexy* nisso? Ó Senhor...

– Anne? Oi?

Ela piscou para mais uma vez se deparar com as ruguinhas *sexies* nos cantos dos olhos de Gil e com a covinha encantadora, quando ele acenou com a mão na frente de seu rosto. Droga... Estava falhando miseravelmente no plano de se manter "fria e imune".

– Desculpe-me. Eu estava pensando... – Ela desviou o olhar para a agenda – ... que tal oferecer um curso extracurricular de redação criativa? É uma habilidade muitas vezes negligenciada nas aulas de inglês, e que nós dois estamos qualificados a lecionar. Acho também que deveríamos focar em crianças do sexto ao nono anos. Penso que é a idade ideal, porque mais novos que isso vai parecer uma brincadeira depois da aula, e, mais velhos, provavelmente passaríamos a maior parte do tempo convencendo os alunos de que temos idade suficiente para ser seus professores.

– Bem pensado.

– Mesmo que o foco principal seja na parte da escrita da redação criativa, acho que seria bom incluir, pelo menos, dois livros para leitura. À medida que os alunos forem lendo, vamos vendo o que funciona ou não. Discutir temas, estrutura, personagens... pode ajudá-los a ter uma noção dos próprios projetos de escrita. – Anne fez uma pausa, pensando. – Acho que será mais fácil prender o interesse deles com livros adaptados para o cinema, assim poderão assistir aos filmes depois. Mais divertido e um estímulo adicional, não acha?

Anne esperou enquanto Gil estudava o teto por longo momento, de novo mordiscando a ponta da maldita caneta. Voltando a cadeira para a posição original, ele puxou o *notebook* para mais perto.

– Não é má ideia. Se conseguirmos tornar o curso divertido, ou pelo menos interessante, é maior a probabilidade de os alunos reterem as informações.

Enquanto Gil digitava, Anne olhou para a pequena pilha de livros em cima da mesa, perto do cotovelo dele. Pegou o de cima e, franzindo a testa, folheou as páginas do primeiro capítulo, lendo alguns parágrafos que atraíram sua atenção.

Gil encolheu os ombros quando ela arqueou as sobrancelhas, dando-se conta de que estava examinando um livro de psicologia infantil.

– Bem, se vamos trabalhar com pré-adolescentes, é bom estarmos preparados. Fiz um módulo em Berkeley, mas faz alguns anos, então achei que seria bom a gente se atualizar.

– Certo. Também fiz; porém, como não era meu foco principal, não me aprofundei – disse Anne, acompanhando o raciocínio dele. Fechou o livro, virou-o e leu a quarta capa. – "Psicologia infantojuvenil e técnicas de terapia". Parece um pouco profundo demais para um curso extracurricular de redação.

– Lembra-se de como éramos no oitavo ano? Impossíveis...

– Fale por você! Eu era um amor... – Ela ignorou a exclamação irônica de Gil. – Mas tudo bem, eu era uma exceção.

Lidar com crianças na puberdade era como negociar precariamente em um caminho tortuoso por um campo minado de mudanças de humor e de desastres sociais esperando para acontecer. Anne não queria passar de novo pela fase da adolescência, mesmo se isso fosse possível e se lhe pagassem. Por quantia nenhuma do mundo.

Eles passaram a hora seguinte discutindo a estrutura do curso, que seria anual, vez ou outra falando de detalhes específicos, como quais livros indicar aos alunos, quais filmes acrescentar para fins de entretenimento e quais escolas contatar para divulgar o programa. Felizmente, ambos concordaram que a Herschel Public School for the Arts, no Brooklyn, seria a primeira da lista. Era uma escola diferenciada, que dava bastante atenção às artes em geral, além do currículo disciplinar. Era um colégio concorrido no bairro, que lamentavelmente sofrera alguns cortes orçamentários nos últimos anos, e no qual o programa que Anne e Gil tinham em mente se encaixaria com perfeição.

Quanto mais repassavam as ideias do projeto, mais entusiasmada Anne ficava. Ela dera algumas aulas particulares em Avonlea, mas nada naquela escala. O projeto seria tanto um programa de dissertação orientada como um curso extracurricular de escrita e redação, e ela estava ansiosa para colocar as ideias em prática.

Anne e Gil pesquisaram outras escolas além da Herschel para contatar e divulgar o programa, obter bolsas de estudo para financiar o projeto e orçamentos dos materiais necessários, levando em conta que os gastos seriam divididos entre ambos.

Foi com sensação de otimismo que ela saiu da biblioteca uma hora mais tarde. Haviam esboçado um bom plano, um cronograma viável, e ela só perdera a linha de pensamento duas vezes, olhando para Gil. Ele usava outra daquelas camisetas que delineavam os músculos do peito e dos ombros, verde como a do outro dia, num tom musgo que também o favorecia, realçando os reflexos dourados dos olhos castanhos. De modo geral, Anne estava orgulhosa de si mesma por ter se distraído apenas duas vezes. Era um alívio saber que estava criando, outra vez, resistência a Gil. Em pouco tempo, ela nem pensaria mais se o cabelo dele era tão macio como parecia, se o abdômen era tão liso quanto aparentava ser sob aquelas camisetas, se ele era carinhoso, do tipo que aninhava a namorada nos braços depois de... bem... depois.

Determinada a afastar Gil do pensamento, Anne aproveitou o wi-fi do metrô na volta para casa e ligou para o celular de Marilla. Àquela hora, a mulher mais velha estaria completando sua rotina noturna de revisar as vendas, as margens de lucro, esse tipo de coisa.

Marilla tentara, mais de uma vez, treinar Anne ao longo dos anos do ensino médio para ser sua secretária, mas, apesar das boas notas e das conquistas acadêmicas, matemática era a disciplina de que ela menos gostava. Por fim, a mãe adotiva desistira e a deixara com a simples incumbência de cuidar dos arquivos. Era uma tarefa que não exigia muito esforço intelectual, e isso acabara proporcionando a Anne mais tempo para imaginar suas histórias.

No terceiro toque, Marilla atendeu.

– Annezinha! Como adivinhou que estava pensando em você?

– Coisas de mentes poderosas – respondeu Anne, sorrindo. Ela empurrou a mochila mais para o fundo debaixo do banco, com os calcanhares, depois cruzou os tornozelos e se recostou no assento. Felizmente o metrô não era cheio naquele horário, e ela estava sozinha no banco. – Como você está?

– Na mesma. Estou bem...

– Não me leve a mal, mas está com a voz cansada.

– Bem, estes últimos dias foram longos... Houve um problema com a folha de pagamentos. Nada muito grave, mas perdi horas negociando com o banco para conseguir transferir o valor a tempo de fazer os pagamentos no dia certo. – Houve alguns segundos de estática quando o trem passou por um túnel. – E Ruby reduziu o horário dela para meio período, agora Matthew tem que encontrar alguém para substituí-la. As coisas estão um pouco tumultuadas no momento, mas tenho certeza de que tudo será resolvido em breve.

Captando o suficiente do que perdera da fala da outra mulher para entender do que se tratava, Anne franziu o cenho. Apesar de Marilla insistir que ela e Matthew continuavam tão capazes de administrar os negócios como quando tinham vinte e poucos anos, Anne não podia deixar de se preocupar com o fato de estarem sobrecarregados agora que ela não estava mais lá para ajudar. Tomou rapidamente a decisão de ir visitá-los o quanto antes, repassando mentalmente os eventos de outono que aconteciam em Green Gables todos os anos, e ficou atônita ao perceber como estava próximo o Jubileu de Outono da vinícola.

– Estou na lista para o Jubileu, certo? Aí poderemos conversar melhor – disse ela. – Vou aí na quinta-feira e fico até domingo à noite. Não tenho aula às sextas, mesmo...

– Não precisa, Annezinha, sei que este ano está puxado para você. Não se preocupe conosco, estamos nos virando bem.

– Sei que não preciso, mas quero. É tradição, Marilla. Vou, estando na lista ou não, então é bom incluir meu nome.

O anúncio da estação de Anne abafou sua voz por um instante. Ela puxou a mochila de baixo do banco e se levantou, segurando na barra próxima às portas.

– Saudade de vocês.

O sorriso na voz de Marilla era evidente, apesar do tom seco.

– Nós também de você. Se for lhe causar qualquer inconveniente, não hesite em cancelar... mas ficarei feliz em vê-la. Parece que o mês de agosto foi há anos.

O mês de outubro em Green Gables era mais lindo que em qualquer outro lugar do mundo, na opinião de Anne, e ela estava contente por não perder, ao menos, uma partezinha do outono e dos bolinhos de maçã açucarados que Rachel Lynde, grande amiga de Marilla, fazia só nessa época do ano, crocantes por fora e macios por dentro. A simples lembrança dos bolinhos fez Anne desejar ter algo mais que lasanha congelada esperando por ela no *freezer*.

– Por outro lado, nem acredito que já estou na metade do semestre! – ela exclamou.

Finalmente o trem parou, as portas se abriram, e ela saiu rapidamente para a plataforma, em direção à escada rolante. O ar noturno de outono era um alívio depois da atmosfera rançosa e abafada da estação de metrô.

– Ah! Nem tive tempo de contar... Lembra-se de que eu disse que Gil está morando em Nova York e estudando em Redmond?

– Como poderia me esquecer... – respondeu Marilla.

– Ei... – Anne riu, lembrando-se da longa série de mensagens cansativas que mandara à mãe adotiva contando sobre o repentino reaparecimento de Gil em sua vida. Claro que ela omitira para Marilla a sensação de formigamento no corpo todo causada pelo toque da mão dele em sua cintura.

– Então, pode parecer estranho, mas sabe que estamos nos entendendo bem agora? O que é bom, porque, veja só, o doutor Lintford, orientador da dissertação, nos colocou no mesmo projeto.

– Ah, Senhor...

– Pois é! Eu imaginaria que, a essa altura, já teríamos matado um ao outro, mas até que está dando certo. Pelo menos por enquanto. Ainda temos três bimestres pela frente, tempo suficiente para cometer homicídio.

Marilla riu, e, em seguida, houve uma pausa tão longa que Anne pensou que a ligação tivesse caído, então escutou o som de uma tossidela e um murmúrio, e depois da voz hesitante de Marilla.

– Também tenho uma coisa para contar... Rachel vai se mudar para cá. – Outra pausa. – Vem morar comigo.

– Oh! – Anne exclamou, momentaneamente pega de surpresa.

Ela suspeitara, ao longo dos anos, de que Rachel e Marilla eram mais que apenas amigas, mais até que amigas íntimas, mas elas eram tão circunspectas que era difícil ter certeza. Anne achava que, se houvesse algo para contar, Marilla o faria no momento certo. Ela sempre fora muito discreta em relação às suas emoções, e Anne nem de longe sonharia em forçá-la a contar qualquer coisa sem que estivesse pronta para tal.

– Sei que você e Rachel não se davam muito bem no início – continuou Marilla. – Mas depois melhorou, não foi?

Anne riu baixinho, lembrando-se de como demorara alguns anos, após sua chegada a Green Gables, para se acostumar com a sinceridade brutal de Rachel. Mas isso fora muito tempo atrás, e ela aprendera a gostar da mulher mais velha.

– Melhorou, claro! Está tudo bem agora. Ela é uma boa pessoa... e estou muito feliz por você – Anne apressou-se a tranquilizar Marilla. – Não imaginava que as coisas evoluiriam dessa forma, mas acho mesmo que será muito bom para vocês duas. Quando ela se muda? Ela vai vender a casa? Será que os filhos vão ajudar com a mudança? Faz séculos que não os vejo... Como estão?

As duas conversaram por mais algum tempo, Marilla assegurando a Anne que de forma nenhuma permitiriam que Matthew carregasse os móveis antigos e pesados de Rachel. Anne despediu-se enquanto abria a porta do apartamento. Foi bom ligar e contar as novidades, bem como saber das do lado de lá; ela não era do tipo que telefonava com frequência, o que a fez se lembrar de que talvez estivesse devendo uma ligação a Jane também. Toda vez que ia a Green Gables, tentava ver a amiga de infância, mas parecia que as visitas eram tão rápidas, e o tempo que passava fora de casa era tão longo! Todos os anos, quando ia a Avonlea, Anne tinha a impressão de que a distância entre ela e Jane ficava cada vez maior. Era uma pena que as pessoas tivessem que crescer, se mudar, se separar.

Calculando quanto trabalho tinha pela frente no fim de semana, Anne foi até a cozinha apenas para aquecer a lasanha e dar um beijo estalado em Phil, que deu um gritinho e limpou a bochecha. Sentando-se na cama, equilibrando o prato em um joelho e o *notebook* no outro, ela passou as duas horas seguintes mergulhada no estudo e fazendo anotações. Quando finalmente ergueu a cabeça, ficou surpresa ao descobrir que passava de meia-noite. Colocou o *notebook* de lado, satisfeita com o progresso que fizera. Isso lhe proporcionaria um respiro nos dias seguintes.

A chuveirada rápida ajudou a aliviar a tensão nos músculos doloridos. Secou rapidamente o cabelo com uma toalha e vestiu uma camiseta velha, de um dos eventos em Green Gables, que lhe chegava até os joelhos. Por fim, deitou-se, com a sensação de que a cama era o paraíso, apreciando o peso do edredom sobre o corpo, enquanto o climatizador refrescava o ar do quarto.

Os pensamentos atropelavam-se, à deriva.

De modo geral, ela amava sua vida. Tinha as amigas, Marilla e Matthew, a faculdade, a livraria. Namorar não era, de fato, uma prioridade naquele momento, e tudo bem que fosse assim. Havia uma ordem nas coisas, um tempo certo para tudo, uma rotina com a qual ela estava satisfeita. Estava, até Gil reaparecer e complicar sua vida, como sempre fizera. Ela se perguntava por que o universo teimava em aproximá-los repetidamente, qual era o sentido e o lado bom disso.

Talvez um dia descobrisse.

Capítulo 9

> Balada no pub! Sáb. @ Kindred Spirits, 22h. Avise ao Fred.

Com os lábios curvando-se em um leve sorriso, Gil leu a mensagem de Diana que acabara de aparecer no celular, a vibração alta o bastante sobre a mesa da biblioteca para que uma moça que estava numa mesa próxima virasse a cabeça na direção dele. Gil moveu os lábios dizendo "desculpe", antes de começar a guardar as coisas.

> Di, sua mandona... como sabe se não estarei trabalhando no bar?

Ao mesmo tempo em que digitava, ele prestava atenção aos degraus largos de mármore da biblioteca enquanto descia. Não era incomum os estudantes trombarem uns nos outros no *campus*, mais focados nos celulares que no caminho à frente, mas ele tentava evitar isso. A última coisa que queria era ter que explicar um olho roxo por ter trombado em um poste ou em uma árvore! Fred jamais o perdoaria.

> **Vai estar?**

> **Não. Aliás, o estúdio fica aberto até meia-noite, mas vou ver com Fred se ele pode deixar Lacey encarregada. Depois aviso você.**

Gil parou no alto da escada da estação do metrô, achando melhor não arriscar descer e digitar ao mesmo tempo.

> **Quem mais vai?**

> **Por que quer saber? HEINNNN??**

> **Oi?**

> **Oi...**

> **VOCÊ ESTÁ ME FAZENDO IR PARA O BAR ONDE TRABALHO, NA MINHA NOITE DE FOLGA, ACHA ISSO NORMAL, P****?**

> **Credo, calma, rapaz... Provável que Phil não vá, turno no trabalho. Umas amigas minhas de Parsons, você, Fred, euzinha.**

Droga. Ela ia forçá-lo a perguntar. Diana sempre dava um jeito de enxergar através dele e fazê-lo de tonto. Por que imaginara que isso mudaria só porque fazia cinco anos que não se viam, ele não tinha ideia.

> Anne vai?

Sim, garotão in love!

> 🖕

EI, O QUE É ISSO?? ESTOU OFENDIDA! Que coisa, não? Eu aqui tentando ajudar, e é isso que recebo em troca?! UAUAUAU

> Preciso ir agora.

Para sonhar acordado com uma certa ruiva?

> Vou bloquear você.

Vai nada. Kkkkkk.

> Vou dizer ao Fred que você falou que o corpo dele é um templo, e que tatuagens são um horror.

Tarde demais, já agendei para fazer a minha primeira. Mas ele é bem-vindo para adorar no meu templo quando quiser. 😉

> **PSC: definitivamente, vou bloquear você.**

> **Também te amo.**

> **Tchau, Di. Vá fazer alguma coisa útil. Preciso correr para não perder o trem.**

> **Tchaaauuu.**

Ao saber que Diana mandara chamá-lo, Fred ficou entusiasmado com a ideia, confiante na competência de Lacey para ficar no estúdio até a hora de fechar. Gil tentou não pensar no encontro com Anne, concentrando-se nos estudos e nos trabalhos acadêmicos.

Ele e Anne não tocaram no assunto durante as aulas, nem mesmo quando falavam sobre a proposta para o Herschel; tinham a esperança de que a diretoria do colégio se interessasse. Era bom ter com que se ocupar, ajudava a não pensar. Na realidade, ele não tinha tempo para ficar brincando, envolvendo-se em sentimentos que nem deveria nutrir, para começo de conversa. Quanto mais se forçava a livrar-se daquilo, mais fácil ficava, até chegar ao ponto de conseguir olhar para Anne com sorriso descontraído, no sábado, quando ele e Fred se sentaram no banco da mesa de nicho onde o restante do grupo esperava por eles.

Seu joelho encostou no dela, o banco em forma de ferradura um pouco apertado para o número em que estavam, e ele se sentiu encorajado quando ela não se desvencilhou.

– Desculpe – murmurou. – Nos atrasamos. Chegou um cliente na última hora para Fred fazer um retoque. Demorou mais do que ele pensava.

– Tudo bem! Faz só meia hora que chegamos – Anne o tranquilizou, depois esperou enquanto ele pedia um chope para Mia, uma das garçonetes com quem Gil alternava turnos nos fins de semana.

– Você vem amanhã à noite? – perguntou a mulher, fazendo um sinal, pedindo um instante a um rapaz que acenava para ela de outra mesa.

– Sim, das cinco até fechar.

– Ótimo. – A mulher pareceu ficar contente. – As gorjetas são melhores quando os *bartenders* sabem o que estão fazendo. E você também sabe disfarçar bem quando ganha uma grana extra.

Ela dizia as coisas mais doces! Se não fosse casada, e também extremamente *gay*, ele proporia fugir com ela imediatamente.

– Aprendi com você, sua linda.

Mia riu alto e deu um tapinha no ombro dele antes de se afastar, e Gil olhou de volta para Anne para vê-la com o queixo apoiado na palma da mão, a curva dos dedos delicados não escondendo o sorriso.

– O que foi?

– Eu não disse nada.

– Não em voz alta, mas com certeza está pensando.

– Só achei fofo – admitiu, com um brilho nos olhos cinzentos.

Fofo. Que ótimo.

– Não posso fazer nada se ela é loucamente apaixonada por mim.

– Estranho, porque poderia jurar que aquele *pin* no avental dela é a bandeira rosa, vermelha e branca do Orgulho *Gay*.

– É, e sempre fico feliz quando uma garota bonita repara, obrigada. – Mia piscou um olho com os cílios pesados de rímel para Anne enquanto colocava na mesa os drinques de Gil e Fred. – Esse aqui acha que uma covinha e uma calça *jeans* apertada fazem personalidade. Para ser justa – ela acrescentou aos demais ocupantes da mesa –, eu até poderia topar, se ele tivesse o equipamento certo.

ANNE DE MANHATTAN

– O caminho do amor nunca é fácil – murmurou Anne, inclinando-se para mais perto, a proximidade dos lábios na orelha de Gil causando-lhe arrepio. Ela voltou a se sentar ereta quando Mia se afastou para atender às outras mesas e retomou a conversa como se nunca tivesse sido interrompida.

– Então, estava pensando em falar com Julie, da Administração, sobre um estudo do meio no mês que vem, algo divertido que possa inspirar as crianças do...

– Pare. – Gil gemeu, erguendo uma das mãos. A última coisa que queria fazer naquela noite era planejar a dissertação. Parecia que cada vez que ficavam juntos por mais de um minuto Anne abordava o assunto, e ele estava cansado de falar apenas sobre isso. – Meu cérebro precisa de um pouco de descanso.

– Isso mesmo, nada de assunto de trabalho hoje! – Diana falou da outra extremidade da mesa, usando dois *dreads* finos para amarrar o cabelo em um rabo de cavalo atrás da nuca. Virou-se para as duas moças a seu lado, que tinham vindo de Londres e com quem fizera amizade no início do semestre, e explicou: – Anne é muito legal quando está descontraída, mas também é a maior *nerd* que já conheci.

Quando Anne começou a protestar, Diana apenas riu e mostrou a língua para a amiga, bem-humorada.

– Como essa tonta aqui. Praticamente impossível levantar a bunda da cadeira depois que começa a ler um livro – disse Perdita, a moça sentada logo ao lado de Diana, a pele escura e lisa franzindo-se em um sorriso enquanto indicava a outra amiga com o polegar.

Winnie limitou-se a balançar a cabeça, as pontas dos *dreads* dançando sobre os ombros, como se já tivesse ouvido mil vezes aquela reclamação.

Gil escutava partes da conversa que se desenrolava na mesa à medida que a noite avançava, salpicada de risos, bastante consciente da proximidade de Anne e de que, de vez em quando, um braço, uma perna ou um joelho se encontravam. Era como uma linha de fogo que ia do quadril ao joelho. A certa altura, notou que havia espaço suficiente entre Anne e Winnie para ela não ter que ficar tão colada nele. Olhando para ela pelo canto do olho, experimentou uma sensação prazerosa ao surpreendê-la com o olhar fixo em seu rosto.

Os olhos cinzentos se arredondaram e, em seguida, se desviaram, enquanto um rubor começava a se espalhar pelo pescoço de Anne. Incapaz de desviar o olhar, ele a observou levar a mão ao pescoço.

Gil mordiscou o lábio, imaginando o sabor da pele dela bem ali, na base do pescoço. Que reação ela teria se ele pressionasse os lábios ali...

Quando Fred cutucou seu joelho com força, Gil desviou o olhar e viu o amigo arquear as sobrancelhas em silêncio. Devia estar sendo mais óbvio do que gostaria. Pegando o chope, sorveu um longo gole e tentou prestar atenção à conversa de Perdita e Diana sobre uma *designer* convidada pela faculdade para aquele semestre, que, segundo elas, era uma grande rainha do drama.

Ele acompanhava tranquilo a conversa quando sentiu o dedo de Anne cutucando suas costelas. Virando-se, deparou com ela torcendo o nariz, de um jeito que o fez querer segurar seu rosto entre as mãos e enchê--la de beijos.

– O que foi?

– Preciso levantar – disse ela. – Para ir ao banheiro.

Deslizando obliquamente no banco, Gil estendeu a mão para ajudá-la a se levantar, ignorando os arrulhos exagerados dos outros ocupantes da mesa. Com o rosto vermelho, ela aceitou e se afastou rapidamente entre as mesas. Gil sentou-se de volta, indeciso se dava risada ou se continuava sério, fitando o grupo com os olhos semicerrados.

– Que cavalheiro! – Diana pestanejou.

– Di, juro por Deus...

– Diana, deixe o menino em paz, olhe para ele... – interrompeu Winnie com uma risada. – Se bem que... foi fofo. É algo novo acontecendo aqui?

Gil passou a mão pelo rosto, perguntando-se se seria tarde demais para pedir tranferência de volta para a Califórnia.

– Não é algo, não.

Fred retorceu os lábios.

– E certamente não é novo.

– Não é nada! É só... – Gil gesticulou, sentindo a irritação crescer. Ser provocado por causa de seu *crush* claramente transparente (como se tivesse 12 anos) era humilhante e estava ficando cansativo. – Não é nada – repetiu, levantando-se em seguida, murmurando uma desculpa sobre o ombro, ciente de que estava tendo uma reação exagerada.

Havia um limite para um homem suportar quando perseguia a mesma garota por metade da vida e não chegava a lugar nenhum, só para os amigos se divertirem com isso.

Ele encontrou Anne no *hall* dos toaletes, ainda irritado.

– Oi... está tudo bem?

Ele se forçou a aliviar a expressão carrancuda.

– Está, sim... não é nada.

Com uma risadinha, Gil encostou-se na parede grafitada, perguntando-se o que estava fazendo ali, para início de conversa. Um homem corpulento aproximou-se pelo corredor, forçando Anne a dar um passo para perto de Gil, para não ser esmagada, e ele colocou a mão em sua cintura para ampará-la.

Com o rosto sombreado pela iluminação fraca, ela ergueu os olhos para ele, os lábios entreabertos como se fosse dizer algo, mas não disse. O impulso de contornar com a ponta do dedo o rosto de Anne e contar as sardas no nariz delicado o fez erguer a mão, mas ele a baixou em seguida, cerrando o punho. O barulho do *pub* estava abafado ali, e parecia que o único som audível era a respiração dos dois.

Gil começou a se inclinar para a frente, mas a porta de um dos toaletes se fechou com um baque alto, quebrando o clima. Ele piscou e recuou, enquanto Anne enrubescia e desviava o olhar.

O mesmo homem grandalhão passou de volta perto deles, pedindo licença e balbuciando um pedido de desculpas; assim que ele passou, Anne deu dois passos para trás.

– Eu... hum... vou voltar para a mesa, para Diana não perguntar na frente de todo mundo se me afoguei no banheiro. Ela faz essa brincadeira há anos, mas ainda acha que é engraçado. – Anne olhou para a extremidade do *hall*, onde este se abria para o *pub*. – Digo que...? – Ela gesticulou na direção do banheiro.

– Diga que não estava me sentindo muito bem e fui embora – sugeriu ele, subitamente cansado daquela dança complexa que os dois vinham fazendo por mais de dez anos. Não era mentira, ele não estava se sentindo maravilhosamente bem, e sua vontade era cair na cama e dormir doze horas seguidas.

Parecendo surpresa com a repentina mudança no estado de espírito de Gil, Anne assentiu.

– Tudo bem. Nos vemos na terça, então.

Gil havia se esquecido; iam começar com as crianças do Herschel na terça-feira. Era conveniente, ele tinha dois dias para colocar a cabeça em ordem, e depois a energia de uma dúzia de crianças do ginásio para distrair a ambos.

– Isso, certo. Até lá. – Sem esperar que Anne dissesse mais nada, Gil passou por ela e abriu caminho entre os clientes do bar em direção à saída.

Tinha dois dias para pensar no que queria, no que realmente queria e no que faria a respeito. Porque do jeito que estava não podia continuar.

O vai e vem, o empurra e puxa... Ele não aguentava mais. Porque seus sentimentos, dessa vez, eram mais complexos que a necessidade de um moleque de 13 anos fazer uma garota especial prestar atenção nele, ou mesmo que a luxúria juvenil de um adolescente de 17 anos. Antes ele estava disposto a aceitar o que ela lhe desse. Um sorriso, um beijo, um encontro.

Agora, tinha os desejos de um homem, queria possuir Anne com paixão e depois aconchegá-la nos braços com ternura e romantismo. Queria levá-la para casa no fim da noite e ter sua completa atenção e concentração. Queria tudo o que ela tivesse para dar... e ansiava por isso.

No entanto, se ele, finalmente, desse um passo definitivo, corria o risco de ser rejeitado. De novo. Ou, se não rejeitado, de o relacionamento deles ruir após alguns meses, acabando com a tentativa de construir uma amizade. Sem falar que tinham um ano pela frente para elaborar juntos uma dissertação, que não evoluiria se arruinassem as coisas. Seria uma experiência infeliz para todos os envolvidos.

Assim, talvez fosse melhor não avançar, manter as coisas sob controle entre eles. Estava apaixonado por Anne desde que podia se lembrar e queria a amizade dela havia mais tempo ainda que isso. Não deveria ser suficiente? Poderia ser suficiente?

Gil enfiou as mãos nos bolsos do casaco e suspirou, baixando a cabeça para se proteger do vento enquanto percorria os longos quarteirões até a estação de metrô.

Capítulo 10

Trabalhar com Gil não era terrível, Anne concluiu depois da segunda semana no Herschel. Ele ainda tinha o raciocínio rápido de sempre, e curiosamente isso a irritava bem menos agora que no passado. Ela dera mais risada nos últimos dez dias que ao longo dos últimos dois meses; as crianças o adoravam, e o empenho genuíno dele em conduzir o programa em parceria com ela a surpreendia a cada dia. Embora talvez não devesse surpreender; ele sempre fora paciente com crianças mais novas, dando a elas total atenção, sem nenhum traço do humor irônico que parecia reservar somente a ela. A irmã caçula de Diana, Minnie May, era louca por Gil, fora a sombra dele por anos, seguindo-o para toda parte quando estava por perto, e Anne não se lembrava de uma única vez ele a ter repelido ou zombado da paixonite infantil da menina.

Não era a pior coisa do mundo passar seis horas por semana ao lado dele, afinal.

Anne bateu os calcanhares na parede de madeira abaixo da beirada do palco do auditório, onde esperava ao lado de Gil as crianças terminarem de escrever um miniconto, tarefa daquela tarde. Em silêncio, ele estendeu para ela o pacote de *pretzels* que estava comendo. Com um suspiro de alívio, Anne pegou um punhado, arrependida de não ter almoçado para ir à biblioteca e adiantar um trabalho de outra disciplina. Pegando o celular enquanto mastigava a iguaria, ela consultou as horas. Só ficariam com as crianças por mais quarenta e cinco minutos, e seria interessante se os que quisessem pudessem compartilhar suas histórias antes de o grupo se dispersar.

– São quatro e quinze – informou Anne, guardando o celular.

– Dê a eles mais cinco minutos.

– Mas aí sobrarão só quarenta para quem quiser falar e para o *feedback*.

Gil encolheu os ombros, despreocupado, enquanto percorria o olhar pelo recinto.

– A maioria já fez sua parte.

Uns poucos meninos ainda escreviam, mas a maior parte se levantara e estava sentada no piso de linóleo, conversando em pequenos grupos enquanto esperava que os outros terminassem. Anne ficou satisfeita ao notar que se preocupavam em falar baixo para não atrapalhar a concentração dos colegas, mudança significativa em comparação com os primeiros dias, quando mal era possível controlar a tagarelice e a bagunça.

Um grupo de três meninas em um canto começou a dar risadinhas e, em seguida, levou o dedo aos lábios, pedindo silêncio umas às outras enquanto olhavam de esguelha para Gil.

Às vezes, Anne sentia uma saudade dolorosa de Jane. Aquelas meninas abafando o riso a faziam lembrar-se dela própria e de Jane e Diana, quando estavam no sétimo ano. Ela precisava convencer Jane a vir passar um fim de semana na cidade. Do jeito como a amiga falava, parecia que achava que pegar o trem de Long Island exigia o mesmo grau de planejamento e energia que um voo para Paris, em vez de apenas uma mala de rodinhas e algumas horas de viagem.

– OK, vamos terminar. – Gil pulou do palco para o chão, interrompendo os pensamentos de Anne. Bateu palmas para atrair a atenção dos alunos. – Temos menos de uma hora, pessoal, vamos fazer valer a pena. Venham, sentem-se em círculo.

Algumas crianças se aproximaram correndo, outras mais devagar, e uma dupla veio quase se arrastando. Anne reparou neles, um menino e uma menina, ele alto e ligeiramente desengonçado, chamado Damon, e Jenna, uma menina de cabelos encaracolados e olhar que não continha nem um pingo de doçura. Damon parecia estar lutando com a tarefa e, provavelmente, precisaria de orientação extra, com ela ou com Gil. O que não representava nenhum problema; eles poderiam se alternar em duas tardes de sexta-feira para ajudá-lo.

Jenna, entretanto, era outra história.

Talvez ela tivesse alguma dificuldade com a escrita, mas podia ser algo mais. Ela se sentou distante dos colegas, olhando para eles com expressão mal-humorada e, Anne teve a impressão, com mal disfarçado desprezo; como se considerasse os colegas inferiores a ela, algo a ser tolerado até que pudesse finalmente sair de perto. No entanto, os dedos que retorciam sem parar a barra da camiseta contavam outra história, e era isso que Anne queria descobrir.

Ela não ficou surpresa quando nenhum dos dois se voluntariou para compartilhar sua história. A menina continuou sentada em silêncio, o queixo erguido em gesto de desafio, e o menino inquieto, mudando de posição, ora baixando a cabeça, ora olhando para os lados, também em silêncio. Tanto um como o outro despertavam em Anne um sentimento de empatia, porque ela reconhecia a si mesma, quando mais nova, nas reações de ambos.

Uma das outras meninas levantou a mão depois que a amiga compartilhou sua história.

ANNE DE MANHATTAN

– Professor, ainda não entendi como é possível escrever uma história em três parágrafos. Não dá para ficar bom... A minha, pelo menos, ficou uma droga.

Gil esperou que as risadas cessassem, inclusive da própria garota, antes de responder com um sorriso enriquecido pela covinha:

– É, pode acontecer. A escrita é assim mesmo, nem sempre um conto fica bom na primeira tentativa. Às vezes, na segunda também não fica. Você pode até tentar meia dúzia de vezes e ainda não gostar. Mas com persistência você chega lá.

Anne reprimiu um sorriso ao ver a expressão séria de Gil. Às vezes, ele era tão fofo!

– O segredo é lembrar que não é só por se tratar de um miniconto que não é necessário seguir a estrutura básica de uma história.

– Também tem começo, meio e fim – interveio Anne, deslizando da beirada do palco para o chão e sentando-se encostada no lambri de madeira, com os pés cruzados. – Vocês têm que esquematizar a história, criar uma atmosfera de tensão, atingir o ápice e depois concluir. O segredo é destrinchar a história, sem perder nenhum detalhe interessante.

– Ugggghhhhhh.

– É muito difícil!

– Nem sei por que temos que fazer isso. Vocês disseram que iríamos aprender a escrever um livro. Isso aqui não é um livro. É perda de tempo.

O último comentário veio de Jenna. A expressão dela era de obstinação, enquanto cruzava os braços de modo antipático.

Muito bem. Então, aparentemente, eles teriam que lidar com aquilo agora.

Anne fez sinal para Gil, acenando com dois dedos para indicar que captara a crítica da garota e que ele deixasse com ela.

– É importante aprender a estrutura da história, seja um microconto ou um livro. Mas escrever um livro é bem mais difícil; não é algo que se possa conseguir em um curso extracurricular, por isso achamos melhor começar do início, por assim dizer.

Jenna fitou Anne com os olhos estreitados, e Anne reprimiu um suspiro, reconhecendo aquele olhar. Significava que a garota decidira que ela era o alvo perfeito, merecendo ou não, para descontar seus problemas. Maravilha.

– Não estou aqui porque minhas notas sejam ruins – disse a garota, lançando um olhar de desprezo aos colegas, alguns dos quais retribuíram com caretas ou revirar de olhos. – Estou aqui porque quero ser escritora. A senhora Matling disse que vocês iriam nos ajudar, mas tudo isso que estão falando eu já sabia. Só quero aprender a escrever um livro. – Ela afastou o cabelo comprido para atrás do ombro, o rosto contraído numa expressão carregada. – Como eu disse, é total perda de tempo.

Respire, disse Anne a si mesma. Ela era pouco mais que uma criança, embora seu comportamento fosse totalmente inadequado. Era óbvio que havia algum problema ali, sob a superfície.

– Lamento que se sinta assim. – Anne ficou orgulhosa por conseguir falar com voz calma e controlada. – Na semana que vem, vamos progredir para contos; talvez fique mais interessante.

Ela se virou para olhar os outros alunos. Era importante ouvir as frustrações de um aluno, mas isso não era justificativa para deixar que atrapalhasse uma aula inteira.

– No fim de semana, queremos que vocês escolham uma foto, ou alguma outra arte que queiram, para usar como inspiração para uma história. Se possível, transportem a imagem para o papel. É mais fácil trabalhar se estiverem olhando sua fonte de inspiração. E continua valendo a regra de não usar o celular. Se não tiverem impressora, enviem a imagem para mim ou para Gil, por *e-mail*, e veremos se é possível usar a impressora da sala dos professores. Ou podem recortar a imagem de um jornal ou revista.

ANNE DE MANHATTAN

Quando as crianças começaram a se dispersar, dirigindo-se para a área de estacionamento onde os pais as esperavam, ou para o ponto de ônibus, Anne deixou escapar um suspiro. Ficou observando Jenna sair e bater a porta, depois de atravessar a sala com passos duros, a ponto de fazer os colegas saírem da frente.

– Essa aí vai nos dar trabalho.

Anne olhou para Gil com expressão séria.

– Estava pensando exatamente a mesma coisa.

– Não entendo por que se inscreveu no curso se acha que não vai aprender nada. Minha impressão é de que está aqui contra a vontade.

– Ou está decidida a ser difícil, o máximo possível. Vou tentar investigar mais profundamente, para ver se descubro qual é o problema.

Anne olhou pensativa para a porta fechada, batendo no lábio com a caneta. Em seguida, olhou para Gil e surpreendeu-o observando-a, com os olhos fixos em sua boca. Subitamente assaltada pela lembrança daquela noite no bar, quando tivera certeza de que ele iria beijá-la quando foram interrompidos, sentiu que enrubescia. Baixou a mão que segurava a caneta e deu uma tossidela discreta, desviando o olhar enquanto pegava a mochila e a colocava nas costas.

Pelo canto do olho, ela viu Gil virar-se abruptamente para pegar a mochila também, o que lhe proporcionou uma visão perfeita dele de costas e do modo sedutor como a calça *jeans* se moldava ao bumbum, que parecia tão macio que a vontade dela era passar a mão naquele trecho do *jeans*.

Eles caminharam juntos até a estação de metrô, parando no alto da escada. Ela iria para Hell's Kitchen, mas Gil tinha a sorte de poder voltar para casa a pé, já que o apartamento que dividia com Fred ficava a apenas alguns quarteirões dali.

– Falei com Marilla e vou até lá no próximo fim de semana, para o festival. Você também vai? – Anne segurou uma das alças da mochila, tentando ignorar a proximidade de Gil.

– Vou, sim. – Ele passou a mão pelos cabelos, despenteando-os ainda mais do que o vento já fizera. – Quero visitar meu pai, ver como está, mas será legal também ver todo o pessoal.

O festival era uma atração anual para os moradores de Avonlea, incluindo para os que estavam fora, juntamente com as hordas de turistas, para os passeios em cima do feno, a colheita de maçãs e os rodízios de comidas e vinhos. Seria um acontecimento a ida de Gil naquele ano, Anne sabia; ele não voltara lá desde que se mudara para a Califórnia.

– Todo mundo vai enlouquecer com sua presença! No bom sentido, claro!

Ele sorriu, satisfeito.

– Você acha?

– Tenho certeza. – Preocupada em não se atrasar para o turno na livraria, Anne começou a descer a escada. – Avise ao Charlie. Ele vai querer programar alguma coisa.

– Ah, é exatamente por isso que não quero avisar ao Charlie. Lembro-me de como eram as noitadas com ele e não quero passar o fim de semana debruçado no vaso sanitário.

Anne revirou os olhos.

– Você tem 24 anos, Gilbert Blythe. Por certo, é capaz de não se deixar levar por uma dose de insistência.

– Vamos ver – retrucou ele, com olhar penetrante. – Vou pensar.

– Ah, vá embora para casa! – Relutantemente divertida, Anne começou a descer.

– Sempre me dizendo o que fazer... – A voz de Gil soou no poço das escadas atrás de Anne, e ela tornou a revirar os olhos, mesmo ele não podendo ver.

Houve um momento ao longo do tempo em que Anne começou a achar esse tipo de comentário engraçado em vez de ofensivo, e ainda não tinha certeza de quando fora que as coisas deram uma virada. Talvez fosse porque antes as brincadeiras dele continham um tom de provocação que a fazia sentir que ele estava rindo dela, não com ela. E agora, desde que haviam se reencontrado, ela não percebia mais essa intenção de provocar.

Era possível que os dois tivessem amadurecido durante aqueles anos passados longe um do outro. E era possível, por mais impossível que parecesse, que estivessem se tornando amigos.

Que pensamento bizarro e agradável.

Capítulo 11

Anne mudou de posição na cadeira, tentando não demonstrar o desconforto que sentia. O olhar do doutor Lintford demorou-se em suas pernas cruzadas, e ela resistiu ao impulso de puxar a barra da bermuda. Não pela primeira vez desde que a reunião começara, ela desejou que Gil pudesse ter vindo, mas ele tivera que substituir um amigo adoentado. Quando ela argumentou que o projeto deles era mais importante, ele alegara que o chefe do amigo recomendara que ele encontrasse um substituto ou não precisaria mais voltar. Isso tornava impossível continuar a insistir que Gil a acompanhasse na reunião com o orientador.

Além disso, Anne lembrou a si mesma, ela não deveria usar Gil como escudo. Era uma mulher adulta, mais que capaz de lidar com... qualquer situação, fosse o que fosse que o doutor Lintford estivesse fazendo.

Lascívia, devia ser isso, pensou ela, contrariada.

Mas era tão sutil que ela não podia ter certeza absoluta. Como seria um suicídio acadêmico acusá-lo sem ter certeza, ela decidiu adotar uma atitude séria, fazer de conta que não estava percebendo nada e esperar que a reunião terminasse o mais rápido possível.

– Os alunos do Herschel estão indo muito bem até agora, e estamos planejando levá-los ao Festival do Livro do Brooklyn, para um estudo de meio. O único problema é encontrar acompanhantes, porque mesmo em um sábado muitos pais trabalham. Algumas filiais da instituição Big Brothers Big Sisters disseram que podem arrumar voluntários. – Anne rolou para baixo a página de anotações que fizera para a reunião. – Também estamos arrecadando doações em dinheiro para que todas as crianças possam comprar pelo menos um livro quando estiverem lá. Cerca de metade dos alunos tem bolsa de estudos, e, como já terão que levar algum dinheiro para comer, eu... nós pensamos que seria melhor garantir um livro para cada um, de presente.

Anne conhecia, por experiência própria, como era a ansiedade de ser a única da classe que não podia comprar alguma coisa, ou porque não tinha dinheiro, ou porque os pais adotivos achavam desnecessário. Enfim, sabia como era ter que fazer de conta que não comprava porque não estava interessada, para que ninguém sentisse pena dela. Parecia-lhe tão injusto que algumas pessoas não tivessem nada, enquanto outras tinham tudo. Aquele festival era para ser um evento divertido sobre livros, escrita, aprendizado... uma oportunidade de inspirar as crianças a se apaixonar pelas histórias, pelo menos um pouquinho. Ela não queria que nada estragasse isso.

– Ótima ideia – murmurou o doutor Lintford com indiferença, claramente impaciente para mudar de assunto.

Anne cerrou os dentes. Ele se mostrava tão mais interessado quando Gil estava junto, e aquilo era muito frustrante.

– Vocês já definiram uma data para apresentar o primeiro rascunho da dissertação? Sabem que precisarão da minha aprovação antes de entregar a versão final. Isto é... – ele acrescentou, percorrendo o olhar pelo corpo dela outra vez – ..., se quiserem completar a graduação com uma nota decente.

Nota decente! Como se alguma vez ela tivesse tirado uma nota baixa... Só uma vez havia tirado 3,9, e isso no ensino médio, porque era um trabalho de biologia em grupo. Todo clichê sobre trabalhos em grupo era verdadeiro. Ela teria se saído muito melhor se tivesse feito o trabalho sozinha, e, além do mais, preferia fazê-lo.

Sentindo que o silêncio era a atitude mais adequada, Anne limitou-se a dar um sorriso amarelo para o professor e começou a guardar o material. Felizmente, os trinta minutos que ele reservara para a reunião estavam quase terminando. Havia tantas outras coisas que ela preferiria estar fazendo a estar sentada ali, praticamente envolvida por uma nuvem de misoginia. Como limpar o banheiro da Lazy Lion, por exemplo.

Quando Anne se levantou para sair, o doutor Lintford também se pôs de pé e contornou a mesa, passando tão perto dela que roçou em seu cotovelo ao se dirigir para a porta. Forçando-se a não fazer uma careta ao inalar o perfume enjoativo da colônia que ele usava com exagero, Anne o seguiu e parou quando ele pausou a mão na maçaneta. O sorriso do homem de meia-idade era positivamente oleoso, enquanto mantinha a porta fechada.

– Estou aqui pensando que poderia ser útil se nos reuníssemos novamente, para repassar algumas das... técnicas que você está usando com as crianças. Dou aulas até o fim da tarde, mas na quinta-feira à noite, talvez, pode ser? O prédio estará fechado, mas isso não é problema, abro a porta para você. – O tom de voz do professor era normal, mas Anne não gostou do modo como ele a olhou. Nem um pouco. – Sinto que se beneficiaria bastante da experiência que tenho para compartilhar.

– Ah, não posso! Trabalho na quinta à noite – ela mentiu descaradamente, querendo que ele abrisse logo a maldita porta. Não tinha intenção de marcar tão cedo outro horário com o professor. Era para situações como aquela que existia *e-mail*.

– Claro, minha querida. Sem problema. Podemos marcar outro dia.

Não passou despercebido a Anne um breve ar de contrariedade no semblante do doutor Lintford. Ele continuou com a mão na maçaneta.

– Obviamente você compreende que esse convite é exclusivo a você. Sou bastante seletivo com a mentoria extra que ofereço, como você deve imaginar.

Mentoria extra, uma ova!

– Claro – murmurou Anne, reprimindo um suspiro.

Por fim, o professor abriu a porta, afastando-se ligeiramente para trás, mal dando espaço para ela passar. Que coisa irritante! Ela passou por ele de lado, para não encostar, e saiu apressada pelo corredor. Tecnicamente, ele não dissera nem fizera nada concreto que justificasse acusá-lo de assédio, mas isso iria acontecer. Homens daquele tipo sempre repetiam a infâmia, mais cedo ou mais tarde. Não conseguiam se conter, tão seguros que eram do poder que exerciam.

O doutor Lintford não a conhecia muito bem. Se conhecesse, teria percebido sua reação negativa, pela frieza do olhar e pela rigidez dos ombros delicados. Se a compreendesse, saberia que ela nunca fazia nada sem planejamento, uma vez que conhecesse todas as variantes em jogo. E também saberia que seu nível de tolerância para *bullying* era zero, e abaixo de zero para abuso de poder.

Se ele a conhecesse ao menos um pouquinho, saberia que a expressão rígida em seu rosto enquanto ela caminhava pela calçada significava que ele estava prestes a se deparar com um muro intransponível, que era o senso de justiça de Anne Shirley.

Capítulo 12

No passado

– Você só sabe fazer *bullying*! Detesto você! – Anne exclamou, segurando sua única Barbie, toda rabiscada com caneta verde e tufos de cabelo faltando.

As lágrimas corriam por seu rosto enquanto confrontava Lillie, a mais velha das três meninas com quem dividia um quarto no orfanato de Poplar Grove. Sim, ela já era grande para brincar de boneca, e sabia disso, mas a questão não era essa. A Barbie era sua, era o único brinquedo que possuía desde pequenina, e ficava no fundo de sua gaveta de roupa de baixo. O que significava que, mais uma vez, a garota loira fuçara em suas coisas.

Mediante a acusação, Lillie saiu da cama e afastou o cabelo para atrás do ombro com expressão desagradável no rosto, depois foi até onde estava Anne, rija e com as mãos na cintura. Ela se inclinou para a frente e cruzou os braços, apoiando o peso do corpo em uma perna e entortando o quadril.

– E você é esquisita e ninguém gosta de você!

Foi mais difícil ouvir aquilo do que Anne imaginara que seria. Ela sabia que as outras crianças a achavam estranha, e não era muito próxima de nenhuma delas, preferindo passar as horas escrevendo histórias ou brincando de mundos imaginários no fundo do quintal. Na maior parte do tempo a deixavam em paz, mas, por alguma razão, desde que voltara da casa dos Hammonds, Lillie decidira que ela era o alvo principal e não parava de atormentá-la.

Anne cerrou os dentes, tentando ignorar as outras duas meninas que davam risada das palavras de Lillie, sentadas em suas camas.

– Se não parar de me provocar...

– O quê? O que vai fazer? Vai chorar? – A menina loira deu um sorriso torto. – Vai contar para o diretor? Avise-me quando for, para eu me sentar na fileira da frente para assistir.

E esse era o problema. Anne não obteria nenhuma simpatia do diretor Adams. Sabia disso; Lillie sabia; todo mundo sabia. Ele a via como uma garota problemática. Uma das que nenhuma família queria, e ele nunca acreditava nela em situações como aquela, mesmo não fazendo sentido que ela mutilasse a própria Barbie. Pelo fato de ela gostar de inventar histórias sobre aventuras e personagens imaginários, ele a considerava uma espécie de mentirosa compulsiva, e pronto.

Graças a Deus ela iria embora de novo no dia seguinte. Qualquer lugar seria melhor que ali.

Anne lançou um último olhar desgostoso para Lillie e deitou-se na cama. Virou-se para a parede, ignorando os cochichos e as risadinhas das outras três, e usou a ponta do lençol para limpar o máximo possível os riscos de caneta. Boa parte saiu do material plástico do corpo da boneca, mas o rosto não teve jeito; a borracha porosa estava encharcada de tinta verde. Com um suspiro, enfiou a boneca na fronha e tentou se distrair com o livro que começara a ler na noite anterior. Era uma história envolvente, o suficiente para permitir que ela se desligasse das outras meninas até a hora de apagar a luz, mantendo-a ocupada enquanto esperava que elas adormecessem.

Quando já não havia outro som no quarto além da respiração cadenciada das garotas, Anne empurrou silenciosamente as cobertas e saiu da cama. Com movimentos vagarosos, enfiou a mão no compartimento da frente da mochila e pegou uma caneta azul. Depois atravessou o quarto na ponta dos pés, sempre de olho nas meninas adormecidas, e abriu a porta devagarinho, com cuidado, para não fazer nenhum ruído. Quando abriu o bastante para passar, e depois de se certificar de que não havia nenhum adulto vigiando o corredor, foi até o banheiro.

Demorou um minuto para localizar o xampu de Lillie e mais um para desatarraxar a ponta da caneta e derramar a tinta azul no frasco. Após esvaziar a caneta, Anne jogou-a no lixo, tampou o frasco, agitou-o bem e voltou para o quarto que dividia com a futura ex-loira.

Às vezes, uma garota tinha de fazer justiça com as próprias mãos.

Ela se enfiou novamente debaixo das cobertas, esquentando os pés gelados de pisar no linóleo, e sorriu. Afundou a cabeça no travesseiro e, por fim, sentiu o sono tomar conta, agora que sua vingança estava completa. O dia seguinte seria outra aventura, que ela tinha a esperança de que a levasse para longe de Poplar Grove e de Lillie Kent, para sempre.

Mal podia esperar.

Capítulo 13

No presente

O outono na ilha era a época do ano de que Anne mais gostava, quando as manhãs eram muito frias para sair sem meias grossas, mesmo que apenas para ir até a varanda. Sempre madrugadora, ela tornara tradição durante suas visitas sentar-se nos degraus com uma xícara de chá com leite, observando o sol nascer atrás do cais do porto. A claridade fluorescente alastrava-se sobre a baía, transformando as gotas de orvalho no gramado em pequenos diamantes e a árvore predileta de Anne, Gloriana, em carmesim e dourado.

Embora estivesse ali somente para o festival de outono na vinícola, aquela manhã não era diferente das de sua infância. Ela envolveu a caneca com os dedos, tentando absorver o calor do chá quente e aquecer as mãos enregeladas da brisa fria vinda do mar. A vegetação do pântano oferecia alguma proteção contra o vento, mas, mesmo assim, ela sentira necessidade de pegar o casaco de Matthew no gancho atrás da porta, antes de sair para o ar livre, e de levar uma manta para se sentar em cima. Fazia poucos minutos que estava ali sentada quando a porta se abriu atrás dela. O som familiar de madeira rangendo contra madeira, onde a parte de cima sempre emperrava no batente, e o subsequente murmúrio de irritação de Marilla fizeram Anne sorrir com a caneca nos lábios.

– Preciso lembrar Matthew de consertar esta porta – disse a mulher mais velha, desdobrando parte da manta onde Anne estava sentada e sentando-se ao lado dela com um grunhido. – Não entendo por que você gosta de ficar aqui fora congelando todas as manhãs, mas é bom olhar pela janela da cozinha e ver essa cabecinha ruiva de novo.

– É bom estar de volta. – Anne deitou a cabeça no ombro de Marilla, oferecendo-lhe a caneca de chá.

Marilla bebeu um gole e devolveu a caneca, fazendo uma careta.

– Muito leite, para variar.

– É a quantidade perfeita. – A réplica veio rápida e automaticamente, após anos discutindo com a mãe adotiva sobre como preparar uma boa xícara de chá.

Marilla preferia o chá mais forte e escuro, assim como o café, de um jeito que fazia Anne sentir como se sua língua enrugasse feito uva-passa. Ela sorriu de lado para Marilla, contente quando esta respondeu com uma risada. Logo em seguida, porém, sua atenção foi desviada para o som de um miado. Ela piscou quando um elegante gato cinza saiu de baixo da varanda, subiu os degraus como se fosse o dono da casa e se enroscou nos tornozelos de uma Marilla ligeiramente constrangida.

A mulher mais velha apertou os lábios e afastou o gato com uma perna.

– Não me olhe desse jeito – disse para Anne. Faz uns meses que ele apareceu aqui, magrinho, sujo, então comecei a deixar comida e água para ele todas as manhãs. Mas não tem como ser domesticado, após tanto tempo vivendo por aí sozinho e à solta.

– Hummm, estou vendo... Nem um pouco apegado a você, não é? – provocou Anne, passando a mão pelas costas do gato quando ele voltou a se enroscar nas pernas de Marilla. Faltava uma ponta de uma das orelhas, mas ele não demonstrava ser arisco, pressionando a cabeça na mão de Anne quando ela parou de afagá-lo.

– Eu já sabia que você tinha uma queda por bichinhos desgarrados. Como ele se chama?

– E como vou saber? – Marilla arqueou as sobrancelhas. – Ele não é meu...

– Ah, sei... É só um novo amigo, é isso?

– Ora, pare... – O tom de voz de Marilla era brusco, mas os cantos de seus lábios se curvaram para cima.

Ela não era do tipo sensível, que demonstrava emoção, mas de fato nutria especial simpatia por criaturas abandonadas. Havia uma égua idosa no estábulo, resgatada de um criador para o qual não tinha mais serventia; nunca havia menos de dois cachorros na casa, vindos de algum abrigo, sempre cochilando nos fachos de sol na sala da frente, desde que Anne fora morar em Green Gables; e agora havia aquele bichano cinza sem nome.

E, obviamente, ela própria.

Marilla gostava de pensar que escondia bem sua alma amorosa, mas era só observar melhor para descobrir um veio de generosidade de dois quilômetros.

As duas ficaram sentadas em silêncio observando as cores do céu mudarem de rosadas e arroxeadas para um azul pálido, ambas perdidas em pensamentos, e Anne acariciando o gato sem parar. Por fim, Marilla suspirou e bateu as palmas das mãos nas duas pernas antes de se levantar, colocando um ponto final naquela fuga matinal da realidade.

– Vamos, Annezinha. Temos bastante trabalho.

Anne coçou mais uma vez a cabeça do gato atrás das orelhas e se levantou, recolhendo a manta e dobrando-a.

– Até mais tarde, garotinho. – Entrou de volta na cozinha quentinha, soltando a porta de vaivém enquanto balançava os ombros para tirar o casaco de Matthew.

O trabalho que Marilla mencionara era a razão pela qual estava ali, afinal: para ajudar com os preparativos do festival de outono. Todos os fins de semana, de abril até o fim de outubro, eram movimentados na ilha, primeiro com os turistas de verão, depois com a colheita de maçãs e as visitas às vinícolas, mas os três dias do Jubileu de Outono em Green Gables eram uma loucura. Nos últimos cinco anos, Anne sempre supervisionava a equipe de eventos. A maioria era de pessoas contratadas apenas para o fim de semana, o que significava que ela passava a maior parte dos três dias orientando-os sobre a disposição dos fardos de feno, certificando-se de que não faltassem maçãs caramelizadas e copos descartáveis para degustação e rezando para que nenhum dos músicos locais que haviam contratado para tocar na área das mesas dobráveis ao ar livre faltasse no último momento. Até então, ela nunca tivera contratempos e esperava que continuasse assim… o que significava tomar mais uma fortificante caneca de chá antes de começar o dia.

Parando apenas para beijar a cabeça de Matthew, sentado à mesa da cozinha e franzindo o rosto de satisfação ao receber o carinho, Anne atravessou o cômodo para encher a chaleira elétrica, depois se encostou na bancada para esperar a água ferver. Tamborilando os dedos na beirada da bancada, perguntou:

– Você tem a lista das pessoas que vão trabalhar hoje? Alguém que eu conheça?

– Ah, sim. Pretendia entregar-lhe ontem, mas o dia foi agitado demais. Desculpe-me por não estar aqui para jantar com você na primeira noite de volta a casa; fiquei chateado. – Ele remexeu a pilha de papéis na mesa à sua frente, puxou duas folhas e estendeu-as a Anne, com olhar de desculpas.

– Tudo bem, também me atrapalhei. Queria chegar aqui na hora do almoço, mas Diana não conseguiu sair do trabalho antes da uma, então perdemos o último ônibus que havíamos planejado pegar. Por pouco não perdemos, igualmente, o trem.

ANNE DE MANHATTAN

Anne estudou os nomes, reconhecendo vários que haviam vindo ajudar no ano anterior. Isso era bom; facilitaria bastante ter pessoas em quem confiava e que já conheciam o trabalho e não ficariam lhe fazendo perguntas o tempo todo. Os eventos de fim de estação proporcionavam aos moradores locais uma oportunidade de ganhar um dinheiro extra antes que os turistas fossem embora da ilha em busca de climas mais amenos. O inverno em North Fork não era fácil para ninguém, mas era especialmente difícil para aqueles que ganhavam a vida fazendo faxina ou paisagismo para os veranistas ricos, quando as casas ficavam fechadas durante a estação do frio.

Anne sorriu ao ver o nome da amiga Jane na lista, como nos últimos dez anos. Seria bom reencontrá-la; não se viam desde o verão. Fez uma anotação a lápis ao lado do nome de Jane para cuidar da barraca de sorteios de prendas; poderiam aproveitar os intervalos entre clientes para pôr a conversa em dia.

Bebendo a segunda caneca de chá, Anne subiu para tomar banho e se aprontar para o dia. Grata por não ter levado suas galochas quando se mudara para ir para a faculdade, ela as calçou por cima de uma calça *jeans* velha e um suéter comprido, prendendo o cabelo em um coque bagunçado no alto da cabeça.

As pontas do cabelo estavam precisando ser aparadas; talvez tivesse tempo de cortar antes de o fim de semana terminar. Toda vez que pensava nisso nos últimos meses, a resolução de dar um jeito no cabelo acabava ficando em segundo plano em meio a toda a loucura da faculdade, da livraria e do projeto no Herschel. E a… bem, ela não podia continuar mentindo para si mesma. A paquera entre ela e Gil e sua subsequente microanálise da situação toda tomavam significativa proporção do tempo livre que ela tinha. Aquilo tudo era inesperado e intrigante, mas também empolgante.

Anne passou as duas horas seguintes ajudando a equipe do festival a montar as mesas e as cadeiras, a barraca das prendas e o estrado em que a banda tocaria. Confirmou a chegada dos músicos para o meio da tarde, verificou se a pipoqueira estava funcionando e tentou ajudar a resolver um problema com as luzes que decoravam os galhos das árvores ao redor do gramado frontal da vinícola, até que desistiu e pediu a um dos rapazes para comprar algumas lâmpadas para substituir as que estavam queimadas.

Uma caminhonete velha veio sacolejando pela estradinha e virou para a entrada de carros, em vez de contornar a propriedade, para o pátio de estacionamento nos fundos da vinícola, e Anne sorriu quando uma moça de cabelos castanhos abriu a porta e desceu.

– Jane! – As duas moças correram uma para a outra e se abraçaram. Anne recuou, segurando os braços da amiga de infância e estudando seu rosto. – Você está ótima! Gostaria de poder vir mais vezes. Sinto tanta saudade de você!

– Eu sei, também sinto – respondeu Jane, caminhando ao lado de Anne na direção da casa. – Se não trabalhasse tanto, também poderia visitar você mais vezes. Mas, se não for ainda neste outono, com certeza irei no fim do ano.

Elas deixaram a bolsa de Jane no escritório de Matthew e foram para a barraca de prendas, Jane contando para Anne algumas das histórias mais engraçadas sobre os gêmeos de quem cuidava.

O tempo passou depressa enquanto as duas amigas conversavam e riam, mas o impulso de contar para a amiga sobre o aparecimento de Gil em Nova York latejava no fundo da mente de Anne.

Enquanto Jane conferia as prendas doadas pelos comerciantes locais com a lista que Matthew imprimira, Anne falou:

– Então, tenho novidades… do tipo… paqueras e coisa e tal.

– Sério? – Jane olhou para ela com as sobrancelhas arqueadas, segurando a caneta acima da folha de papel. – O quê?

– Gil Blythe voltou da Califórnia. Pediu transferência para Redmond, para o último ano da faculdade, e estamos trabalhando juntos na dissertação de conclusão do curso.

– Você e Gil?

– Pois é! – Anne gesticulou, erguendo as mãos, extasiada com a maneira como o universo funcionava. – E sabe o que é mais bizarro? Ele está me paquerando. Não, mais que paquerando, está definitivamente enviando sinais. Do tipo romântico, sabe como é? Tenho certeza de que quase me beijou uma noite dessas, quando estávamos em um bar com um grupo de amigos.

– O quê?! – Jane ficou em silêncio por longo momento, assimilando aquilo tudo, depois começou a rir. – Como está conseguindo lidar com isso? Lembra-se de como você se irritava com Gil? Você não se conformava quando ele ficava em primeiro lugar na chamada de soletração ou em qualquer outra coisa em que estivessem competindo. – Jane assumiu ar pensativo. – Hummm, muita coisa está fazendo sentido agora…

Anne sentiu o rosto ruborizar. Na realidade, ela, muitas vezes, quase se esquecia de como Gil a irritava quando sorria para ela por cima de um livro ou a parabenizava pelo modo como contornava alguma situação mais delicada com os alunos do Herschel. Era como se ela conhecesse dois Gils. O Gil de antes, que mal conseguia tolerar, que parecia fazer tudo para tirá-la do sério, e o Gil de agora, cujos olhos castanhos brilhavam quando ela dava risada de alguma brincadeira que ele fazia, como se isso o fizesse ganhar o dia.

– Ele não é tão chato – murmurou, separando em duas caixas os tíquetes para sorteio.

Quando a amiga cutucou seu braço com a caneta, ela revirou os olhos.

– Tudo bem, estou achando-o legal. Um pouco. Quem não gosta de ser paquerada por um rapaz *sexy*?

Jane balançou a cabeça, sorrindo.

– Acho que tenho que ir logo para Manhattan. Estou perdendo coisas importantes… Diana vai me ouvir, ah se vai, por não ter me contado nada!

– Sua pirralha... – disse Anne em tom carinhoso. – Bem, preciso dar uma olhada nos irmãos Mitchells, para não encherem demais a carroça de feno. No ano passado, ficou quase na altura do meu quadril.

Jane gesticulou e voltou a atenção para sua lista de tarefas.

Ao ouvir o ruído de pneus no cascalho, Anne ergueu a mão para proteger os olhos do sol e viu o primeiro carro do fim de semana entrar no estacionamento. Respirando fundo, tratou de afastar o cansaço e foi procurar os dois adolescentes encarregados dos fardos de palha.

Capítulo 14

Fazia trinta minutos que Gil chegara, quando o pai mencionou a possibilidade de ele fazer um curso de doutorado.

– Pai, já disse – explicou, segurando o *chip* de *tortilla* que pingava molho na cumbuca. – Não estou interessado em me tornar outro doutor Blythe, mesmo que seja de outra área acadêmica que não a medicina.

– E qual é o problema com isso? – O pai franziu as sobrancelhas espessas. – É tradição. Seu avô e seu bisavô também foram doutores.

– Eu sei. – Gil suspirou, colocando no guardanapo o salgadinho agora encharcado. Ele e o pai já haviam discutido aquele assunto várias vezes. – Não quero quebrar a tradição. Mas também não quero passar mais dois anos estudando. Estou com 24 anos, pai, quero ter uma experiência de vida sem precisar fazer dever de casa.

O pai contornou a bancada onde estava apoiado segurando a bengala e sentou-se em uma cadeira à mesa da cozinha.

– OK. Só espero que não se arrependa, mas tudo bem.

– Se eu me arrepender, volto para a faculdade.

– Tão esperto! Você acha que tem todas as respostas... Esperto o suficiente para ser doutor – murmurou o homem mais velho.

– Pai...

– Certo. Assunto encerrado. – O pai fez um gesto de fechar um zíper sobre a boca.

Gil se conteve para não revirar os olhos. Duvidava de que o assunto estivesse mesmo encerrado. John Blythe não era conhecido em Avonlea por ficar quieto quando tinha algo a dizer.

Ele pegou outro *chip*.

– Mesmo assim... – começou o pai.

Gil enfiou o *chip* na boca.

– Pai, é sério. Pare. Vim para ficar só três dias, não quero discutir – disse Gil, exasperado. Procurou rapidamente outro assunto ao ver a expressão obstinada do pai. – E Fancy e LL, como estão?

O semblante do pai iluminou-se à menção aos dois ex-cavalos de corrida, Fancy Britches e Lord Light, que ele comprara alguns anos atrás. Não serviam mais para montar, como os outros três que os Blythes possuíam; passavam a maior parte do tempo engordando no pasto a oeste do estábulo e tinham relação de admiração mútua com o pai de Gil. O doutor Blythe nutria, desde criança, um amor profundo por cavalos; quase estudara veterinária, até que o pai dele o convencera a mudar de ideia. Nunca ocorrera a Gil, quando criança, que o pai tivesse desejado ser outra coisa que não exatamente o que era, um dos mais renomados cirurgiões plásticos reconstrutivos do país. Ele jamais se queixara, mas depois de adulto Gil passou a perceber que a maior felicidade do pai era estar junto de "seus bebês", como a mãe se referia aos cavalos.

E eles não se conformavam que Gil quisesse seguir outra carreira em vez de dar continuidade à tradição da família.

Tendo obtido êxito em distrair a atenção do pai, os dois foram caminhando lado a lado até o estábulo para ver os cavalos em questão e, após

ANNE DE MANHATTAN

algum tempo, voltaram um pouco mais devagar. Gil estava preocupado com a facilidade com que o pai se cansava. Um ano antes, John Blythe corria de manhã, mas agora precisava se deitar e cochilar depois da mais breve e calma caminhada. Isso, por si só, era um indício da realidade da doença. Após se certificar de que a mãe estava lá para ajudar o marido a subir a escada e se deitar, Gil ficou parado no meio da sala de estar contemplando um pedaço de gesso lascado no lambri. Respirou fundo, com leve estremecimento, e pressionou as mãos nos olhos fechados.

Maldito câncer...

Baixando os braços, balançou a cabeça e foi procurar seu casaco. O festival começaria na manhã seguinte, por isso muitas pessoas que haviam se mudado da cidade estavam de volta, e Charlie organizara um encontro no Passeio da Viúva, exatamente como Anne previra. Batizado com esse nome por causa da posição no alto da colina com vista para a baía, onde todos os barcos pesqueiros ancoravam, o bar em si não tinha nada especial. Era uma construção comprida e estreita, com mesas plásticas arranhadas dispostas em nichos, duas mesas velhas de bilhar e tanta parafernália náutica pendurada nas paredes que Gil se surpreendia que não tivessem desmoronado sob aquele peso todo. Todos os pratos do cardápio eram fritos, a cerveja, aguada, e a tequila, mais ainda. Na metade das vezes, os banheiros estavam quebrados, e os clientes tinham que urinar do lado de fora, perto da lixeira. Se um cliente reclamasse da comida e a devolvesse (Deus o livre), o cozinheiro ia pessoalmente até a mesa xingá-lo.

O lugar era um inferno, e Gil adorava.

Mas odiou-se na manhã seguinte quando o alarme tocou às onze horas. Ele dissera a Anne que chegaria a Green Gables ao meio-dia, promessa da qual agora quase se arrependia.

Sua boca estava com gosto "podre", e ele quase sentia o cheiro de vodca transpirando dos poros. Tentou duas vezes, até conseguir se levantar da cama sem cair e entrar no chuveiro, onde se encostou na parede e deixou a água quente cair sobre o corpo, engolindo em seco para não vomitar. A sensação era de que estava morrendo; sua cabeça parecia estar rachando como um tomate maduro. O lado bom era que, se morresse logo, aquele mal-estar se dissiparia. Infelizmente, porém, ele continuava vivo, quando a água começou a esfriar. Tremendo, amarrou a toalha na cintura e procurou no armário de medicamentos até achar um frasco de aspirina que, por sorte, ainda estava na validade. Engoliu dois comprimidos com água da torneira, depois se encostou na porta por longo momento, reunindo forças para procurar uma roupa adequada para aquele dia de tempo friozinho.

De fato, deveria ter escutado Anne… mas claro que jamais admitiria isso para ela.

E foi por essa razão que Gil parou na cafeteria local e pediu o maior café com leite conhecido pelo homem, com tantas doses de café expresso quantas era legalmente permitido. Mesmo se sentindo como se tivesse sido arrastado por uma sebe densa, para um lado e depois para o outro, ele ainda podia disfarçar com uma *overdose* de cafeína, e Anne nunca perceberia a diferença. Uma Anne ignorante da experiência humilhante daquela ressaca violenta seria uma Anne sem munição para lançar a ele aqueles olhares com ar de superioridade que eram o mesmo que dizer "Eu avisei!".

Gil colocou os óculos de sol e atravessou a cidade dirigindo com uma das mãos, enquanto, com a outra, bebia o néctar dos deuses. Estava um pouco chocado, mas também orgulhoso de si mesmo ao descobrir que era capaz de engolir meio litro de um café equivalente a combustível de jato de alta octanagem em menos de quinze minutos.

A área da vinícola já estava bem cheia quando chegou; finalmente conseguiu encontrar uma vaga para estacionar embaixo da copa de duas castanheiras no pátio dos fundos. Ziguezagueando entre os carros, Gil foi prestando atenção para ver se localizava uma cabeça de cabelos ruivos, mas Anne não estava em parte alguma. Ele parou na barraca de sorteios de prendas, no entanto, e reencontrou Jane, que deu um tapinha em seu braço musculoso e sorriu, depois apontou para onde Anne estava.

Caminhando na direção da estradinha de terra que a caminhonete de feno usaria para percorrer os campos, Gil desviou-se do caminho quando avistou Marilla perto de uma mesa extensa, descarregando caixas de sidra de um carrinho de supermercado. Deslizando entre ela e o carrinho, ele ergueu o próximo engradado, tentando não gemer ao sentir o peso. Seria embaraçoso. Talvez fosse hora de mudar de academia.

– Gilbert Blythe! – Marilla exclamou, com o familiar tom rouco de voz, embora seu cabelo estivesse agora quase todo grisalho, diferentemente da última vez em que a vira. – Veja só, como você está? Faz o quê, seis anos? É a primeira vez que volta depois que foi para a faculdade, não é?

– Sim, isso mesmo. – Ele sorriu quando Marilla afagou seu ombro antes de se virar para começar a abrir as caixas.

Aquela era a demonstração máxima de afeto de que Marilla era capaz em público, e ele se sentiu honrado por ela ter por ele carinho suficiente para chegar àquele ponto.

– Achei que finalmente estava na hora de vir fazer uma visita, como bom filho de Avonlea que sou.

Os olhos de Marilla franziram-se nos cantos, com um sorriso.

– Bem, tenho certeza de que Anne ficará feliz em vê-lo. Ela está em algum lugar por aí, acredito que perto da caminhonete de feno.

– Se precisar de ajuda, terei o maior prazer em fazer o que for preciso. Minha agenda está tranquila para o fim de semana – disse Gil, forçando-se a não olhar sobre o ombro de Marilla para procurar uma cabeça ruiva. – Combinei com Anne que viria aqui, mas posso ajudar com qualquer coisa de que você precisar.

– Anne sabia que você viria? – Marilla arqueou as sobrancelhas.

Ah... Incomodava-o mais do que ele pensara a ideia de que sua reaproximação com Anne não merecesse nem ao menos um comentário dela com a mãe adotiva. Gil sabia como as duas eram próximas e imaginava que Marilla estivesse a par de todas as coisas importantes que aconteciam na vida de Anne.

Ele sorriu, sentindo que parte do bom humor se esvanecia.

– Na realidade, voltei para Nova York em agosto. Fazemos algumas aulas juntos, e eu e meu amigo, com quem divido o apartamento, saímos com Anne e Diana algumas vezes.

A verdade era que ele se encontrava com Anne dia sim, dia não, e ao menos uma vez todo fim de semana, se conseguisse ir à livraria.

– Anne comentou que vocês estão trabalhando juntos em uma dissertação – disse Marilla, com olhar afiado.

Então ele não fora excluído por completo dos relatórios de Anne para a família. Sentindo-se mais animado, Gil empertigou-se.

– É, tem sido bem interessante, e acredito que estamos aprendendo bastante. Está sendo uma... boa experiência, pelo menos até agora.

– Hummm – murmurou a mulher mais velha.

O escrutínio de Marilla e sua expressão indecifrável causavam em Gil um impulso de mover-se desconfortavelmente, mas a experiência de anos seguidos indo à igreja com a mãe e recebendo dela um olhar severo se se atrevesse a balançar os pés o treinara para controlar isso.

– Muito obrigada por se oferecer para me ajudar, mas não é necessário, está tudo bem aqui. Não quer ir procurar Anne? Ela deve estar na hora do intervalo. Quem sabe consegue convencê-la a se sentar por uns cinco minutos e comer qualquer coisa que não seja coberta com calda de caramelo...

Marilla deu um último tapinha carinhoso no ombro de Gil e gesticulou para que ele fosse atrás de Anne.

Não demorou muito para ele encontrá-la assim que chegou ao caminho do passeio no feno. Ela estava agachada na margem da estrada, conversando com uma menininha de vestido xadrez, que parecia fino demais para se sentar em uma carroça cheia de palha. A mãe da menina estava ocupada tentando controlar o outro filho, um menino com sorriso demoníaco claramente à espera da primeira oportunidade para sair correndo.

– Davy, pelo amor de Deus, comporte-se! – ele a ouviu sibiliar conforme chegava mais perto, vendo-a puxar o garoto pelo braço.

Anne ergueu o rosto quando ele parou a seu lado, e uma expressão que parecia ser de alívio se espalhou pelo semblante dela.

– Bem, preciso ir agora. – Ela sorriu para a mãe estressada, com ar de desculpas. – Aproveitem o passeio!

Gil a seguiu quando ela começou a se afastar, divertido com os passos rápidos dela.

– Está com pressa para chegar a algum lugar?

– Sim. Qualquer lugar longe daqui. Jane pode adorar essas crianças, mas, sinceramente, Davy é um terror...

Eles se desviaram de dois meninos que vinham correndo para subir na caminhonete antes que partisse, depois se dirigiram para a adega, nos fundos da vinícola.

– É fofo também, mas não deixa de ser um terror – ela corrigiu com ar culpado enquanto empurrava, com esforço, a porta pesada.

Gil segurou a porta com uma das mãos antes que se fechasse e seguiu Anne para dentro, piscando para ajustar a vista à iluminação fraca em contraste com a claridade do sol da tarde.

– Marilla me pediu para convencer você a fazer um intervalo. Está preocupada que sua única ingestão de calorias hoje seja na forma de maçãs caramelizadas.

Anne olhou para ele sobre o ombro, os olhos cinzentos brilhando na penumbra. Gil sentiu o estômago dar uma leve reviravolta, mas já estava se acostumando com isso e conseguiu sorrir com naturalidade.

– Isso significa que ela vai ficar em cima de mim o restante dia, a menos que eu coma algo substancial. O que, por sua vez, significa que preciso ir até a casa.

Eles passaram pela porta exclusiva para funcionários e entraram na sala de degustação. Anne acenou para Matthew, que estava atrás do balcão conversando com um jovem casal. Ele sorriu, e seu olhar se fixou em Gil. Os dois homens se cumprimentaram com um aceno de cabeça antes de Matthew voltar a atenção aos clientes.

– Quer ir também? Posso preparar alguma coisa se estiver com fome – ofereceu Anne.

A ideia de comer ainda era incômoda para Gil.

– Só um copo de água, obrigado.

– Você saiu com Charlie, não foi?

– Não quero falar sobre isso.

A risada de Anne soou alta e nítida.

Eles passaram a falar de assuntos triviais enquanto subiam a encosta em direção a casa. Gil só estivera ali uma vez, muito tempo atrás, no Halloween, quando ele e Anne estavam no mesmo grupo de "gostosuras ou travessuras". Depois de visitarem todas as casas da região, voltaram para Green Gables, onde Marilla e a senhora Barry os presentearam com chumaços de pipoca doce e chocolate quente. Ele se encantara, à primeira vista, com a residência antiga, repleta de nichos e recantos, tão diferente da arquitetura de linhas retas da casa moderna dos pais.

O tapetinho trançado na frente da porta e o papel de parede desbotado da entrada eram os mesmos de que ele se lembrava; a cozinha parecia ter congelado nos anos 1970. Gil sentou-se à mesa enquanto Anne abria a geladeira verde-abacate e espiava lá dentro.

– Não mudou muito por aqui, não é? – ele comentou, ajeitando o jarro de crisântemos no centro da mesa.

– Não. Ainda bem. – Anne pegou ingredientes para fazer sanduíche. – Tem certeza de que não quer nada?

– Obrigado, estou bem.

Não passou despercebido a Gil o modo como ela se virou para esconder um sorriso.

Presunçosa, exatamente como ele já esperava. Anne passou os minutos seguintes cobrindo meticulosamente cada centímetro da fatia de pão com mostarda escura, como se fosse inadmissível deixar o menor pedacinho descoberto; em seguida, colocou quatro fatias de salame e adicionou ao prato um punhado de minicenouras.

Por fim, levou o prato à mesa e sentou-se do outro lado de Gil, estendendo para ele um copo com água. O líquido fresco desceu por sua garganta ressecada com uma sensação incrivelmente agradável, lembrando-lhe de que ainda devia estar desidratado pela bebedeira da véspera. Era por isso que nos últimos tempos ele raramente bebia mais que uma ou duas cervejas; não valia a pena se sentir daquele jeito depois.

– Então – começou Anne, dando uma mordida no sanduíche.

Tomando outro longo gole de água, Gil arqueou uma sobrancelha e esperou. Ela fez uma careta e engoliu.

– Desculpe. Eu ia perguntar, como está seu pai?

– É difícil dizer. – Gil viu uma gota de condensação deslizar pelo lado de fora do copo e colheu-a com a ponta do dedo antes que chegasse à mesa. – Do meu ponto de vista, ele está muito abatido, como nunca o vi antes. Mas, segundo os médicos, o estado dele não é tão ruim. Hoje fomos até o estábulo, e ele teve que parar duas vezes no caminho de volta.

– Que dureza – murmurou Anne, os olhos muito abertos quando ele voltou a fitá-la. – É doloroso ver um pai sofrer. Marilla acabou de saber que vai precisar operar a catarata em um futuro não muito distante. O lado bom é que isso apressou a decisão de Rachel de vir morar com ela, assim Marilla não precisará se preocupar se tiver que se locomover à noite, já que Matthew não dirige mais depois que escurece.

– Sim, não sei como seria se minha mãe não estivesse por perto para ajudar. – Provavelmente, ele teria voltado para Avonlea e não estaria sentado ali com Anne, naquele momento. De repente, ele sentiu que precisava saber, e já, e perguntou: – Somos amigos, certo? Somos amigos agora...

Anne soltou o sanduíche que estava segurando.

– Gosto de pensar que sim. Você também?

– Claro – ele respondeu, com um sorriso de alívio. – Só queria me certificar de que finalmente me redimi.

Os olhos de Anne se arredondaram.

– Redimiu-se de quê?

– De ser uma pedra no seu sapato, na época do ensino médio.

– Ah… tudo bem. Já passou, estamos bem agora.

Incerto com o tom de voz neutro de Anne, Gil insistiu:

– Imagino que você me deixaria saber se houvesse algum problema, certo? Gosto do nosso relacionamento como está atualmente.

– Prometo que o deixarei saber se houver algum problema. – Anne não sorriu, mas a expressão de seu olhar se suavizou. Ela se levantou e levou o prato para a pia. – Vamos, preciso voltar. Acho que nunca tirei um intervalo tão longo nos últimos quatro anos em que supervisiono a equipe. Espero que ninguém tenha ateado fogo em nada nesse meio-tempo.

Gil também se levantou e seguiu Anne até a porta.

– Bem, não sei, mas eu diria que Marilla e Matthew devem ter conseguido segurar as pontas por uns trinta minutos.

– Vai saber… – Um sorriso dançou nos lábios de Anne quando eles saíam e ela trancava a porta. – Pode ser que nos deparemos com um caos lá embaixo. Loucura… todo mundo bêbado.

– Às… – Gil olhou para o relógio – … à uma e meia da tarde?

– Faz muito tempo que você não vem. Avonlea pode ter virado de pernas para o ar enquanto estava na Califórnia – disse ela, rindo, quando chegaram à entrada de carros.

– Você vai também ou vai voltar?

– Vou voltar. Quero ver se meu pai está acordado. Meu tio e dois primos virão à noite jogar pôquer. Tínhamos o costume de jogar uma vez por mês, então achei que seria legal nos encontrarmos neste fim de semana, já que estou aqui.

Fazia muito tempo que Gil não participava dessa tradição de família.

– Parece divertido! Diga a seu pai que mandei lembranças.

As palavras de Anne ficaram apenas vagamente registradas no cérebro de Gil, porque a visão do vento soltando alguns fios de cabelo da trança, que brilhavam como cobre à luz do sol, ocuparam seu foco. Sem pensar, ele estendeu a mão e afastou os fios para atrás da orelha, somente se dando conta do que acabara de fazer ao vê-la inspirar o ar de repente e prender a respiração.

Gil baixou a mão e olhou nos olhos dela, vendo o próprio desejo ali refletido. Então, ergueu a mão de novo e segurou o queixo dela, contornando-lhe a face com o polegar. Inclinando-se, tomou os lábios dela com a boca. Não foi um beijo ávido nem suave. Ele mostrou a Anne o que queria, deixou claro que aquele não era um gesto impulsivo de momento, que era deliberado, movendo os lábios sobre os dela com propósito.

Após alguns minutos, ambos recuaram, Anne inalando o ar enquanto estudava os olhos dele.

– Isso é parte da sua definição de amigos?

Gil riu, envolvendo-a com os braços e pousando o queixo no alto da cabeça dela. A sensação dos braços firmes dela ao redor de sua cintura afastou qualquer dúvida de que ela poderia rejeitar seu beijo. Graças a Deus.

– Beijar é um gesto bem amigável, não acha? – ele provocou.

– É?

Ele detectou a ponta de incerteza na voz dela e recuou para fitá-la nos olhos.

– É, sim. Mas não fico beijando todos os meus amigos, preciso deixar isso claro.

– Imagino que Fred seja grato por isso. – Ela aninhou a cabeça de volta no peito dele. – Sou só eu, então?

– Só você – Gil assegurou.

– Amigos que se beijam.

– E talvez, de vez em quando, saindo para jantar ou ir ao cinema. Possivelmente, encontrando-se com outros amigos que não são para beijar.

– Isso me parece muito com namoro… – A voz de Anne soou abafada pelo casaco dele.

– Parece? – Gil murmurou.

– Parece muito.

Anne inclinou a cabeça para trás, hesitante por um momento. Assumindo a expressão mais corajosa possível, Gil esperou que ela coordenasse os pensamentos. Deus era testemunha de que ele flertara com ela o suficiente ao longo dos últimos meses para que ela soubesse o que ele queria.

– Então... – murmurou ela devagar, olhando para Gil. – O que você está dizendo, na realidade, é que quer namorar... com exclusividade?

– Bem, não levo muito jeito para dividir... então, sim, eu gostaria. – Ele reprimiu um sorriso quando Anne revirou os olhos.

– Fale sério...

Enterrando os dedos nos cabelos de Anne, ele a puxou para mais um beijo.

– Estou falando sério.

– Tudo bem – retrucou ela sem fôlego, afastando-se.

Gil entreabriu os lábios, como se fosse dizer mais alguma coisa, ou possivelmente beijá-la de novo, mas, nesse instante, o olhar de Anne pousou no relógio dele.

– Ah, meu Deus, Marilla vai me matar! Estou superatrasada! – Ela se desvencilhou das mãos de Gil, com expressão de desculpas. – Me liga mais tarde? Ou posso mandar uma mensagem quando terminar aqui.

– É noite de pôquer – Gil lembrou, amaldiçoando-se por ter combinado o jogo. Preferiria mil vezes passar a noite com os dedos enterrados naqueles cabelos ruivos.

– Ah, é mesmo... bem, você sabe onde me encontrar nos próximos dois dias.

A expressão dela era de incerteza. Isso não era bom. Gil segurou o pulso dela e puxou-a para outro beijo, movendo a boca sobre a dela até ambos ficarem ligeiramente ofegantes. Então soltou-a, com sensação de profunda satisfação, ao ver o olhar atordoado dela.

– Volto amanhã.

– Está bem... hum... que bom – disse ela com voz fraca, sorrindo timidamente. – Nos vemos amanhã, então.

– Até amanhã – Gil ecoou, observando Anne até ela desaparecer na curva para a vinícola.

Esfregando a mão sobre o peito com ar pensativo, ele partiu em direção ao estacionamento.

Sentado no carro, precisou esperar alguns instantes, um pouco perplexo com o modo como aquele dia havia sido diferente do que ele imaginara que seria quando se levantara de manhã. Para ser sincero, ele não planejara nada daquilo, pelo menos não conscientemente. Não pretendera forçar a situação, mas, quando Anne olhara para ele com aquela expressão de ansiedade e expectativa, ele sentira que tinha de beijá-la. E veja aonde sua ousadia o levara.

Demorara uma década para chegar ali, mas finalmente ele estava namorando Anne Shirley. Ou começaria a namorar, em breve.

Balançando a cabeça e sorrindo de leve, Gil ligou o carro e deu marcha a ré para sair da vaga. Quando as coisas começavam a mudar, realmente mudavam rápido. O que não mudava, porém, era o entusiasmo do pai com a noite de pôquer, portanto o que lhe restava era estampar um sorriso no rosto e concentrar-se na partida, porque os primos não hesitavam em tomar, sem piedade, todo o seu dinheiro.

Sentindo-se totalmente satisfeito com a maneira como o fim de semana estava evoluindo, Gil dirigiu de volta para casa assobiando.

Capítulo 15

No passado

Gil comeu seu sanduíche de frango e tentou não olhar do outro lado do refeitório quando Roy Gardner passou o braço pela cintura de Anne. De modo distraído, ele riu da piada de Charlie e tentou não olhar quando Anne ofereceu a Roy uma porção de minicenouras. Tomou um longo gole do isotônico e tentou não prestar atenção na forma como os olhos de Anne se iluminavam enquanto Roy falava com os colegas em volta da mesa, gesticulando ao contar sua história. Tentou não olhar quando Roy se levantou, jogou a mochila no ombro e se inclinou para dar um beijo no rosto de Anne. E tentou muito, tentou mesmo, não olhar quando ela baixou a cabeça e enrubesceu, de um jeito como nunca reagira com ele.

Tentou não olhar, mas não conseguiu, e odiou-se por ser tão fraco.

– Anne Shirley e Roy Gardner estão namorando? – perguntou de repente.

Quando se deu conta de que todos na mesa haviam ficado em silêncio, ele finalmente desviou o olhar do sorrisinho no rosto de Anne enquanto ela recolhia os restos do próprio lanche. Moody Sturgeon, um de seus colegas de atletismo, deu de ombros e voltou a se concentrar em seu sanduíche de atum, enquanto Charlie mastigava com ar pensativo, mas no final também deu de ombros.

Na outra ponta da mesa, Ruby suspirou e revirou os olhos.

– Faz só dois meses. Sério que você ainda não havia notado?

Dois meses?

– Não – respondeu Gil, não prestando atenção na frase seguinte da garota.

Colocou o sanduíche na embalagem, perdendo a fome. Dois meses de namoro e agora beijando no rosto em público só podiam significar uma coisa: Roy Gardner era oficialmente namorado de Anne. Com uma ruga na testa, ele olhou para o outro lado da mesa. Roy era um cara legal; Gil não tinha nenhum problema com ele, mas também não conseguia vê-lo como amigo. Anne era tão cheia de energia e disposição, sempre ativa, nunca estava sozinha. Roy, por sua vez, era quieto e reservado, geralmente se sentava sozinho no fundo da sala de aula ou em uma mesa isolada na biblioteca. Mas era alto e esbelto, tinha dentes perfeitos e pele na qual, ao contrário de todos os outros garotos normais do colégio, nunca estourava uma espinha. Então, se Anne gostava disso... sim, Roy era o cara.

Além de tudo, era difícil não odiar Roy, porque ele era realmente gente boa. O que, por ironia, fazia com que Gil quisesse odiá-lo um pouco mais. Se ele próprio não tivesse sido um idiota e tratado Anne feito lixo, poderia, hoje, ter uma atitude presunçosa e desejar que o casalzinho tivesse um rompimento desastroso a qualquer momento. Mas Roy era legal, gentil com Anne, os dois se entendiam bem, e tudo era superlegal e bonitinho... e Gil se sentia cretino por esperar que eles rompessem.

E a pior parte era que, agora que sabia que eles eram um casal, não conseguia deixar de reparar neles o tempo todo. Quando estavam de mãos dadas no corredor; ou abraçados durante o primeiro jogo de futebol americano da temporada; sussurrando na biblioteca, as cabeças debruçadas sobre um livro, os joelhos encostados sob a mesa; aconchegados no Denny's local comendo fritas juntos. (Por que ele nem sequer conhecia a palavra "aconchegados"? Que vocábulo terrível... Deveria ser riscado do dicionário para sempre. Aconchegados. Que droga.)

Foi por tudo isso que, quase dois meses depois de ver Anne e Roy revoltantemente juntinhos no refeitório, Gil percebeu, no mesmo instante, quando Anne começou, outra vez, a andar pela escola com Diana e a se sentar longe de Roy na classe.

Ele se sentiu exultar por dentro; seu vergonhoso desejo finalmente se realizara... Começou a notar os constantes sorrisos forçados no rosto de Anne, e como ela começou a se esconder no canto da biblioteca, atrás da mochila sobre a mesa, em vez de tomar lanche com o grupo de amigos, do qual Roy fazia parte e estava sempre presente.

Agora Gil se sentia uma espécie de canalha por ter andado assobiando todo alegre sempre que pensava no rompimento deles. (Um pouco canalha; não completamente, cem por cento canalha; propenso à canalhice, talvez. Qual era o meio-termo entre canalha? Estúpido? Jumento?)

Deus. Fosse qual fosse sua classificação, era... mesquinho. Então ele se esforçou, ao máximo, para superar aquele sentimento.

Após uma semana observando a apatia de Anne quando ela achava que ninguém estava notando, Gil decidiu que não era natural que ela ficasse tão triste o tempo todo. Aquilo começou a incomodá-lo de verdade; o fato de ela não ser mais a menina alegre que costumava ser. Esperando com todas as forças não voltar a fazer um papelão, ele tomou a decisão de tentar mudar isso.

Assim, certo dia, deu um passo nesse sentido, correndo para alcançá-la quando ela atravessou a quadra coberta em direção à saída.

– Ei!

Ele começou a andar ao lado dela, tentando parecer casual, sem ter certeza se estava conseguindo. Ninguém ficava deslumbrante com o uniforme de ginástica cinza e azul-marinho, que parecia projetado para ficar largo e disforme, mas curiosamente em Anne ficava bem. Que bom, isso o distraía, que era o que ele precisava no momento.

Anne olhou para ele com certo ar de desdém nos olhos cinzentos.

– Oi... – respondeu, mais em tom de indagação que de saudação.

Na melhor das hipóteses, ela tolerava sua presença com uma espécie de divertimento relutante. Aquele claramente não era um desses momentos.

Pena. Porque ele pareceria um idiota se girasse nos calcanhares e fosse embora.

– Você está me seguindo? – Ela empurrou as pesadas portas de metal do ginásio, e Gil as amparou com as mãos antes que se fechassem em seu rosto.

– Seguindo você? Não. Por que seguiria? – perguntou Gil, acompanhando-a em direção às quadras de softbol, sentindo o sol de fim de setembro aquecê-lo. – Temos aula juntos, esqueceu?

As aulas de Educação Física estavam em rodízio de softbol, atletismo e lacrosse para todas as turmas. Gil ficara secretamente satisfeito ao ver Josie Pye comer terra na semana anterior, quando Diana aparecera do nada durante uma partida de lacrosse e a derrubara no meio do campo. Diana fora repreendida pelo professor, mas até Gil conseguia compreender que o sermão valera a pena, considerando que menos de cinco minutos antes Josie flertara, de propósito, com Roy, ao mesmo tempo que observava Anne pelo canto do olho.

A lembrança da expressão triste da ruiva enquanto observava a cena era exatamente o motivo pelo qual ele se encontrava ali agora.

– Você vai à feira no fim de semana? – perguntou.

– Por quê?

Gil ergueu as mãos, exasperado.

– Por que você é sempre tão difícil?

– Por sua causa – respondeu Anne em tom de voz petulante, e com certeza havia algum problema com ele, pensou Gil, porque ele gostava daquela petulância. Era fofo. Anne deu um longo suspiro quando ele não demonstrou se abalar, como se responder à pergunta dele fosse um fardo. – Eu pretendia ir. Agora... não tenho certeza.

– Nosso grupo vai – disse Gil, olhando para a frente, como se a resposta dela não fosse tão importante. – Você deveria ir.

– Pode ser – disse ela em tom de desdém.

Gil não falou mais nada, sabendo quando era a hora de se calar.

Assim que chegaram, Anne começou a procurar na pilha de ombreiras, na margem da quadra, um par que fosse ao menos aproximadamente do seu tamanho. Já paramentado, Gil a seguiu, rolando o taco de lacrosse entre as mãos.

– Por que interessa a você saber se vou ou não à feira? – A pergunta abrupta pegou Gil de surpresa.

– Quem vai me entreter se você não estiver lá para discutir comigo por causa de alguma coisa arbitrária e sem sentido? – Gil deu de ombros, sorrindo daquele jeito que sempre tirava Anne do sério. – Venha com a gente. Compro uma maçã caramelizada para você, e você poderá relatar todas as informações estranhas que conhece sobre o corante vermelho número 40 quando estivermos na roda-gigante. Vai ser divertido.

– Como posso recusar um convite tão encantador? – Apesar do tom de voz seco, Anne estava hesitante; Gil sabia disso pelo modo como ela mordiscava o lábio inferior. Ela enviava sinais, e ele conhecia todos.

– Diana e Jane vão, você sabe – disse ele, ajudando-a a enfiar as ombreiras pela cabeça, ajeitando-as sobre os ombros quando ela não empurrou suas mãos, jogando para ela, em seguida, uma camisa azul de treino. – Você não precisará falar comigo se não quiser. Poderá pegar sua maçã e contar os fatos sobre o corante a outra pessoa.

ANNE DE MANHATTAN

O modo como o semblante dela se iluminou quando ele disse isso foi um pouco ofensivo.

– Bem… já que é assim… que hora vocês vão?

Ótimo. Talvez um dia ele se cansasse de ser chutado a torto e a direito pelos adoráveis tênis tamanho 35 de Anne Shirley, mas não seria naquele dia que isso aconteceria.

– Combinamos de nos encontrar no portão oeste às sete da noite, mas alguns vão de carona. – Gil sentiu uma onda de alegria quando Roy passou por eles e Anne pareceu nem notar. – Posso passar na sua casa, se quiser.

– Vou com Di. – Ela torceu o cabelo em um rabo de cavalo alto. – Mas obrigada – acrescentou, como se lhe custasse proferir as palavras.

– Certo. Tudo bem – murmurou ele, sentindo-se tolo por acreditar mesmo, só por um minuto, que ela aceitaria sua oferta. Todavia, pelo menos ele conseguira convencê-la a ir. – Qualquer coisa, me avise.

– Claro.

– OK.

Os dois mergulharam, por um instante, em um silêncio constrangedor, até que o apito do professor de Educação Física os salvou. Anne correu para a quadra sem olhar para trás, mas isso não incomodou Gil. Porque ela estava sorrindo quando encostou o ombro no de Diana, falando a mil por hora, como costumava fazer.

E não olhou para Roy nem uma única vez.

Capítulo 16

No presente

– Quase não doeu – disse Diana, retirando cuidadosamente o curativo que cobria sua perna apenas o suficiente para Anne ver a tatuagem que fizera no fim de semana.

Aparentemente, Fred agendara para ela o último horário da noite no estúdio, e depois eles foram para o apartamento dele para um *happy hour*.

– Se é que me entende – Diana acrescentou, erguendo as sobrancelhas e fazendo Anne rir.

– Não dê ouvidos a ela. Nunca ouvi alguém choramingar tanto por causa de um arranhãozinho tão superficial antes – disse Phil, aparecendo do corredor e espiando a tatuagem. – Ficou ótima. Não cutuque.

– OK, mamãe.

– Ei, você vai precisar dessa "mãe" se esse negócio infeccionar, portanto fique quieta.

– É linda! – Anne inclinou-se para ver melhor, desviando-se do braço de Diana, que mandava beijos para Phil, que agora estava na cozinha. As fitas ao redor da figura vestida apenas com o esboço de uma camiseta pareciam tão reais que era como se esvoaçassem sob um vento invisível. – É tão nítido e detalhado! Como ele fez isso?

– Não faço ideia; ele é muito talentoso. Você precisa ir até o estúdio e ver as fotos dos clientes que ele tem na parede. Sério.

Anne ficou feliz em ouvir o tom deslumbrado da voz da amiga.

– Já era de esperar que acabasse com alguém tão talentoso artisticamente quanto você. Nunca tive dúvida disso.

– Bem, não acabei com ninguém. – Diana riu, alisando o curativo outra vez, depois recostando-se no sofá. – Mas vamos nos ver de novo neste fim de semana, então isso é bom.

– Hum, por falar em romance… – brincou Anne, entrando na cozinha.

Ela passou por Phil e começou a procurar o pacote de batatas fritas que escondera atrás do cereal que ninguém comia além dela. Phil olhou quando ela passou de volta.

– Você sabe que sabemos onde esconde isso, não sabe?

– Quem se importa com batatas fritas numa hora dessas? – Diana gritou, encarando Phil. – Anne, continue o que ia dizer. Agora.

– Só um instante. Ainda tem molho *ranch*? – Ela pretendia contar todos os detalhes, mas era muito mais divertido, antes, fazer um suspense.

– Não. Pare de enrolar. – Diana virou-se para vê-la se recostar no sofá com o saco de batatas e uma expressão de antecipação no olhar. – Por favor, apenas me diga que não foi Charlie Sloan de novo.

– Não. Aparentemente, Charlie passou o fim de semana ocupado demais com a ressaca dele para comparecer a qualquer um dos eventos da ilha. – Anne colocou um *chip* na boca. Salgadinho e delicioso. Ela nem queria imaginar um mundo em que as batatas fritas não tivessem sido inventadas. Seria um pesadelo. – Na realidade, acredite se quiser, foi Gil. Ele foi até Green Gables no primeiro dia, embora tivesse saído na véspera e também estivesse de ressaca. Estava um pouco inconveniente, me beijou, me convidou para sair e depois foi jogar pôquer com o pai.

– Finalmente! – Phil apoiou o cotovelo na beirada da bancada alta da cozinha, parecendo estar se divertindo. – Eu mal o conheço, e é óbvio, até para mim, que isso já deveria ter acontecido há muito tempo.

– Phil, você não faz ideia. Sério. – Diana colocou um salgadinho na boca, revirando os olhos. – De qualquer forma, não consigo decidir se foi romântico ou não. Sim. Não, sim, foi. Ele enfrentou a organização do festival e uma ressaca por você.

– Meu herói – Anne disse em tom de voz seco, embora particularmente concordasse que fora amável da parte dele ter feito o esforço, apesar de parecer que estava morrendo quando apareceu pela primeira vez.

– Poderia ter sido pior.

– Já foi pior... Lembra-se de James, no ano passado?

– Ah, se lembro!

– Bem, eu havia me esquecido de James, mas agora você me lembrou. Obrigada por isso – disse Phil, fazendo uma careta.

– Então, estamos todas de acordo! Gil é um grande avanço, mesmo de ressaca. Mas, ahhh, que emocionante! Phil está certa! Definitivamente, eu achava que isso teria acontecido entre vocês dois muito antes – Diana disse, um sorriso malicioso aparecendo no rosto. – Você sabia que Jane e eu, certa vez, apostamos que ele beijaria você no ensino médio? Ainda não me conformo por ter perdido aqueles dez dólares.

De repente, Anne se sentiu muito dedicada a encontrar a batata perfeita no pacote. Houve um momento de silêncio, até que Diana falou com calma:

– Não. Não acredito que você ficou com Gilbert Blythe, um dos caras mais lindos do colégio, e não me contou nada. Certo? Certo, Anne?

Droga.

Anne ergueu o rosto para se deparar com Diana e Phil olhando para ela.

– Bem...

– Não é possível! Ela ficou! – Phil lançou um olhar para Diana, que ainda olhava para Anne. Na realidade, Anne não tinha certeza se Diana piscara. Foi um pouco enervante.

Ela acenou à frente do rosto de Diana.

– Oi? Você está bem?

– Mais ou menos – disse Diana, por fim. Felizmente, ela não parecia zangada, ou, pelo menos, não tanto quanto Anne imaginara que poderia ficar. – Afinal, você vai nos contar o que aconteceu?

Anne contou. Contou tudo, desde a chegada de Gil ao acampamento até quando eles se separaram, e tudo o que aconteceu no meio-tempo. Quando terminou a narrativa, Phil estava sentada no chão, na frente do sofá, e Diana fitava o vazio com expressão pensativa.

– Então… – Anne ergueu as mãos, sem saber mais o que dizer. – Isso é tudo.

Diana voltou a si e olhou para Anne com um sorriso.

– Isso explica o jeito como ele olhava para você no fliperama e… ah, sei lá, todas as vezes que saímos juntos. Era porque já havia provado e queria mais.

– Pare com isso. – Anne escondeu-se atrás do saco de batatas fritas, sentindo o rosto arder. Aquele não era o momento de pensar em como Gil olhava para ela e no que poderia passar pela cabeça dele.

– Você é tão puritana – disse Phil, com sentimento de admiração na voz.

– Não sou, não. Você não entende… Cabelo loiro e pele bronzeada é lindo. Acontece que pareço um tomate!

– Esqueça isso. – Diana bateu no joelho de Anne com entusiasmo para chamar sua atenção. – Então, em nível de colapso interno, como está seu estado de espírito?

– Estranhamente calmo – respondeu Anne, largando o saco de batatas fritas no chão, ao lado do sofá. Em seguida, encolheu as pernas sobre as almofadas. – Considerando, você sabe… – ela gesticulou, balançando as mãos no ar – … tudo o que aconteceu entre nós, eu imaginava que estaria confusa e neurótica agora.

– Não se preocupe, querida, ainda há tempo.

Anne apontou para Phil com um *chip* entre os dedos.

– Isso é verdade. Acho que é um bom sinal que eu não esteja preocupada com o que vamos falar ou se será estranho. Só gosto de passar tempo com ele.

– Sim. Sim, isso é muito bom. Ah, estou feliz por você! – O alarme no telefone de Diana disparou, e ela deu um pulo, os olhos arregalados. – Preciso correr. Consegui agendar um horário no estúdio e não posso perder.

– Vá, vá – disse Anne, acenando para ela. – Também tenho que ir para a livraria mais tarde.

Phil ficou mais algum tempo fazendo companhia a Anne, mas também precisou sair para encontrar alguns amigos que conhecera durante sua residência, deixando Anne sozinha. Determinada a manter a regra de não pensar demais em Gil, ela aumentou o volume da música enquanto tomava banho, cantando junto, embora o alto-falante barato tornasse o som um pouco metálico. Sentindo-se ambiciosa para uma manhã de segunda-feira, ela até depilou as pernas e lavou o cabelo. Se passasse xampu mais de uma vez a cada poucos dias, seu cabelo ficava armado. Ela já se conciliara com a cor vermelho-alaranjada anos antes, mas ninguém queria ficar parecendo uma versão ambulante de um daqueles globos de plasma.

Enquanto passava creme no braço, uma mensagem entrou em seu celular, e na notificação aparecia o nome de Gil. Tomando cuidado para não lambuzar a tela, Anne a abriu, examinando a breve mensagem.

> Bom dia, sardentinha. <3

Incapaz de reprimir um sorriso diante daquele cumprimento tão típico de Gil, ela amarrou a toalha com mais firmeza sobre os seios, sentou-se na tampa fechada do vaso sanitário e começou a digitar...

Capítulo 17

Fazia uma semana e meia que estavam de volta à cidade grande quando Gil, finalmente, conseguiu sair com Anne de um jeito que lembrava um namoro. Apesar de ainda vê-la quase todos os dias, a única coisa que mudara entre eles era que agora, quando se despediam depois de uma aula, ou do curso no Herschel, ou de ele passar algumas horas sentado à mesa nos fundos da livraria, ele a beijava do modo como sempre quisera beijar. Anne inclinava-se sob seus beijos, com perceptível sorriso nos lábios, sempre deslizando as mãos por baixo de sua camisa para lhe acariciar as costas. Era um toque reconfortante, afetuoso, mas a sensação da pele dela contra a dele, mesmo que só a ponta dos dedos pressionando logo acima do cós da calça, o incendiava por dentro.

Ele queria mais, muito mais.

Por fim, em uma noite de sábado, seus horários se alinharam, quando ele conseguiu trocar o turno no bar, e ela foi surpreendida com uma folga inesperada na livraria. Olhando o relógio na parede acima das prateleiras de bebidas, Gil percebeu que seu turno voara e sentiu-se subitamente envolvido por uma espécie de energia nervosa. Para se distrair da passagem veloz dos minutos que faltavam para o turno terminar, ocupou-se em fatiar limões para guarnecer os drinques. Estava tão concentrado na tarefa que quase cortou o dedo quando Anne se sentou no banco alto diante dele e tamborilou os dedos no balcão.

– Olá, *barman*... Um chá gelado com limão, por favor. – Ela sorriu quando ele ergueu o rosto.

– Bem-vinda ao Kindred Spirits, senhorita – disse Gil de modo irreverente, pegando um copo alto na prateleira. – *Barman*?

– Sempre quis chamar alguém assim, mas não queria que pensassem que sou estranha.

– Bem, já acho você estranha.

– Por isso experimentei com você – explicou ela, como se fosse óbvio. – Está terminando? O filme só começa daqui a quarenta minutos.

– Sim.

Gil fatiou o restante das frutas e, em seguida, tirou o avental e jogou-o no cesto embaixo do balcão. Vestiu a jaqueta, colocou uma boina cinza e acenou para o colega que iniciava o turno da noite antes de dar a volta para se juntar a Anne.

Ela girou no banco quando ele se aproximou, parecendo-se com algo que ele poderia comer, em uma calça *jeans* cor-de-rosa e uma blusa estampada com pequenas caveiras douradas sorridentes. Quando Gil parou diante dela, Anne estendeu a mão e tocou a aba da boina com um dedo.

– Por que os rapazes ficam tão sedutores quando usam boina?

– Se eu soubesse que isso era tudo que bastava... – murmurou Gil, inclinando-se para roubar um beijo rápido e depois se afastando para ela pular da banqueta.

Segurando um moletom grosso dois tons mais escuro que o *jeans*, ela deslizou do banco e se pôs na ponta dos pés para dar outro beijo suave na boca de Gil. Ele buscou seus lábios quando ela se afastou, precisando sentir mais um pouco o sabor adocicado do *gloss* que ela usava. O brilho inequívoco nos olhos dela dizia que ela não ficaria nem um pouco chateada.

Entrelaçando os dedos com os dela, Gil examinou a camisa de Anne quando saíram do restaurante para o ar frio da noite.

– Um pouco cedo ainda para motivos de terror, não?

– Nunca. – Baixando os olhos para as caveirinhas, Anne deu risada. – Vi essa blusa em Avonlea na semana passada e não resisti. Você precisava ver a escada de incêncio externa do nosso prédio. Diana e eu conseguimos uns esqueletos de plástico em tamanho natural e os amarramos na balaustrada, parecendo que estão tentando subir. Ela sempre adorou o Halloween. Contanto que não bloqueiem as escadas, o síndico não se opõe.

– Minha mãe também adora o Halloween. A cada ano, capricha mais. Os caras da loja de decorações a amam. Ela me mandou fotos da casa, já está decorada. Tem uma cabana de bruxa completa no gramado da frente, com doces de plástico enormes no telhado.

– Não consigo imaginar! Sua mãe parece tão… não me leve a mal, mas ela é tão requintada… nunca pensei que considerasse decorar a casa para o Halloween.

– Não me entenda mal – disse Gil, puxando Anne para mais perto enquanto caminhavam contra o vento frio. – A noção de elegância da minha mãe entra em choque com a empolgação dela com as festas comemorativas. A casa fica parecendo a Tiffany's na Quinta Avenida, todos os anos. Lembro-me de andar pé ante pé na casa, na época de Natal, para não quebrar nenhum enfeite de cristal do Polo Norte. Você precisa ver quando todas as luzes ficam acesas; é ofuscante.

Eles chegaram ao cinema na hora certa e compraram um balde enorme e caríssimo de pipoca quando Anne confessou que ficara tão envolvida na revisão para as provas bimestrais que se esquecera de jantar. Eles escolheram poltronas na extremidade da fileira, junto ao corredor central, e sentaram-se, com os cotovelos encostados.

Mais tarde, se alguém tivesse perguntado, Gil não saberia dizer, nem que fosse para salvar a própria vida, sobre o que fora o filme. Passou a maior parte do tempo com consciência aguda do modo como Anne prendia a respiração nas cenas de tensão e do toque suave de seus dedos quando os dois pegavam pipoca ao mesmo tempo.

Era como ser adolescente outra vez, aquela inquietação e ansiedade para tocá-la o tempo todo.

Estava tarde quando saíram do cinema, Anne comentando alegremente sobre o filme enquanto andavam na rua lotada de pessoas na noite de sábado. Gil a empurrou para debaixo da marquise de uma loja em cuja vitrine estava um anúncio de queima de estoque por motivo de passar o ponto (apesar de que os descontos anunciados estavam ali fazia alguns anos) para se esquivar de um grupo numeroso de adolescentes que vinha correndo pela calçada.

– Quer ir para o meu apartamento? Não é longe daqui – disse ele, subindo e descendo a mão nas costas dela.

Mordendo o lábio, Anne pareceu hesitar por um instante, depois assentiu.

– Tudo bem.

A caminhada foi curta, como Gil prometera, mas pareceu mais longa quando tudo o que ele queria era estar atrás da porta fechada do apartamento para poder tocar Anne do jeito como esperava fazer ao longo das últimas duas semanas.

– Estou preocupada com Jenna – Anne falou de repente, desviando a atenção dele para assuntos mais prementes e não tão agradáveis.

Gil virou-se e viu que ela estava com uma ruga na testa.

– Ela escreveu uma história incrível para a última tarefa, mas está novamente se arrastando para fazer o esboço para o próximo conto.

O que foi omitido foi a atitude da menina em relação a eles. Qualquer incumbência que Gil e Anne dessem aos alunos, Jenna sempre tinha uma desculpa para não fazer. Gil olhou para Anne com expressão compreensiva. Por alguma razão, a garota reservava a maior parte do azedume para Anne. Gil oferecera-se para lidar sozinho com ela, para dar uma folga a Anne, mas esta se recusara.

– Não será benéfico para nenhum de nós dois, a longo prazo, se ela perceber que saí de campo – observou Anne, e Gil sabia que ela tinha razão. Mas era frustrante vê-la se empenhar em ter um bom relacionamento com a garota e ser continuamente rechaçada.

– Às vezes, quando ela acha que nenhum de nós está prestando atenção, se esquece de fazer de conta que não se importa com o que estamos ensinando. – Com um suspiro, Anne segurou a mão de Gil, entrelaçando os dedos e enviando uma espécie de choque elétrico sob a pele do braço dele. – Eu não ficaria tão frustrada se ela não estivesse desperdiçando um talento que, por algum motivo, quer negar. De fato, não entendo.

Gil resistiu ao impulso de alisar a ruga entre as sobrancelhas de Anne.

– Posso conversar com ela. Não que você já não tenha tido uma paciência infinita com Jenna, mas talvez eu possa dar a você um descanso, por algum tempo. Assim você pode se concentrar nos outros alunos.

– Não. – Anne enrugou ainda mais a testa, e seus dedos enrijeceram nos dele. – Não, vou lidar com isso até o fim.

– Sem problema. Só quero ajudar. Me avise se mudar de ideia – Gil apressou-se em dizer.

Após alguns minutos de caminhada, ela relaxou outra vez, e a ruga na testa desapareceu.

Quando chegaram ao edifício de arenito, Gil parou e disfarçou um sorriso quando ela olhou para cima, surpresa, como se tivesse se esquecido de para onde estavam indo.

Ela sorriu com expressão pesarosa.

– Desculpe-me, estava meio perdida. Não percebi que já havíamos chegado.

– Se fosse me chatear toda vez que você se perde nessa cabecinha avoada, eu estaria igual ao Hulk – disse ele à medida que a conduzia para os degraus da entrada.

Anne deu um soco de brincadeira no ombro dele, fazendo-o deixar cair a chave. Ele retribuiu, empurrando-a com o quadril, e começou a rir quando ela esperou até ele quase enfiar a chave na fechadura para empurrar o braço dele.

– A chave vai acabar caindo nas plantas. Aí, como ficaremos?

Anne ergueu as mãos e arregalou os olhos numa tentativa fracassada de parecer inocente. Gil tentou abrir a porta pela terceira vez, contorcendo-se visivelmente quando ela encostou um ombro no batente a seu lado.

– Estou deixando você nervoso? – Ela riu, nem ao menos tentando disfarçar quanto estava se divertindo.

Gil limitou-se a lançar-lhe um olhar que esperava que demonstrasse exasperação, mas que acabou sendo divertido, e abriu a porta. Aquele era o namoro mais interessante que tinha em anos. Era tão fácil e espontâneo.

– Entre, sua pestinha.

Finalmente, eles subiram as escadas para o segundo andar, de mãos dadas, no silêncio do interior do prédio. Gil abriu a porta do apartamento e deu passagem a Anne, entrando atrás dela e ajudando-a a tirar o casaco.

– Oi, Fred! Você está aí? – ele chamou e virou-se para Anne com um sorriso predatório quando não houve resposta.

Anne deu uma risadinha, um som que Gil não se lembrava de ter ouvido partindo dela até então, e recuou para a sala de estar minúscula quando ele começou a avançar.

– Não sei aonde você pensa que vai. Esse apartamento é do tamanho de uma caixa de sapatos.

– Talvez eu não seja tão fácil como você pensa – disse Anne, deslizando para trás de uma poltrona velha e atarracada que Fred herdara de um primo, ou algo parecido, olhando para Gil com as sobrancelhas arqueadas.

Ele parou e inclinou a cabeça para trás, deixando escapar uma longa e alta risada.

– Ah, amorzinho, fácil é algo que você definitivamente não é.

– Insultos não o levarão a lugar nenhum, Gilbert Blythe.

– Não é insulto, é uma verdade – retrucou ele, puxando-a para a frente e beijando-a na boca.

O beijo tornou-se mais ardente, e os dois cambalearam até o sofá, caindo abraçados em cima das almofadas. Gil enterrou os dedos nos cabelos longos e macios enquanto erguia Anne e a sentava em seu colo, maravilhado por ter aquela mulher linda nos braços, por ela permitir que ele percorresse os lábios por seu pescoço, arqueando o corpo para trás com um suspiro alto.

Logo, porém, ela recuou, afastando o cabelo para trás.

– Detesto dizer isso, mas... preciso trabalhar amanhã cedo.

Bem... que droga. Lá se iam, por água abaixo, seus planos para o restante da noite. Não que não fossem ter outras oportunidades de repetir aquilo. Ele só esperava que não demorasse outras duas semanas. Passando as mãos nos quadris de Anne e notando a expressão de cansaço dela agora que tinham pausado para respirar, Gil perguntou:

– Quer passar a noite aqui? Para dormir – apressou-se a acrescentar quando ela arqueou as sobrancelhas. – Está tarde, você está cansada. Pode dormir na minha cama. Durmo no sofá.

– Não quero privá-lo do seu quarto – ela protestou.

– Não tem problema. – Ele suspendeu Anne e sentou-a no sofá a seu lado, sentindo necessidade de tirá-la do colo, já que aquilo não teria continuidade. – Dormi aqui várias vezes, é confortável. Venha.

Ele a conduziu pelo corredor em direção ao quarto, tentando se lembrar se deixara alguma cueca no chão ou algo assim. Felizmente, quando abriu a porta, não havia nada fora do lugar. Remexendo nas gavetas da cômoda, pegou uma calça de moletom e uma camiseta e entregou a Anne. Quando passou por ela para sair do quarto, Anne o deteve, com um sorriso inesperadamente tímido no rosto.

– Espere... acho que podemos dividir a cama sem... sabe... sem fazer nada.

Gil a fitou com ar de indagação e, em seguida, assentiu.

– Se você tem certeza... realmente não me importo de dormir no sofá.

– Tenho certeza – respondeu ela, segurando as roupas contra o peito.

Ele assentiu outra vez, pegou o *short* do pijama e uma camiseta e foi se trocar no banheiro, deixando Anne à vontade para fazer o mesmo. Quando ela chamou Gil de volta, ele entrou no quarto para encontrá-la sentada na cama, encostada na cabeceira e com as cobertas em volta das pernas. Como Gil suspeitara, ela ficava encantadora usando suas roupas, a camiseta parecendo uma camisola comprida no corpinho miúdo. Subindo na cama ao lado dela, Gil inclinou-se e pousou os lábios no ombro coberto de sardas, onde a camiseta larga escorregava e deixava a pele exposta.

– Pronta? – perguntou, estendendo a mão para apagar o abajur na mesinha de cabeceira.

– Sim.

Anne aconchegou-se nas cobertas, com um braço embaixo do travesseiro. Gil deitou-se de lado, virado para ela, contemplando as feições delicadas à luz do luar que se infiltrava pela abertura entre as cortinas. Os lábios dela se curvaram num sorriso, apesar das pálpebras fechadas, e ela estendeu a mão para fazer um leve e rápido afago no peito dele.

– Obrigada por hoje à noite. Foi muito bom.

– Foi, sim. – Gil aproximou o rosto e deu um beijo na testa dela, quando ela bocejou. – Configurei o alarme do celular para tocar às sete, assim você tem tempo de folga para ir para casa e se trocar antes de trabalhar.

Anne murmurou algo ininteligível, que parecia ser um agradecimento, e, minutos depois, sua respiração ficou regular, e seu semblante suavizou-se no sono. Gil sentia como se seu peito fosse se abrir ao meio com a esmagadora onda de amor que o engolfava. Suspirando, deitou-se de costas e ficou olhando para o teto, observando as rachaduras finas na pintura. Por Deus, aquela menina poderia partir seu coração, uma perspectiva que nunca lhe parecera tão real e concreta como naquele momento. Ele realmente não sabia o que faria se aquilo tudo acabasse se revelando não ter para ela a mesma importância que tinha para ele.

Um longo tempo se passou até ele conseguir pegar no sono.

Capítulo 18

Anne encolheu as pernas no assento, deixando os tênis no chão em frente à cadeira da pequena cafeteria, e segurou, com as duas mãos, uma caneca gigante de café. Era um dia frio de novembro, com muito vento, e nem o gorro de lã e o casaco pesado eram suficientes para proteger do ar gelado. Ela suspirou quando o calor da xícara começou a descongelar suas mãos e se enterrou no assento quando Gil voltou com algo que parecia letalmente delicioso: café preto com creme de *chantilly*, polvilhado com chocolate em pó.

Ele viu as sobrancelhas arqueadas dela em uma reação de surpresa e curvou-se defensivamente sobre a caneca.

– Preciso de cafeína. Passei metade da noite acordado revisando um trabalho de Direito Educacional. Se algum dia tivesse tido a ambição de me especializar na parte administrativa das coisas, ou de me tornar advogado, essa disciplina teria me curado bem depressa. Meu cérebro não funciona desse jeito.

– Não estou julgando. – Anne percebeu a expressão cética de Gil e deu risada. – Sério, quem tem telhado de vidro... pedi que colocassem duas doses de expresso neste café.

ANNE DE MANHATTAN

– Podemos trocar mensagens hoje à noite, quando ainda estivermos acordados às três da madrugada.

– Fale por você. Para mim, essa é a dose normal de cafeína. Vou dormir como um bebê – disse Anne com ar presunçoso. – Mas, em uma tentativa altruísta de mantê-lo acordado, proponho um jogo. – Ela arqueou as sobrancelhas sem baixar a caneca e depois gesticulou, abrangendo o recinto da cafeteria. – Escolha alguém e me conte uma história sobre a pessoa.

Gil esfregou o queixo, e Anne tentou não enrubescer, imaginando se a barbicha ainda rala por crescer deixaria marcas em sua pele.

Gil olhou ao redor.

– Qualquer um? Qualquer coisa?

– Sim. Eu começo – disse ela, concentrando-se na brincadeira e tentando esconder o rubor do rosto com a caneca de café. Olhou em volta, até avistar uma senhora de meia-idade em um canto, usando um casaco de pele comprido, apesar da temperatura quentinha no interior da cafeteria, e por baixo um conjunto de moletom e tênis nos pés. – Ah, pronto. Está vendo?

Gil olhou na direção que Anne indicou com o queixo.

– A casaco de pele ou o rapaz com cara de esportista?

– Casaco de pele. Que ela usa porque o quarto marido, conde de alguma coisa, comprou quando estavam em lua de mel no norte da Itália, terra natal dele. Assim como os maridos anteriores, certa noite, na véspera da coleta do lixo, ele desapareceu misteriosamente, para nunca mais ser visto.

– Macabro – comentou Gil com jeito indolente. – Mas e o conjunto de moletom e os tênis?

– Ora… – Anne tomou um gole de café. – Uma senhora gosta de estar confortável. Sobretudo quando, talvez, esteja se escondendo do FBI. Sua vez agora.

Tamborilando os dedos na mesa, Gil olhou ao redor por um momento e sorriu.

– O casal com o garotinho, sentados perto da porta. Em vez de estarem a caminho do circo, estão fugindo de lá, onde os dois foram criados.

Casaram-se e tiveram um menininho, cujo maior sonho, por ironia, é ser um trapezista famoso quando crescer.

– Legal – aprovou Anne. – Quer dizer, não para eles – emendou e, em seguida, indicou a Gil um grupo de três adolescentes barulhentos sentados a uma mesa.

– Alienígenas em missão de reconhecimento. Ainda não decidiram se este planeta tem salvação ou não, e os enormes *cookies* de chocolate aqui na nossa mesa poderão inclinar a balança a nosso favor... a menos que sejam alérgicos a chocolate. Nesse caso, estamos ferrados.

– Sinistro. – Um largo sorriso espalhou-se pelo rosto de Gil enquanto ele se reclinava na cadeira, vasculhando o recinto à procura de outra história para contar.

Eles continuaram o jogo por mais um tempo, até que se esgotaram as pessoas que poderiam inspirar histórias. Então saíram para o ar frio da rua, mas Anne não se importou muito, porque estava junto de Gil, com o braço na cintura dele, e ele com o braço sobre seus ombros. Era engraçado, porque a quantidade de tempo que ela queria passar com Gil agora era proporcionalmente oposta à que não queria quando estavam no ensino médio. Ou seja, o tempo todo em oposição a nem um minuto.

E foi assim que ele se viu estudando no apartamento dela à tarde, dois dias depois, quando o território intermediário entre a casa de ambos era tecnicamente a biblioteca da faculdade.

Anne moveu-se no sofá, roçando sem querer o joelho no de Gil no espaço apertado em que estavam sentados um de frente para o outro. Ela levantou o rosto para se deparar com ele olhando para ela e esboçou um breve sorriso antes de voltar a atenção para o *notebook*. Minutos depois, ele esbarrou no joelho dela quando se reclinou na poltrona, fazendo uma careta ao alongar as costas.

– Preciso de uma pausa.

– Hum? – Anne desviou o olhar da faixa de abdômen liso e bronzeado que ficou exposta quando a camiseta dele levantou, apenas para, em seguida, vê-lo sorrir para ela. Enrubescendo, fechou o *notebook* e levantou-se. – Está com sede?

– Você nem imagina quanto.

Ciente de que seu rosto estava vermelho, a julgar pelo calor que se espalhava até o pescoço, Anne escapou rapidamente até a cozinha. Ela não era inocente, já transara antes, mas a menor insinuação a deixava constrangida. Tinha plena consciência de que estavam sozinhos no apartamento e de que continuariam assim por algumas horas.

Algo que, na realidade, ela planejara secretamente. Mas na hora H não era tão simples...

O som de passos aproximou-se da cozinha, e Anne se deu conta de que estava sonhando acordada, imaginando-se fazendo amor com Gil. Apressou-se a abrir o armário mais próximo só para não continuar ali parada e se deparou com uma prateleira de pratos e vasilhas no instante em que ele entrou no recinto. Droga. Fechou e abriu o armário ao lado. Copos, graças a Deus, bem onde ela os guardara... quando se mudara para lá seis meses antes. Ela acabara de pegar um copo quando Gil se aproximou por trás e a pressionou contra a bancada. Anne fechou os olhos, sentindo a respiração dele em seu cabelo, perto da orelha.

Uma exclamação abafada escapou de sua garganta quando ele a envolveu nos braços e tirou-lhe o copo da mão, colocando-o na bancada, antes de fazê-la se virar.

Anne abriu os olhos para encontrar os dele.

Não era como se ela não tivesse antecipado aquela situação, notado a tensão crescente quando se beijavam; não era como se estranhasse aquilo tudo de alguma forma ou não quisesse. Anne sabia muito bem para onde estavam caminhando depois da noite em que dormira no apartamento dele, no fim de semana anterior. Mas não imaginara que seria... que poderia ser... assim.

Por um instante, nenhum dos dois se moveu, a respiração entrecortada se misturando, congelados naquela proximidade de um semiabraço. Uma onda de calor percorreu a espinha de Anne até o baixo-ventre, provocando um leve estremecimento. Gil percebeu, e seu olhar se tornou mais penetrante, enquanto flexionava os braços ao apertar os quadris de Anne contra a bancada. O silêncio ficou carregado de mil coisas não ditas, as perguntas entre eles respondidas naquele período de poucos segundos.

A sensação era de que estavam no precipício de algo importante, irreversível. Era o momento anterior ao salto, o tempo suspenso se desenrolando enquanto eles oscilavam à beira do mergulho em um território inexplorado.

A antecipação do que estava prestes a acontecer, a sensação de inevitabilidade, era quase demais para suportar.

Anne umedeceu o lábio inferior, sentindo o coração disparado quando o olhar de Gil pousou em sua boca, com intensidade que deixou seus joelhos bambos. Ela sempre achara que esse tipo de reação só acontecia em romances de ficção, mas uau, uau... acontecia de verdade!

De repente, o sentimento mudou, inundando-a com uma ternura que a pegou de surpresa. Ela levou a mão ao rosto de Gil, adorando a sensação da barba áspera nos dedos. O fôlego ficou preso na garganta quando ele virou o rosto e beijou a palma de sua mão, gesto do qual ela se recordava de uma noite, muito tempo atrás, a areia fria sob os pés, a brisa salgada despenteando seu cabelo e o dele. Algo semelhante a alívio espalhou-se pelas feições de Gil quando o gesto provocou um suspiro ofegante da parte dela. Afastando as mãos da borda da bancada, ele deu um passo à frente e pressionou a palma da mão na cintura dela, para puxá-la para si, enquanto com a outra mão acariciava-lhe as costas para cima e para baixo. O movimento relaxante baniu a última das borboletas frenéticas que batiam as asas contra as costelas de Anne, liberando a tensão que a imobilizava.

Deslizando a mão entre os fios macios na nuca de Gil, ela ofereceu os lábios para um beijo. Ele tomou sua boca imediatamente, gemendo quando as línguas se encontraram. Uma das pernas de Gil pressionava suas coxas, e ela as afastou, aspirando o ar, quando ele esfregou de leve a perna em

ANNE DE MANHATTAN

sua virilha, *jeans* contra *jeans* movendo as costuras sobre sua pele de tal maneira que um desejo latente a inflamou.

Anne não aguentava mais fazer de conta que não estavam naquela rota de colisão fazia quase uma década. Na próxima vez, poderiam ir mais devagar.

Com um gesto súbito, ela levantou a barra da camiseta dele, puxando-a para cima. Sem uma palavra, Gil tirou-a e jogou-a sobre o ombro, voltando a pressionar Anne contra a bancada. Ela passou as mãos pelo peito largo e desceu para o abdômen, pressionando cada músculo. Gil esperou que ela explorasse seu corpo, pousando o queixo no alto da cabeça de Anne com a respiração trêmula. A trilha de pelos macios que desaparecia sob o cós da calça *jeans* dele a encantava. Sua vontade era esfregar o rosto ali, mas um olhar para Gil a advertiu de que isso deveria ficar para outra hora, quando eles não estivessem praticamente se afogando naquele desejo mútuo negado por tanto tempo. Em vez disso, ela segurou o cós da calça dele com a ponta dos dedos e passou o polegar pelo botão de metal.

– Venha. – Ela puxou Gil pelo cós da calça *jeans*, virando-se com ele e saindo da cozinha de costas.

Ele a seguiu docilmente, os olhos cravados nos dela conforme percorriam o corredor em direção ao quarto de Anne, até que ela foi obrigada a se virar e andar para a frente, para não trombar em alguma parede, a intensidade do olhar de Gil amortecendo seu cérebro. Girando a maçaneta com dedos úmidos de nervosismo, que escorregaram na primeira tentativa, ela abriu a porta, entrando no quarto com Gil atrás dela. Um risinho assustado escapou de sua garganta quando ele fechou a porta com o calcanhar e puxou-a para si, colando-a firmemente a seu corpo. Ela inclinou a cabeça para trás, apoiando-a no ombro dele, e entregou-se à sensação da boca de Gil percorrendo a parte lateral de seu pescoço, parando apenas para tirar a camiseta e jogá-la no chão. Os lábios dele eram cheios e macios, quentes e úmidos... e perfeitos. Os dedos longos percorreram o torso de Anne para cobrir seus seios e brincar com a renda do sutiã. O toque suave a fez arquear o corpo para trás, pressionando-se contra as palmas das mãos dele.

Eles podiam estar fazendo aquilo há anos!

Gil girou Anne nos braços, para ficar de frente para ele outra vez, enquanto ia andando com ela até a cama, beijando-a ininterruptamente.

Ela teve presença de espírito suficiente apenas para empurrar para o chão a pilha de livros ao lado do travesseiro. Eles caíram ruidosamente, fazendo-a se encolher, sabendo que iria receber uma reclamação da senhora Hernandez, do andar de baixo. Mas naquele momento não estava em condições de se preocupar com mais nada, com Gilbert Blythe seminu na sua frente, desabotoando a calça *jeans* com olhar de intensa concentração. Em outros tempos, ela se irritava sobremaneira com o modo como ele perseguia o que queria, com foco e determinação, porque, em geral, o que ele queria era se exibir. Agora, no entanto... agora ele a fazia tremer de desejo com a forma como olhava para ela, como se ela fosse a única coisa que importasse no mundo.

Anne abafou uma exclamação quando ele correu um dedo sobre o zíper de sua calça sem abrir, preferindo seguir a costura do *jeans* até embaixo, na junção entre as coxas, onde o tecido já estava úmido. Ele a fitou com os olhos castanhos semicerrados.

– Isso é para mim?

Anne encontrou algum conforto no tom levemente instável da voz dele.

– A menos que continue me provocando... é, sim.

Gil sorriu, fazendo aparecer a covinha; delicadamente, empurrou Anne para trás até ela se deitar na cama e a beijou com ardor. Ela envolveu o pescoço dele com os braços e encaixou o corpo ao dele. Apoiando os braços dos dois lados da cabeça de Anne, Gil continuou a beijá-la até ela começar a se mover, sentindo que iria explodir a qualquer momento. Arqueou o quadril o máximo que pôde, sentindo a rigidez do corpo dele sob o *jeans*.

ANNE DE MANHATTAN

Gil deslizou os lábios da boca de Anne para o pescoço, fazendo a pele dela se arrepiar. Até os dentes dela pareciam formigar, e ela passou a língua por eles, enquanto acariciava, com delicadeza, as costas de Gil com a ponta das unhas.

– Anne. Querida... só um instante. – Gil pressionou os quadris para baixo, imobilizando Anne no colchão e olhando para ela com ar de desamparo. – Eu não... eu preciso... pare de se mexer um instante, ou a coisa toda será embaraçosamente rápida demais.

Ela notou o leve rubor no rosto dele e um brilho vitrificado no olhar. Eles ainda nem tinham tirado a roupa. Com um risinho, ela fez um esforço hercúleo e virou-se com Gil na cama, sentando-se sobre ele. Ele era tão lindo... os cabelos despenteados, os lábios inchados e rosados pelos beijos, o corpo rijo de desejo.

Erguendo-se, ela terminou o que ele começara, tirando a calça *jeans* com uma série de movimentos desajeitados, que o fizeram sorrir quando se amontou em um tornozelo, presa na meia.

Anne parou e apontou um dedo para ele.

– Fique quieto.

Ele ergueu as mãos.

– Não falei nada.

– Não precisava, posso ouvir seu pensamento – retrucou ela, finalmente arrancando a peça de roupa e jogando-a para o lado.

O riso de Gil silenciou conforme ele contemplava a visão à sua frente, segurando Anne pelos quadris. Será que ela esperara por aquele momento ao longo das últimas semanas e, talvez, imaginara que seria naquele dia? Com esse pensamento, teria sido por isso que ela o convidara para ir ao apartamento, sabendo que estariam sozinhos? Talvez.

(Sim. A resposta era sim.)

A calcinha de algodão de estampa floral que Anne usava tinha cava alta e um modelo charmoso, e era fina o suficiente para dar a Gil uma noção do que havia por baixo, enquanto ela ainda se apegava aos últimos resquícios de recato. Ele passou os dedos pelo tecido úmido, engolindo em seco, e ela dobrou o corpo para a frente, deitando a cabeça no peito dele. Gil virou-se novamente, ficando por cima de Anne e beijando-a antes de se erguer e deslizar as mãos pelo corpo dela. Anne enterrou os dedos no cabelo dele quando ele se inclinou para beijar seu abdômen e, em seguida, a calcinha.

– Quero sentir seu gosto. – Ele ergueu os olhos para ela e umedeceu os lábios com a língua. – Posso?

A ideia fez Anne estremecer.

– Ahhh, sim… pode.

Voltando a se concentrar no momento, Gil enfiou os polegares sob o elástico da calcinha e deslizou-a para baixo, o olhar fixo no que se revelava para ele. Quando, porém, inclinou a cabeça para baixo e levou a boca à região entre as pernas de Anne, olhou para cima, para o rosto dela. A intensidade da conexão entre eles era avassaladora; incapaz de encará-lo, ela virou o rosto e cobriu os olhos com o braço, sentindo as faces arder.

– Olhe para mim – ele pediu, enquanto ela se sentia dolorosamente dividida entre o desejo e o constrangimento. – Anne…

Ela balançou a cabeça, sentindo-se insuportavelmente vulnerável.

– Por favor… – A voz dele era suave, mas determinada, firme o bastante para fazê-la virar o rosto de novo. A insistência com que ele fazia aquele pedido a fazia perceber que ele precisava de sua total e plena atenção.

Tudo se encaixou então, e, de repente, Anne compreendeu que queria proporcionar aquilo a Gil. Respirando fundo, afastou o braço, ignorando o frio na barriga, quando ambos se entreolharam.

Um leve sorriso curvou o canto dos lábios de Gil antes de ele voltar a baixar a cabeça.

Na cozinha, Anne imaginara que o ato de amor seria rápido e frenético, que o desejo intenso os levaria a abandonar toda a gentileza, mas, de alguma forma, Gil reverteu isso, fazendo de cada toque da língua e dos dedos uma tortura, conduzindo-a inexoravelmente ao orgasmo pelo qual ansiava. Anne não sabia o que fazer com a emoção que, de repente, pareceu obstruir sua garganta e pressionar todo o seu corpo, implorando para ser libertada; era tão intensa que a assustava. Quando, por fim, se entregou à sensação, o orgasmo a pegou de surpresa, arrancando um grito rouco de seus lábios.

Gil gemeu contra sua virilha, fazendo-a estremecer outra vez e empurrá-lo com gentileza. Ele riu baixinho, limpando a boca com as costas da mão antes de engatinhar na cama e se deitar ao lado dela, apoiado em um cotovelo. Anne imaginara que ele se deitaria sobre ela, mas ele apenas acariciou seu ventre e apoiou o braço ali, com a mão em seu quadril. O volume grande e rijo pressionando a calça *jeans* conscientizou Anne de que, ao passo que ela estava nua como quando viera ao mundo, ele ainda nem terminara de se despir.

Virando-se para Gil, pousou a mão em cheio sobre a virilha dele, arrancando-lhe uma expiração abafada. Ele ficou imóvel por alguns instantes, depois fechou os olhos e umedeceu os lábios.

– Tudo bem... quer dizer, não fiz para você fazer também. Não precisa se sentir obrigada...

– Sei que não preciso... – Anne deu um sorrisinho, abrindo o zíper da calça de Gil e puxando-a para baixo até o meio das coxas. – Aprecio a consideração, mas acho que nós dois sabemos que não faço nada que não queira fazer.

– Sei disso... – Ela o envolveu com a mão e o estimulou por alguns segundos, curvando-se, em seguida, sobre ele, tomando-o na boca.

– Caramba... – Gil murmurou com voz fraca, emaranhando os dedos nos cabelos de Anne e pressionando de leve sua nuca.

Após alguns momentos, Anne sentiu a pressão dos dedos dele em sua nuca aumentar, e ele puxou de leve seu cabelo, em sinal claro de que estava próximo ao clímax. Ignorando a voz estrangulada com que ele murmurou seu nome em advertência, ela redobrou os esforços, até que Gil gritou, movendo involuntariamente o quadril.

Anne sentiu que tinha o direito de se sentir presunçosa quando a mão dele relaxou e deslizou para o colchão, num gesto de desamparo.

Esperando até ele se livrar por completo da calça *jeans* e da cueca e puxar o edredom sobre eles, Anne esticou-se sobre ele e aninhou a cabeça no peito largo. O coração dele batia acelerado, e ele a envolveu em um abraço, acariciando suas costas com movimentos lânguidos enquanto a luz fraca do sol de outono inundava o quarto. O silêncio entre os dois era confortável, mas, à medida que se prolongava, as dúvidas começaram a invadir a mente de Anne.

Eles ainda eram quem eram; eram os mesmos que sempre haviam sido. Aquele novo relacionamento poderia simplesmente terminar no dia seguinte; bastaria um dos dois dizer algo que não deveria, e seria o fim.

O pensamento a deixou inquieta, com a possibilidade de perder o que acabara de começar. Deveria ser mais cautelosa, não se afobar e pensar antes de falar. Com um suspiro, ela rolou de costas, desvencilhando-se do abraço de Gil, e se sentou. Ele ergueu a cabeça para vê-la pegar uma calcinha limpa e uma camiseta e depois prender o cabelo em um coque bagunçado, mas não disse nada. Anne sentia a intensidade do olhar dele em suas costas enquanto procurava uma calça de moletom limpa. Por fim, ele também se sentou e esfregou o cabelo. Ela tentou não reparar em como os cachos castanhos eram charmosos, assim desalinhados.

– Você precisa… é melhor eu ir embora?

Ficou claro para Anne que ele estava lhe dando uma saída, facilitando as coisas para ela.

Prolongando a situação por mais um momento, Anne procurou nas gavetas um par de meias de lã. Se eles se aventurassem em um relacionamento sério, ela se conhecia bem o suficiente para saber que seu coração estaria em risco. Nada entre ela e Gil era simples ou casual, e ela não sabia por que se propunha a acreditar que um namoro seria diferente. Se terminassem (uma possibilidade bastante real), as consequências seriam emocionalmente desastrosas.

Insegura, ela se sentou na beirada da cama para calçar as meias, olhando para Gil pelo canto do olho. Ele parecia calmo, como se fosse indiferente ela lhe pedir que ficasse ou que fosse embora. Qualquer coisa estaria bem, ele não ficaria chateado. Então, Anne notou a tensão no corpo dele e compreendeu que ele estava tão nervoso quanto ela.

– Não, fique – respondeu Anne, recolhendo as roupas dele do chão e colocando-as ao lado dele, na cama.

O sorriso largo que ele lhe dirigiu provocou sensações estranhas dentro dela, e, num gesto instintivo, ela estendeu a mão para tocar a covinha dele com a ponta do dedo. Quando ele ficou imóvel, ela recuou, um pouco sem jeito por ter sido tão terna. Clareando a garganta, ela se afastou para que ele saísse da cama. – Deve ter macarrão na geladeira, se Phil não devorou tudo.

Gil passou novamente os dedos pelo cabelo. Anne não tinha coragem de dizer a ele que aquilo só piorava as coisas.

– Parece apetitoso.

Os dois passaram o restante da tarde com os livros e os *notebooks* em cima da cama e pratos de *pizza* (que substituíam o *rigatoni* que Phil, de fato, devorara) equilibrados nas pernas. Não houve mais intimidade, além de um ou outro beijo rápido, mas Anne ainda sentia a tensão sexual fluir dentro dela como mel quente derramado toda vez que olhava para Gil. Eles não tocaram mais no assunto, e ela se sentia grata por isso, pelo menos por enquanto.

Quatro horas depois que Gil foi embora, Anne se pegou sorrindo à toa, ocasionalmente levando os dedos aos lábios, revivendo a sensação da boca dele se movendo sobre a sua. Na quinta vez em que se surpreendeu fazendo isso, ela revirou os olhos e fechou o *notebook*. Era evidente que seria inútil tentar estudar mais qualquer coisa naquela noite.

Indo até a sala de estar, perto da meia-noite, ela se deixou afundar no sofá ao lado de Diana, que imediatamente esticou as pernas sobre as almofadas, sem desviar os olhos da TV, e enfiou os pés sob as pernas de Anne. Mas Anne conhecia a amiga, e não demorou para Diana olhar para ela.

– E Gil? Ele veio, afinal?

– Veio.

Houve mais um instante de silêncio, então Diana pressionou com força a perna de Anne com os pés, levando-a a fazer uma careta de dor. Ela empurrou o pé de Diana com um tapa, e a outra riu.

– Vamos lá, detalhes. Desembuche. Se tivessem seguido os planos e apenas estudado, você estaria muito mais falante.

Anne deu de ombros, incapaz de reprimir um sorriso.

– Nós nos distraímos um pouco, mas estudamos, sim.

– Biologia?

– Diana!

– O que foi? É uma pergunta válida! Aquele cara parece querer estudar sua anatomia há séculos.

– Por que você é assim, caramba?

Diana inclinou-se para envolver Anne em um abraço apertado.

– Você me ama do jeito que sou. E não estou dizendo nada que não seja verdade. E, falando sério, estou feliz por você finalmente dar uma chance a ele. Outra chance – ela acrescentou antes que Anne pudesse responder.

Afastando-se, Diana voltou a se recostar no braço alto do sofá e pegou o controle remoto.

– Vocês conversaram e resolveram todas as questões do passado? Ainda não me conformei de você nunca ter me contado que ele a beijou naquela noite, sabia?

– Já pedi desculpas um milhão de vezes. E… hum, não. Não houve chance de conversar.

Diana olhou para ela com ar inexpressivo.

– Não quis revolver o passado, trazer o assunto quando tudo estava indo tão bem – explicou Anne.

– Você precisa conversar com ele, logo. Só porque é passado não significa que tenha perdido a importância.

– Vou falar com ele.

– Logo.

– Vou falar! – Anne gesticulou para cima, exasperada. – Será que podemos ver um pouco de TV? Estou cansada.

– Imagino.

As duas se olharam e caíram na risada.

Quando finalmente recuperou o fôlego, Anne esticou as pernas e enroscou os pés com os de Diana. Elas faziam isso desde crianças, e a familiaridade dos pés entrelaçados a confortou. Era bom saber que, apesar de todas as mudanças que ocorriam em sua vida, algumas coisas nunca mudariam.

Enrolando-se na manta que Diana puxou sobre elas, Anne começou a assistir a um *reality show* na TV e tomou a resolução de não pensar em mais nada até de manhã.

Capítulo 19

Anne contou novamente os alunos, entrando em pânico quando viu que havia dois a menos, até que localizou os meninos folheando revistas em uma banca de jornais ali perto. Imaginara que seria mais fácil rastrear crianças de 13 anos que mais novas, mas parecia que, cada vez que se virava, pelo menos uma desaparecia como fumaça.

– Respire fundo – murmurou Gil, passando por ela.

– Respire você – ela respondeu de modo automático, vasculhando o grupo mais uma vez.

Ele olhou para ela sobre o ombro, divertido, enquanto se afastava para ver o que algumas das meninas estavam olhando. Tudo bem, talvez ela estivesse sendo um pouco rígida, mas havia tanta gente ali que era difícil ter toda a turma sob controle. Por fim, chegou a hora de reunir os alunos e levá-los até uma rua lateral, onde havia vários *food trucks*, para depois encontrar locais para fazer piquenique na praça ali perto. Sentindo-se mais ou menos como um *collie* pastoreando gatos em vez de ovelhas, Anne sentou-se no gramado, aceitando com um sorriso agradecido a garrafa de água que Gil lhe ofereceu.

– De quem foi esta ideia, afinal? – murmurou enquanto dava uma mordida no lanche, lambendo o polegar antes que o molho pingasse na roupa.

Gil acompanhou o movimento, fixando o olhar na boca de Anne, e ela o cutucou com o cotovelo.

– Pare de olhar para mim desse jeito! Agora não é o lugar para isso!

Ele deu um sorriso maroto.

– E mais tarde, posso olhar?

– Se conseguir fazê-los parar de jogar bolotas nos coitadinhos dos esquilos, pode escolher à vontade o que fazer quando chegarmos em casa. – Com um suspiro, Anne gesticulou na direção de um grupinho de meninos no pé da inclinação em que estavam sentados.

Gil levantou-se no mesmo instante, gritando para os meninos deixarem os bichinhos em paz, fazendo Anne rir. Ele agia rápido quando tinha uma motivação justa.

Eles haviam passado as últimas quatro noites juntos, ora no apartamento dele, ora no dela. O fato de ele e Diana se conheceram tão bem e de Phil ser incrivelmente tranquila ajudava a permitir que Gil passasse cada vez mais a fazer parte de sua vida. Ela mesma acabara de falar "quando chegarmos em casa", como se fosse a casa dos dois. Às vezes, Anne refletia que talvez devesse ficar apreensiva com isso, com a facilidade com que aceitava a presença de Gil.

Com a rapidez com que ele estava se tornando importante para ela.

Desviando o olhar de onde Gil estava agora, ensinando os meninos a fazer malabarismo com as bolotas em vez de atirá-las nos animais, Anne olhou ao redor, observando o restante da turma. Alguns alunos conversavam, ou liam seus livros novos, dois pareciam estar cochilando... então ela avistou Jenna. A menina de cabelos cacheados estava sentada isolada dos outros, como sempre, debruçada sobre o caderno, escrevendo.

Anne não conseguia entender. Jenna gostava tanto de escrever, e tinha talento para isso.

Houvera um momento, na semana anterior, em que ela achara que estavam tendo uma trégua. Jenna entregara a ela um conto, que estava muito bom. Era sobre uma casa que sonhava ser qualquer outra coisa, menos uma casa, por exemplo, um carro, um arranha-céu ou um barco. A premissa podia parecer infantil para algumas pessoas, mas a dissertação era de tirar o fôlego. Jenna não estava escrevendo sobre a solidão de uma casa e sua dor por desejar algo impossível... Escrevera como se ela fosse a casa. E, de certa forma, Anne achava que talvez Jenna fosse exatamente isso, uma casa que queria ser um carro, para poder ir a lugares e fazer coisas com as quais uma casa podia apenas sonhar. Aquela história dera a Anne a esperança de que possivelmente aquela era a forma de Jenna enviar uma mensagem a ela e Gil.

Mas a reação azeda que Anne recebeu quando foi conversar com a garota a respeito disso a fez reconsiderar. Não se tratava de nenhuma mensagem codificada; era apenas o ponto de vista de Jenna.

Após observar a menina por mais um tempo, Anne tomou uma decisão. Guardando a embalagem do lanche no bolso lateral da sacola a tira-colo que usava no lugar da mochila habitual, ela se levantou e foi até onde Jenna estava. A menina não notou sua presença até ela chegar bem perto; tanto o caderno quanto o semblante da garota se fecharam quando Anne se sentou ao lado dela.

– Oi. – Ela tentou sorrir, com a esperança de que, dessa vez, desse certo. Não era certeza, mas quem sabe...

Jenna não respondeu; ficou apenas olhando para a frente.

– Tudo bem, acho que já chega – disse Anne séria e enrijecendo a coluna. Jenna virou o rosto abruptamente ao ouvir o tom de voz sombrio. Anne esticou os braços para trás, apoiando as mãos no chão e estudando a garota com atenção. – Qual é o seu problema?

– Meu problema? – retrucou Jenna boquiaberta, parecendo surpresa.

Era a reação mais expressiva que Anne vira até então, a primeira vez, no semestre inteiro, em que a menina não demonstrava escárnio.

– Ouça, vou ser sincera – disse Anne. – Você é uma garota extremamente talentosa. Escreve muito bem. Com prática e dedicação, pode se tornar uma grande escritora. Mas a impressão que tenho é de que não valoriza isso e não se importa nem um pouco. Por quê?

– Eu...

A expressão de desdém retornou, mas apenas por alguns segundos, antes de vacilar e se desfazer. Jenna dobrou as pernas e as abraçou, apoiando o queixo nos joelhos e balbuciando algo que Anne não entendeu.

– Não escutei o que disse.

Jenna suspirou e inclinou a cabeça para trás, olhando para os galhos entrelaçados da árvore atrás delas.

– Eu me importo, sim. Muito. E sei que tenho sido uma chata. Me desculpe... – A voz dela soou trêmula, como se ela estivesse se esforçando para não chorar. Por fim, Jenna olhou para Anne, e sua expressão parecia implorar por compreensão. – Eu me importo muito. Mas não adianta.

Aquela menina estava sofrendo, e isso partia o coração de Anne. Ela se sentou mais perto e colocou a mão nas costas da garota.

– Por que não adianta?

– Porque ser escritora não é uma profissão de verdade. Minha mãe diz isso. – Jenna voltou a apoiar o queixo nos joelhos. – Ela diz que meu avô era escritor, e que eles nunca tinham dinheiro, que minha avó teve que se matar de trabalhar para sustentar a família, até que ela faleceu. Aí meu avô foi embora, e minha mãe teve que criar sozinha as duas irmãs mais novas. Ela só me deixou estudar no Herschel porque insisti muito, e eu a venci pelo cansaço. Por isso que no ano que vem ela vai me transferir para um colégio técnico profissionalizante. Ela diz que tenho que aprender algo útil em vez de perder tempo e gastar o dinheiro suado dela escrevendo histórias.

Anne piscou, sentindo a cabeça zonza com aquela torrente de informações. Por fim, respirou fundo.

– Bem, isso é bastante coisa para descompactar.

– Eu sei – retrucou Jenna em tom melancólico. – Queria aprender a aprimorar minha escrita, por isso me inscrevi no curso extracurricular, já que, nos dias de aula, minha mãe volta mais tarde do trabalho. Mas é inútil, porque nunca vou chegar a lugar nenhum.

– Como sabe? Você não sabe – insistiu Anne, quando a menina revirou os olhos. – E, com todo respeito à sua mãe, ela também não sabe. Muitos autores ganham bem. E a realidade é que muitos escrevem e também têm outro emprego, portanto ela não está errada em querer que você estude e aprenda algo que poderá usar para se sustentar sem precisar depender só da escrita. Mas acho que ela está subestimando seu talento e seu gosto por escrever histórias.

Jenna parecia incerta.

– Pode ser.

– É compreensível, por todo o passado de sua mãe, que ela queira garantir que você tenha uma vida mais estável do que ela teve. Se eu tivesse filhos, provavelmente iria querer a mesma coisa. – Talvez aquele fosse um assunto um pouco pessoal demais para dividir com uma menina de 13 anos, mas Anne sentia que era importante Jenna saber. – Cresci em um orfanato até ter quase a sua idade. Meus pais morreram quando eu era bem pequena. Meus pais biológicos, porque considero os pais que me adotaram como minha família. Até ter 12 anos, eu não achava que tudo isso fosse possível – disse ela, gesticulando ao redor, incluindo as crianças, ela mesma, a praça, a cidade em geral.

Seu olhar se demorou por alguns instantes em Gil antes de voltar a focar em Jenna.

– Quando era pequena, diziam-me o tempo todo que eu não seria nada quando crescesse. Que nunca conseguiria fazer nada importante. Mas eu não ligava, porque sabia que tinha condições de ser mais do que pensavam.

– Mas sua família adotiva ajudou você?

– Com certeza, eles me deram oportunidades e ferramentas para eu chegar aonde cheguei. – Quando o semblante de Jenna se entristeceu de novo, Anne tocou de leve o braço dela. – Mas isso não teria adiantado se eu não acreditasse em mim mesma. Sei que isso soa como clichê, mas é verdade.

Jenna mordiscou o lábio inferior, olhando para a praça com expressão pensativa. Pelo canto do olho, Anne viu Gil acenar para ela enquanto começava a reunir as crianças. Ela fez sinal para que ele esperasse só mais um pouquinho; estava começando a ter acesso a Jenna e a persuadi-la a ver as coisas por outro ângulo, para que reconsiderasse sua posição.

– Mesmo que sua mãe a mude de colégio no ano que vem, você pode continuar escrevendo – prosseguiu. – Não precisa parar nunca. Você pode escrever a caminho da escola, na volta, nos fins de semana... Escrever é uma atividade que não tem hora nem lugar. De qualquer forma, ainda temos meio ano e muita coisa pela frente. Então, posso contar com você para participar mais?

– Acho que sim – respondeu Jenna. Ela sorriu para Anne pela primeira vez desde o início do ano, e era um sorriso lindo. – Quer dizer, vou tentar.

– Mesmo?

– Mesmo.

– Ótimo! – Anne levantou-se e estendeu a mão para Jenna, para ajudá-la a se levantar também. – Agora vamos, antes que fiquemos para trás. Não quero perder o seminário sobre literatura infantojuvenil; um dos livros que vamos ler no próximo semestre é de uma autora que estará aqui hoje.

Capítulo 20

– Posso escolher à vontade?

Alguma coisa caiu e se quebrou à direita de Gil, mas ele não se deu ao trabalho de olhar conforme segurava Anne e a pressionava contra a parede enquanto mordiscava o pescoço dela. Ela deu um gritinho quando ele sugou com força a curva suave de seu pescoço e depois estremeceu quando ele lambeu a pele sensível.

– Foi o que eu disse – ela conseguiu balbuciar antes de segurá-lo pelos cabelos com as duas mãos, inclinar a cabeça dele para trás e beijá-lo com sofreguidão.

Foi com esforço hercúleo que Gil afastou os lábios dos dela, ofegante.

– Quer dizer que vale tudo, é isso?

– Hum-hum. – Anne piscou, a boca inchada e brilhante por causa dos beijos ardentes. – Nunca falamos sobre isso, na realidade...

Gil a fitou por um instante, então deu uma gargalhada e deixou Anne escorregar pela parede até seus pés tocarem o chão.

– Nada fora do comum. Só estava pensando se fazer amor era uma opção.

ANNE DE MANHATTAN

Eles não haviam avançado além daquela primeira tarde no apartamento de Anne, mas Gil sabia que ela não faria uma oferta do tipo "à escolha do freguês" levianamente, sem pensar e sem considerar que ele escolheria sexo.

Ela deveria saber que ele escolheria sexo.

– Se tiver camisinha, fazer amor é uma opção – disse Anne.

– Gosto de você, sabia? – Gil a segurou nos braços e levou-a para o quarto.

– Também gosto de você. – Anne riu com a boca colada ao ombro dele.

Tirar a roupa não foi tão constrangedor agora que eles já tinham certa prática; mesmo assim, demorou um bom tempo, porque a todo momento eles paravam para se beijar e se tocar. Por fim, as roupas ficaram amontoadas no chão, e Anne se sentou na cama, recostando-se na cabeceira com sorriso convidativo. Gil não hesitou em se juntar a ela, inebriando-se com a visão dos brilhantes cabelos cor de cobre salpicados com reflexos dourados espalhados sobre os ombros delicados.

Sem falar nas sardas, tão charmosas, que um homem poderia passar a vida mapeando e contando.

– Já comentei como você é gostosa?

– Hoje ainda não.

– Você é incrivelmente gostosa! – informou Gil, inclinando-se para beijar, por um longo momento, a boca sensual.

Deitando-se na cama, ele abriu a gaveta da mesinha de cabeceira e pegou um preservativo. Os que trouxera da Califórnia haviam se extraviado na mudança, e ele não se dera ao trabalho de substituí-los. Não houvera mais ninguém além de Anne com que ele considerara ter relações desde que voltara para Nova York, e mesmo ela não era uma possibilidade, até recentemente.

No dia seguinte ao que passara no apartamento dela, Gil fora até a farmácia e, em estado de espírito otimista, comprara uma embalagem tamanho econômico.

183

Segurando o envelopinho entre os dedos, ele arqueou uma sobrancelha.

– Quer fazer as honras ou eu faço?

Quando Anne esfregou a ponta dos dedos, ele estendeu o envelopinho para ela, mas logo recuou.

– Estamos indo rápido demais? Porque não me incomodo de esperar se você não estiver pronta.

– Gil – respondeu ela, pegando o pacotinho da mão dele e abrindo-o. – Estou mais que pronta. Faz dez minutos que estou pronta, e, para seu governo, não estou a fim de esperar outros dez.

O divertimento com o tom de voz premente de Anne foi substituído por outra sensação quando ela pegou seu membro em uma das mãos e rapidamente desenrolou o preservativo com a outra. Deu um leve puxão para se certificar de que estava firme no lugar e, em seguida, subiu em Gil, com um joelho de cada lado do corpo dele, e desceu devagar. O fôlego ficou preso na garganta de Gil quando o calor do corpo dela o envolveu, e os gemidos de ambos se mesclaram quando ela começou a se mover.

Ele segurou os quadris de Anne, encorajando-a a se mover mais rápido. Ela se inclinou para a frente, apoiando as mãos nos ombros dele, os cabelos longos caindo como uma cortina sobre ambos, enquanto ela movia os quadris para cima e para baixo. A respiração deles era alta e entrecortada, os corpos suados deslizando um contra o outro, cada qual perseguindo o ápice.

Gil podia sentir o orgasmo se formando, pressionando-o por dentro, e sabia que não demoraria muito.

– Está perto? – perguntou com voz abafada junto ao pescoço de Anne, fazendo-a estremecer.

– Sim, mas… – Ela pressionou com mais força o corpo ao dele, enterrando as unhas nos ombros fortes e baixando o olhar para o ponto em que seus corpos se uniam.

Deslizando uma das mãos entre seu corpo e o de Anne, Gil rodeou o núcleo dela com a ponta do polegar.

Anne choramingou e inclinou a cabeça para trás, com os olhos fechados.

Gil continuou pressionando, e o orgasmo percorreu o corpo dela em ondas avassaladoras, levando-a a deixar escapar da garganta o som mais *sexy* que Gil ouvira. Quando ela se dobrou para a frente, caindo sobre ele, trêmula e sem forças, Gil dobrou os joelhos de tal modo que ela ficasse deitada sobre ele e empurrou o quadril, estimulado pelos gemidos baixos em seu ouvido, até atingir o clímax também.

Abaixando as pernas, ele ficou ali, embaixo de Anne, por longos minutos, tentando recuperar o fôlego.

– Anne – murmurou com voz rouca. Quando ela apenas balbuciou algo ininteligível contra seu pescoço, ele sacudiu gentilmente seu ombro. – Anne. Annie...

Ela levantou a cabeça apenas o suficiente para olhar para ele através dos fios emaranhados de cabelo que caíam sobre seu rosto.

– Eu disse para não me chamar assim...

– Numa hora como essa, sinto que posso chamá-la do jeito que quiser.

– Não é assim que funciona, e, aliás, essa situação não está muito confortável.

Escondendo um sorriso, Gil rolou com Anne na cama e, devagar, separou seu corpo do dela. Em seguida, foi até o banheiro tirar o preservativo e voltou com uma toalha pequena umedecida. Jogou a toalha para Anne, que a pegou e gesticulou para que ele se virasse enquanto ela se limpava.

– É necessário esse recato? – Gil questionou. – Depois de tudo que acabou de acontecer?

– Sexo não significa intimidade – disse ela um tanto altiva às costas dele. – Se não houver alguma discrição, daqui a pouco você estará fazendo xixi com a porta aberta.

– Parece que temos conceitos bem diferentes de intimidade.

Gil achou que ela estava demorando tempo demais para terminar. No silêncio que se seguiu, ele espiou sobre o ombro para vê-la enfiada debaixo dos lençóis, parecendo bastante confortável... olhando para ele nu, de costas para ela.

– Ah, sua pestinha...

Anne deu um gritinho agudo quando ele se jogou na cama, rindo demais para ter forças para escapar. Por fim, conseguiu pedir desculpas em meio às risadas, e os dois ficaram deitados no centro da cama, ela com o queixo apoiado no peito dele.

Passaram algumas horas assim, conversando, sobre tudo e qualquer coisa, os dedos de Gil alisando os cabelos de Anne até ficarem macios e sedosos.

Capítulo 21

Gil deu um beijo de despedida em Anne na estação de trem, esperando para vê-la entrar com Diana no Mercedes da senhora Barry. Sentiria saudade; desde meados de novembro, haviam sido poucas as vezes que não tinham dormido juntos. Mas o relacionamento ainda era muito recente para fazer isso com a anuência das famílias. Suspirando, ele colocou sua bagagem no porta-malas de um táxi. Às vezes voltava ali, e era como se nunca tivesse ido embora.

Sentiu os nervos à flor da pele quando pensou na conversa que queria ter com os pais na hora do jantar. Era melhor livrar-se logo, no início das férias; preferia contar as novidades pessoalmente que por telefone.

Entretanto, os pais haviam convidado os vizinhos de ambos os lados para jantar, frustrando os planos de Gil. Foi somente depois que os últimos retardatários se despediram, agradecendo as garrafas de vinho com que foram presenteados, que Gil descobriu, divertido, que eram da vinícola de Green Gables, que ele finalmente teve chance de conversar com os genitores.

– Posso conversar um pouco com vocês?

Ele colocou uma pilha de pratos na pia enquanto a mãe jogava detergente sobre a louça já de molho. Ela virou-se para ele com uma sobrancelha grisalha arqueada.

– Agora?

– É. Sim – ele corrigiu ao receber um olhar severo da mãe, exigentíssima com a linguagem. – Com você e papai. Pedi a ele que esperasse na sala. É rápido... acho.

– Agora fiquei curiosa – disse ela, tirando as luvas de borracha.

Enquanto a mãe se acomodava no sofá ao lado do marido, Gil empurrou os tocos de lenha em brasa com o atiçador de ferro da lareira, quase como estendendo o tempo. Por que estava tão nervoso? Era adulto, não precisava mais da permissão dos pais para fazer o que queria.

Mas Gil sabia que estava nervoso porque a opinião dos genitores importava para ele, sempre importaria.

– Gil, meu amor, não quero apressá-lo, mas gostaria de lavar a louça antes de me deitar. Sobre o que quer conversar conosco? – perguntou a mãe, com voz cansada.

Gil apertou os lábios, lembrando-se de que a mãe não só preparara todo o jantar sozinha como passara boa parte do dia ajudando o marido.

– Certo. Desculpe. – Gil recolocou o atiçador no gancho e virou-se para os pais. – Papai e eu conversamos, por ocasião do festival de outono, sobre eu continuar os estudos fazendo doutorado, e eu disse que não era algo que teria vontade de fazer. – Ele olhou para o pai. – Desculpe-me se isso é uma decepção para você.

O pai acenou, descartando a ideia.

– Pode ser certa decepção para mim não ter mais uma geração de doutores na família, mas não você, filho. Você não me decepciona nunca.

Droga. Gil não pretendia se emocionar com aquela conversa, mas agora sentia um nó se formar na garganta. Engoliu em seco e continuou:

– Na realidade, eu ainda não tinha um plano definido naquela ocasião sobre o que queria fazer, mas agora tenho. O projeto de dissertação que Anne e eu estamos fazendo em parceria abriu meus olhos. Sempre achei que iria querer usar meu conhecimento em um trabalho mais administrativo, ajudando a remodelar o sistema atual de ensino de modo a funcionar melhor. Mas... ao longo dos últimos quatro meses, compreendi que gosto muito de trabalhar diretamente com os alunos. Quero continuar fazendo isso.

– Está dizendo que quer lecionar para o ensino fundamental? – O pai de Gil fez a pergunta mais em tom de perplexidade que de julgamento. – Não que haja algo errado nisso, mas é uma mudança significativa dos planos anteriores.

– Nem tanto – defendeu-se Gil. – Quero me dedicar a uma organização sem fins lucrativos para ajudar crianças que desejam estudar literatura e se aprimorar na arte de escrever, mas que não têm oportunidade ou condições de fazê-lo. Uma das coisas que me desgostam, e isso descobri em minha experiência na escola pública, é quão pouco tempo e dinheiro são investidos nas artes criativas. Parece que diminui a cada ano. Uma organização desse tipo pode realmente ajudar, acredito nisso. E é algo com que eu poderia colaborar, penso.

– Tenho certeza de que teria êxito – disse a mãe. – Mas o que pretende fazer nesse meio-tempo? Essas coisas demoram para deslanchar. Pretende ficar na cidade grande?

– Sim, pretendo continuar no Brooklyn, com meu emprego no bar. Fred me propôs ajudá-lo no estúdio também, como recepcionista, algumas vezes por semana. Achei interessante.

– Dois empregos e um negócio sem fins lucrativos? – O pai de Gil franziu a testa. – Não é muito pesado?

Gil curvou os lábios em um sorriso torto.

– É, mas não me importo.

– E Anne?

Houve um momento prolongado de silêncio enquanto ele assimilava a pergunta da mãe.

– Como?

Ela olhou para ele com um misto de divertimento e exasperação.

– Isto é Avonlea, Gilbert. Os rumores correm.

A verdade era que a mãe era o epicentro da rede de rumores. Seria ingenuidade da parte dele achar que a cidade grande estava suficientemente longe para escapar dos informantes de Patricia Blythe. Resignado com a mudança de assunto, Gil deixou-se afundar na poltrona larga em frente ao sofá.

– Anne tem os projetos dela. Ela vai tentar ficar na cidade também, mas está mais interessada na carreira universitária.

Eles não haviam conversado sobre os planos para depois do término do curso, até porque ainda parecia tão distante. Mas a ideia de Anne se mudar para arrumar emprego em outro lugar deixava Gil um pouco nauseado. Tecnicamente, ele poderia se estabelecer em qualquer lugar, mas já criara raízes no Brooklyn, conhecia pessoas ligadas ao colégio e ao sistema de ensino e estava familiarizado com a região. A ideia de começar do zero em outro lugar, de novo, não o atraía.

Além disso, eles ainda não haviam conversado a fundo sobre o relacionamento e o futuro. Gil não queria pressionar Anne e sugerir que poderia ir para qualquer parte do país aonde ela fosse. As coisas estavam indo bem, e ele queria que isso se mantivesse o máximo possível.

– Mas o namoro de vocês é sério? – Os olhos escuros do pai refletiam o brilho do fogo na lareira.

– Para mim, é. – Gil balançou a cabeça sob o olhar perspicaz da mãe. – Para ela, não sei; acho que é também. Ainda não tivemos oportunidade de conversar a respeito. Mas tudo bem. Por favor, não toquem no assunto no sábado.

A festa anual de *réveillon* na casa dos pais era a última ocasião em que Gil queria que um dos dois encurralasse Anne para interrogá-la sobre suas intenções com o filhinho deles. Por Deus, a simples ideia o fazia encolher-se por dentro. Talvez fosse bom preveni-la.

– Relaxe, não faremos nada para assustar a menina. – A mãe de Gil suspirou enquanto se levantava do sofá. – Acabei de decidir que vou deixar a louça para amanhã. Ninguém vai morrer por causa disso. Vocês dois, não fiquem até muito tarde, por favor. – Ela lançou um olhar sério para Gil. – Seu pai tem químio amanhã de manhã.

O pai de Gil fez uma careta e resmungou depois que a mulher saiu da sala.

– Aquilo é um veneno, sabia? Na primeira vez que fiz, passei dias sem conseguir ir ao banheiro. Na última, não conseguia sair do banheiro.

– Pai... – Gil deixou escapar uma risadinha de surpresa. – Não há nada que eles possam fazer para resolver isso?

– Não estou preocupado, verdade seja dita. Estou disposto a enfrentar as dores de barriga se for para me livrar dessa merda.

– O câncer realmente incrementou seu vocabulário, papai! Imagino como mamãe deve estar adorando...

A expressão do pai suavizou-se.

– Sua mãe aprecia um pouco de humor. É como estou conseguindo lidar com tudo isso, e ela sabe.

– Não é das piores maneiras de enfrentar uma adversidade.

– Verdade – concordou o pai, mudando para uma posição mais confortável.

– Quer dizer então que... é Anne Shirley, hum?

Gil virou-se para olhar para o pai, incapaz de decifrar o tom na voz dele.

– Pois é. Parece que sim.

– Faz muito tempo.

Gil encolheu os ombros.

– Desde outubro, na verdade.

– Você é apaixonado por essa garota desde o ensino médio – disse o pai com franqueza.

Gil não imaginara que fosse tão transparente.

– Desde o oitavo ano, na realidade. – Podia não estar pronto para confessar a Anne, mas era um alívio poder falar em voz alta. – Só que ela me odiava. – Ele riu com a lembrança da carinha furiosa de Anne brigando com ele, o garoto mais popular da escola na época, porque ele causara sua suspensão no primeiro dia. – Ela não me suportava!

– Tudo indica que mudou de ideia.

– É... – murmurou Gil, o riso transformando-se em um sorriso acanhado, quase abobalhado. Ele esfregou o rosto com a mão, embaraçado.

O pai tamborilou os dedos no cabo da bengala.

– Mas você não tem certeza se ela corresponde ao seu sentimento?

– Não perguntei, assim como não falei para ela como me sinto. É muito cedo ainda. Não quero assustá-la. – Gil olhou para o fogo, sentindo-se subitamente cansado, o aconchego, as horas de viagem e a refeição generosa começando a fazer efeito. Uma das toras de madeira se partiu, faiscando conforme os pedaços se desfaziam com um silvo.

– Cheguei a contar a você que eu saía com Marilla Cuthbert?

Fosse o que fosse que Gil esperava que o pai dissesse naquele momento, não era isso. Ele se inclinou para a frente na poltrona, de repente desperto.

– Não! Você e a senhora Cuthbert? Quando?

– Ela foi minha namoradinha na escola, na verdade.

Gil arqueou as sobrancelhas. "Namoradinha" não era uma palavra que ele pensaria em associar àquela mulher monumental.

– Fomos jovens um dia – observou o pai, revirando os olhos ao ver a expressão de Gil. – Namoramos por dois anos, acredite se quiser. Todo mundo achava que iríamos nos casar depois de terminar o colégio. Eu mesmo cheguei a pensar também.

– E o que aconteceu? Porque vocês não se casaram!

As brasas estalaram na lareira, a chama iluminando os traços cansados do rosto do pai.

– Não tenho certeza, para ser sincero. Desentendimentos... Discutíamos bastante. Às vezes, era engraçado, outras nem tanto. Aí tivemos uma briga feia, porque eu disse a ela que estava pensando em ir para a Universidade Duke para estudar medicina. Ela não queria ir comigo nem me esperar voltar.

– Ela queria que você ficasse?

– Ela queria que eu ficasse e cuidasse de um haras no terreno vizinho à vinícola. – O homem mais velho deu um sorriso irônico. – Mas meu pai não queria nem ouvir falar disso, e eu não tinha a determinação que você tem para lutar pelo que queria.

Gil não se lembrava direito do avô, que falecera quando ele tinha 7 anos. Lembrava-se apenas do semblante sisudo e da voz austera, e somente de um ou outro tapinha nas costas.

– Então fui embora, e nunca reatamos. Mas conheci sua mãe na Duke, aí... deu certo.

– Não dá para saber como seria... você com Marilla. Eu nem fazia ideia de que vocês se conheciam tão bem – disse Gil.

Ele se lembrou de todas as vezes em que as duas famílias haviam se encontrado na cidade, ou em eventos da escola, os adultos conversando cordialmente enquanto Anne agia como se ele fosse invisível, e ele fazendo de conta que não se importava.

– Com a idade adulta vem o senso de perspectiva. Como você e Anne estão descobrindo – respondeu o pai. – É uma coincidência que você tenha se interessado pela filha da primeira menina de quem gostei. Elas podem não ser parentes de sangue, mas Anne tem o mesmo gênio da mãe e a mesma propensão ao ranço.

– Você acha que não temos muita chance?

O pai ergueu uma mão e baixou de novo.

– Alguns podem dizer que é o destino. Mas eu, não – disse ele, levantando-se do sofá com um gemido. – Porque acredito que a vida é a pessoa quem faz. Não fique sentado esperando que o universo aja por você. Vá atrás do que quer. Você começou bem.

Gil sorriu, sentindo-se feliz por ter voltado para perto de casa, quando o pai passou por ele e apertou seu ombro.

– Obrigado, pai.

– Ah, Gil... – O pai parou na soleira da porta, com ar pensativo.

– Sim?

– Não estrague tudo.

Gil soltou uma risada impotente.

– No que depender de mim... farei o possível para evitar isso.

Capítulo 22

No passado

Anne passou a primeira véspera de Natal em Green Gables em estado elevado de excitação e terror.

Excitação porque havia presentes com seu nome na árvore de Natal que ela e Matthew haviam decorado algumas semanas antes. Não apenas um presente, mas vários! Tantos que Marilla lançava olhares estreitados ao irmão, resmungando da indulgência exagerada dele, enquanto ele ficava vermelho como um tomate e se escondia atrás do jornal. Foi por pura força de vontade que Anne não se esgueirou escada abaixo, no meio da noite, para balançar ou apalpar os presentes, apesar de estar morrendo de curiosidade.

E terror porque ela gastara todo o seu dinheiro para comprar um presente para cada um (a senhora Barry levara as duas, ela e Diana, ao *shopping*), mas e se eles não gostassem? E se ela tivesse escolhido tudo errado? E se eles chegassem à conclusão de que não tinha nada a ver ela ficar morando com eles e a mandassem de volta?

Anne não suportaria se isso acontecesse. Green Gables já estava profundamente enraizada em seu coração, desde o cheiro úmido das videiras até o modo como as sombras das folhas de Gloriana dançavam no teto de seu quarto todas as noites, quando ela se deitava para dormir. Sem falar que ela nunca sentira tanta segurança antes, como com os Cuthberts. Fora uma revelação a maneira como sua alma se abrira quando ela sentira que não precisava mais ficar cautelosa a cada passo que dava e a cada palavra que dizia.

Portanto, foi com um misto de agitação e ansiedade que ela desceu para a sala de estar quando o sol começou a surgir atrás da copa das árvores, pisando com cuidado no antepenúltimo degrau da escada para não acordar Marilla e Matthew. Mas sua cautela foi desnecessária... os dois já estavam sentados à mesa da cozinha. Marilla ergueu a cabeça quando Anne parou na soleira da porta e sorriu.

– Bem, estou surpresa por você ter demorado tanto para descer, menina. – Marilla levantou-se e levou a xícara vazia para a pia antes de virar-se de volta para Anne, que estava praticamente vibrando de antecipação. – Vamos lá. Tenho a impressão de que não conseguirá comer nada enquanto não satisfizer sua curiosidade.

Anne assentiu com fervor, e o aroma adocicado dos bolinhos de canela a deixou com água na boca. Mas Marilla tinha razão, ela não conseguiria engolir nada naquele estado de suspense em que se encontrava.

Matthew riu e levantou-se também, gesticulando para que Anne os seguisse para fora da cozinha. Ela não perdeu tempo, apressando-se atrás de Marilla e sentindo o fascínio de sempre com a visão das luzinhas vermelhas e douradas em volta do pinheiro de Natal. A árvore era tão elegante, decorada com enfeites delicados que haviam passado de geração em geração na família Cuthbert! Bolas de vidro pintadas e pingentes de cristal que capturavam a luz e refletiam minúsculos arco-íris nas paredes. Fitas

ANNE DE MANHATTAN

largas de veludo e cetim entrelaçavam-se nos galhos, amarradas aqui e ali com extravagantes laços xadrez verde-escuro.

Os cordões de pipoca que ela e Diana haviam passado a tarde anterior entremeando com os galhos do pinheiro tinham causado um efeito surpreendente de flocos de neve.

Anne saltitou e sentou-se no chão, perto da poltrona de Matthew, abraçando os joelhos. Houve um instante de silêncio, então Marilla arqueou as sobrancelhas e olhou para ela.

– Bem, pode abrir os presentes!

As palavras mal haviam saído da boca de Marilla quando Anne foi engatinhando até a árvore e começou a arrastar no chão os presentes com seu nome. Marilla deu uma risadinha, mas a cabeça de Anne já girava de empolgação à medida que contava cinco presentes. Cinco! E nenhum deles parecia ser um par de meias. Estava começando a rasgar as embalagens quando se lembrou dos presentes que comprara para os dois irmãos.

Pegando os dois embrulhos embaixo da árvore, estendeu um para cada um deles, com sorriso tímido no rosto.

– Estes são para vocês. Sei que não é muito, mas quis presenteá-los!

– Não precisava – disse Matthew, embora seus lábios se curvassem em um sorriso largo enquanto virava o pacote nas mãos.

– Eu sei, mas queria muito.

Anne curvou-se sobre seus presentes, observando pelo canto do olho Marilla alisando a pequena caixa embrulhada no colo. Os lábios da mulher mais velha tremeram antes de sua expressão finalmente se suavizar e ela retomar a postura serena.

Voltando a atenção para os presentes, Anne abriu um após o outro, deixando escapar exclamações de surpresa e alegria conforme rasgava as embalagens para revelar uma linda blusa de lã verde-clara, um diário e uma caixa de canetas hidrográficas multicoloridas, um vale-presente de uma livraria local, um pote de vidro contendo um arranjo artístico de conchas e ervas marinhas e… um porta-joias. Sua testa se franziu ao ver o delicado objeto, porque ela não tinha joias para guardar ali. Mas era uma linda lembrança, e um dia ela teria bom uso para aquilo.

Seus pensamentos foram interrompidos pela voz de Marilla, enquanto ela passava os dedos pelas dobradiças ornamentadas da tampa de madeira.

– Abra, tem mais.

No interior revestido de veludo estava um par de delicados brincos de esmeralda, e Anne ergueu o rosto, arregalando os olhos e sentindo o coração acelerar.

– Isto é… significa que…

– Sim – Marilla assentiu. – Pensei bastante, depois de suas persuasivas argumentações na outra noite, e decidi que tudo bem deixar você furar as orelhas.

– Ah, Marilla! - Anne pulou, quase derrubando os brincos da caixa na afobação para abraçar a mulher mais velha. – Obrigada! Muito, muito obrigada! Serei bem cuidadosa! Vou limpar e girá-los todas as noites e seguir todas as instruções, prometo!

Marilla grunhiu baixinho quando Anne caiu sobre ela como um saco de batatas e deu tapinhas carinhosos em suas costas.

– Acho bom. Não quero ter que ficar levando você ao médico para curar nenhuma infecção.

Um sorriso largo iluminou o rosto de Anne ao ouvir o tom amoroso da advertência de Marilla, antes de ela se virar para abraçar Matthew também. Ele pareceu surpreso, mas retribuiu o abraço e, em seguida, segurou no alto o calendário informativo com lindas fotos de vinícolas ao redor do mundo que Anne comprara para ele.

– Gostei muito. Vou pendurar no meu escritório, bem ao lado da minha mesa. Me poupou ter que passar mais um ano usando o calendário sem graça da imobiliária local. – Matthew piscou, e ela riu. – Obrigado, Anne.

– Estou tão feliz que gostou! Quis lhe dar algo útil, além de bonito.

ANNE DE MANHATTAN

Anne mordeu o lábio ao transferir o olhar para Marilla, sentindo a ansiedade voltar a crescer conforme a mulher mais velha começava a desembrulhar o presente, retirando cuidadosamente o papel festivo que envolvia uma caixa de papelão.

Marilla abriu a tampa e olhou em silêncio o que estava dentro da caixa, e Anne achou que seus nervos iriam explodir enquanto ela tirava com cuidado um álbum compacto de fotografias. A capa dura estava encapada com um material verde pontilhado com florzinhas e pequenas espirais brancas, exceto pelo espaço central, onde havia uma foto de Green Gables. Tirada no outono, Gloriana apresentava-se em toda a sua glória, com as folhas vermelhas e laranja, e a varanda de treliça branca contrastando com majestosas abóboras recém-colhidas. Anne sentia que aquela foto englobava toda a beleza da velha casa. Seu coração bateu ainda mais forte quando Marilla, ainda em silêncio, abriu a capa e começou a folhear o álbum.

Ela sabia de cor o que havia em cada folha, tendo passado horas escolhendo quais fotos usar e em que sequência.

As primeiras páginas continham fotos em tom de sépia, com as bordas franzidas, que estavam no envelope pardo recheado que Matthew surrupiara para ela no mês anterior. Eram fotos do casamento dos pais de Matthew e Marilla, da lua de mel em Martha's Vineyard e da viagem para a Feira Mundial de Nova York, em 1939.

Havia uma foto levemente desfocada de Antonia Cuthbert com uma das mãos sobre o abdômen protuberante, o rosto (muito parecido com o de Marilla) sorridente, e uma de Sal Cuthbert podando as vinhas com Matthew ainda bebê, sentado ao lado dele no chão, parecendo, por sua vez, uma versão em miniatura do pai.

A seguir, vinham fotos de Matthew jovem, de bigode, com o uniforme do exército, e de Marilla em um vestido de crochê chocantemente curto e usando colares de contas coloridas. Um rapaz de fisionomia vagamente familiar, com vinte e poucos anos, estava encostado em uma cerca ao lado dela, com um braço ao redor de seus quadris.

Havia fotos de Marilla com um corte de cabelo curto em formato de cumbuca, dançando descalça na cozinha com uma jovem Rachel Lynde, ambas com a cabeça inclinada para trás e rindo; uma de Matthew sentado em frente a uma loja de ferragens no centro da cidade, que ele dissera a Anne que fechara em meados dos anos 1980, jogando damas com um homem mais velho usando macacão *jeans*. E muitas, muitas fotos de Green Gables, das videiras carregadas, da construção da vinícola, de crepúsculos na baía...

Depois vinham as fotos que mexiam mais com as emoções de Anne.

Uma *selfie* que ela tirara com Matthew na varanda da frente, poucos dias depois de chegar a Green Gables, os olhos brilhando de felicidade, e ele com um sorriso tímido no rosto marcado pelo tempo.

Uma página continha fotos dela e de Diana fazendo poses engraçadas e palhaçadas no mar, com a água pelos joelhos, no dia em que a senhora Barry levara as duas para a praia na costa leste da ilha, após saber que Anne nunca passara um dia inteiro só se divertindo e brincando nas ondas.

E a foto predileta de Anne do álbum todo... uma que ela tirara de Marilla sentada nos degraus dos fundos, na hora do pôr do sol, sem saber que estava sendo observada. Ainda usando as galochas e o *jeans* de trabalho no campo, estava com os cotovelos apoiados no degrau superior, com expressão serena. Alguns fios grisalhos escapavam do coque, e um sorriso suave curvava ligeiramente seus lábios, enquanto os últimos raios de sol a iluminavam com reflexos dourados e avermelhados. Era uma foto adorável, que mostrava um lado de Marilla que ela não costumava mostrar às pessoas, e que a própria Anne vira poucas vezes.

A mulher mais velha olhou a última foto por longo momento, depois clareou a garganta e ergueu os olhos para Anne. Estavam escurecidos pela emoção, mas ela arqueou uma sobrancelha em um gesto familiar, gesticulando para o álbum.

– Está faltando uma foto.

Anne piscou, e uma súbita onda de pânico a atingiu.

– O quê? Não, não pode ser... tenho certeza de que coloquei todas.

– E a nossa foto, onde está? – perguntou Marilla.

– Ah... Oh!

Anne pegou o celular de onde o deixara antes de abrir os presentes, sobre uma mesinha de canto, e virou-se para Matthew, o coração explodindo de alegria no peito.

– Pode tirar uma para nós?

– Claro – disse ele, manuseando o celular um pouco desajeitado. – Mas... pode me mostrar como usar a câmera?

– Hummm, essas tecnologias complicadas... – disse Anne carinhosamente.

Ela abriu a câmera e mostrou a Matthew como bater a foto, depois atravessou a sala até o sofá onde Marilla estava sentada. Sentou-se ao lado dela, exultante quando a mulher mais velha passou o braço sobre seus ombros, e as duas encostaram a cabeça uma na outra, enquanto Matthew clicava para fotografar. Receosa de que seu sorriso tivesse saído um pouco semelhante ao de uma louca na primeira foto, Anne pediu a Matthew que tirasse mais meia dúzia, até que Marilla se pôs de pé, anunciando que precisava tomar café.

Mas antes de se afastar ela se inclinou, pressionou os lábios no alto da cabeça de Anne e murmurou:

– Obrigada pelo álbum, minha criança. É lindo, um presente precioso que guardarei para sempre com muito amor.

Anne só conseguiu assentir, emudecida por uma inesperada onda de emoção. As lágrimas formaram um nó em sua garganta, mas eram de alegria. Todos os dias, ela agradecia a quem quer que fosse que tivesse confundido a solicitação de Marilla e Matthew por um menino, mas naquele dia, em especial, mais que nunca.

O universo ouvira seus desejos e sonhos esperançosos e os transformara em uma realidade que ela mal se permitia acreditar que era verdade até então. Pela primeira vez, sentia que era parte de uma família, que havia pessoas que gostavam dela, cuidariam dela e queriam vê-la feliz.

Finalmente, ela tinha um lar.

Com o coração pleno, Anne se levantou do sofá e seguiu Marilla, e o aroma de canela doce, para a cozinha, para onde sua família a esperava para tomar o café da manhã no dia de Natal.

Capítulo 23

No presente

Anne sacudiu os ombros para tirar o casaco quando seguiu Marilla, Rachel e Matthew para dentro do vestíbulo da casa dos Blythes. Ela nunca fora ali; sempre se esquivara dos encontros e das reuniões na casa de Gil quando eram adolescentes, para evitar assassiná-lo na própria residência. A senhora Blythe apareceu momentos depois, agradecendo a presença, pegando os casacos e, de forma inequívoca, dando uma discreta olhada, de cima a baixo, em Anne.

Anne ficou duplamente contente por estar usando seu vestido novo, apesar da noite fria de inverno. Era uma peça de lã verde-escura, com gola drapeada e mangas compridas justas, que ela combinou com um par de botas pretas de cano alto e um colar de pérolas que pertencera à mãe de Marilla. Após aceitar uma taça de vinho, olhou ao redor da sala, saboreando a bebida, enquanto admirava a decoração natalina. Para todo lado que olhava havia guirlandas douradas, festões, laços com bordas douradas e outros enfeites cintilantes.

– Sei o que está pensando – uma voz baixa soou em seu ouvido.

Os lábios de Anne se curvaram quando ela olhou para a taça de vinho e se reclinou, apoiando as costas no peito de Gil.

– Que seus pais adoram decorações festivas?

Ele riu.

– Mais ou menos isso.

Anne virou-se e sorriu para ele. Ele estava tão lindo... O cabelo estava escovado para trás, incomumente penteado, e ele substituíra os tênis surrados por sapatos de couro.

– Só você mesmo para fazer cotoveleiras parecerem tão elegantes – ela murmurou, passando os dedos pelos apliques de couro azul-marinho no *blazer* cinza-escuro.

A covinha de Gil apareceu quando ele sorriu.

– Não consigo competir com você... – Ele deu um assobio silencioso enquanto a observava com olhar tão intenso que Anne sentiu como se a tocasse. Era impossível não enrubescer sob aquele escrutínio. – Mas faço o possível.

– E se sai muito bem.

– Obrigado. – O sorriso de Gil tornou-se mais terno, e ele se inclinou para a frente, para dar um beijo no rosto dela. – Feliz Ano-novo.

Anne reprimiu o impulso de não só retribuir o beijo como de aprofundá-lo, de beijar Gil na boca, sentir o gosto dele. Mas não estava preparada para deixar o mundo saber sobre eles, em especial Avonlea, no caso. Era boa a sensação de guardar segredo, por enquanto.

Ela deu uma tossidela discreta e bebeu um gole de vinho, sentindo o líquido refrescar sua garganta. Em seguida, virou-se para observar os convidados na sala e acenou para Diana, que estava perto da mesa de queijos, como sempre, e sorriu para Jane, que conversava com o doutor Blythe.

– Quer andar um pouco, conhecer a casa?

– Claro!

Anne colocou a taça de vinho em uma mesinha próxima e aceitou o braço que Gil lhe oferecia, apoiando a mão na curva de seu cotovelo e deixando que ele a conduzisse pelos vários aposentos da casa, enquanto ele lhe contava sobre todos os mexericos com os quais a mãe o atualizara nos últimos dias, arrancando risadas de Anne.

– Ahhh! – exclamou ele quando pararam na entrada da saleta onde Marilla conversava com o veterinário local. – Quer ouvir uma fofoca de primeira? Das boas...

– Você fala igual à sua mãe.

– Olhe... morda a sua língua!

Anne riu e ergueu os olhos para ele, divertida.

– Das boas, é? E qual é o preço?

– Favor em aberto. Decidirei depois. – O sorriso malicioso de Gil provocou um calafrio na espinha de Anne. – Então, eu estava conversando com meu pai ontem à noite e sabe o que descobri? Que ele e Marilla foram namorados, sabia disso? Mais que namorados, eles quase se casaram, segundo ele me contou.

Anne arqueou as sobrancelhas, surpresa, esquecendo-se do clima de sedução. Olhou de volta para Marilla do outro lado da sala, observando-a, analisando-a, tentando imaginá-la com o jovem e impetuoso doutor Blythe. Não conseguiu.

– Sério? Eu não sabia... O que será que aconteceu?

– Ele não entrou em detalhes, mas eles tiveram um desentendimento sobre algo de menor importância, e o relacionamento terminou. Logo em seguida, ele conheceu minha mãe e... pronto, foi isso.

– Hum. – Anne observou Rachel se aproximar, cumprimentar alegremente o veterinário e colocar a mão na cintura de Marilla. Era interessante ver o modo como as duas mulheres pareciam se ajustar inconscientemente, apoiando-se uma na outra, como se houvesse uma força gravitacional única entre ambas. – Mas pelo jeito foi melhor tanto para um como para o outro, não?

– Acho que sim – respondeu Gil, também envolvendo, por sua vez, a cintura de Anne e puxando-a para mais perto.

Nesse momento, porém, um dos antigos colegas deles de escola aproximou-se para cumprimentá-los, e Anne afastou-se o suficiente para sentir o ar frio passar entre ela e Gil. Sentira falta de dormir com ele na última semana, já acostumada a acordar ao lado dele quase todas as manhãs. Sentia falta do sexo, obviamente, mas, mais que isso, de se deitar atravessada na cama, com a cabeça apoiada no abdômen de Gil, lendo, enquanto ele se recostava nos travesseiros de olhos fechados ouvindo um audiolivro.

Nada de muito diferente aconteceu no restante da noite, os toques suaves e os comentários galanteadores intercalando-se com conversas com amigos. Anne ficou encantada em encontrar a tia-avó de Diana, Josephine, que continuava ótima aos 87 anos. Ela cutucou as canelas de Gil com a ponta da bengala ao flagrá-lo brincando com as pontas do cabelo de Anne, depois carinhosamente o mandou buscar mais drinques.

– Fique de olho nesse aí – ela advertiu Anne, movendo sugestivamente as sobrancelhas pintadas. – Ele sempre foi um pedaço de mau caminho.

Anne mal conseguiu conter uma risada.

– Sim, senhora.

O rosto da mulher mais velha enrugou-se em um sorriso.

– Agora me conte sobre esse rapaz com quem Diana está saindo. Ela evita o assunto com a mãe, e é justamente o que me faz pensar que a coisa seja séria. Amo minha sobrinha, mas não posso negar que ela assustou um bom número de namorados e de amigas de Diana ao longo dos anos.

Anne perdeu a batalha contra o riso, e as duas passaram uma agradável meia hora falando sobre homens com tatuagens *sexies*. Quando por fim se separaram, Anne soube que conhecera tia Jo mais do que imaginara, mas também dera muitas risadas.

À medida que se aproximava a meia-noite, Anne começou a procurar Gil pela casa, indo de cômodo em cômodo. Eles podiam não estar prontos para trazer o relacionamento ao conhecimento de todos, mas não lhe parecia certo passar de um ano para outro em qualquer lugar que não fosse ao lado de Gil. Pegando o casaco no quarto de hóspedes do andar térreo, saiu para o quintal dos fundos, esperando encontrá-lo lá fora.

Lá estava ele, sem sobretudo, olhando o céu e se balançando sobre os calcanhares, as mãos enfiadas nos bolsos da calça.

Anne aproximou-se por trás e o abraçou pela cintura, pressionando o rosto nas costas dele.

– O que está fazendo aqui fora? Está congelante.

– Eu sei, me desculpe. – Gil cobriu as mãos dela com as suas, sobre seu abdômen. – Precisava ficar sozinho por um instante. Está muito quente lá dentro, e acabei deixando Charlie me convencer a tomar duas doses de vodca. Não deveria, foi uma decisão ruim.

Anne riu contra a lã áspera do *blazer* dele, sentindo-se ela mesma um pouco alta depois de algumas taças de vinho. Ainda bem que estava combinado que Rachel dirigiria na volta, porque ela, definitivamente, não teria condições.

Virando-se, Gil abriu o *blazer* para agasalhá-la junto ao corpo. Apoiou o queixo na cabeça de Anne, e ela encostou o rosto no pescoço dele, sentindo o perfume gostoso da loção pós-barba. Ele deslizou as mãos até segurar os quadris dela.

– Por acaso está querendo começar algo aqui fora? Em um quintal coberto de gelo?

Anne riu e passou a língua pelo pomo de adão de Gil, apreciando o gemido baixo que ele deixou escapar.

– Quem sabe...

– Então você resolve agora, com a casa lotada de gente, e nós dois com álcool na cabeça, me provocar depois de uma semana de celibato forçado – Gil resmungou, mas inclinou a cabeça para capturar a boca de Anne. Ela se entregou ao beijo, colando o corpo ao dele até não mais sentir o frio da noite gelada.

O volume crescente do burburinho dentro de casa fez com que Gil desse uma olhada no relógio de pulso.

– Falta um minuto para a meia-noite. Ficamos aqui ou entramos?

Não havia comparação entre uma escolha e outra. Dentro de casa estava quente e barulhento, e ela não poderia abraçar Gil como gostaria. Ficar ali fora, mesmo no frio, significava que não teria de dividi-lo com ninguém mais, e estava se sentindo egoísta naquela noite.

– Ficamos – respondeu, deslizando os dedos entre os cabelos dele e puxando sua cabeça para baixo.

Cinco...

Um sorriso curvou a boca de Gil quando os lábios de ambos se tocaram.

Quatro...

Anne gemeu ao sentir o calor da boca de Gil e a língua dele tocando a sua.

Três...

Eles se abraçaram, moldando os corpos um ao outro conforme aprofundavam o beijo.

Dois...

Gil afastou o rosto por um instante, os olhos castanhos brilhantes de promessas.

Um...

– Feliz Ano-novo, Anne! – ele murmurou.

Ela sentiu a cabeça girar e todos os sentidos se aguçarem. Ergueu o rosto, buscando novamente os lábios de Gil e envolvendo o pescoço dele com os braços, puxando-o para si.

Afinal, queria começar o ano do mesmo modo como pretendia que continuasse.

Capítulo 24

Gil espreguiçou-se, sentindo os músculos relaxados e a mente confortavelmente leve, consciente apenas de Anne atravessada na cama, com a cabeça em seu abdômen e desenhando padrões aleatórios em seu peito com a ponta dos dedos.

A transpiração decorrente do ato sexual começava a esfriar em seu corpo, fazendo-o sentir-se pegajoso. Ambos precisariam de uma chuveirada em breve, e ele teria que sair para seu turno no bar em algumas horas, mas, por enquanto, queria curtir a presença e a proximidade de Anne.

Um som de farfalhar o fez abrir um olho. Gil surpreendeu-se ao ver Anne de pé e já com a calça *jeans*, sacudindo a blusa de lã e enfiando-a pela cabeça. Quando puxou o cabelo para fora, ele se apoiou em um cotovelo.

– Por que está se vestindo?

– Você não precisa trabalhar?

– Sim, mas só às cinco. – Gil saiu da cama e pegou uma muda de roupa. – Por que não vai comigo? Reservo um banco no canto do bar e lhe sirvo café irlandês e *cheesecake* à vontade.

Anne olhou para ele com ar divertido e sentou-se na cama para calçar as botas de cano alto.

– Está tentando me subornar a passar as seis horas do seu turno no bar em troca de *cheesecake*?

– E café irlandês.

– Tentador, mas não.

Colocando sobre a cama as roupas limpas, Gil segurou Anne pelo pulso quando ela se levantou, puxando-a para si.

– Podemos voltar para cá depois e fazer Fred se arrepender de dividir o apartamento comigo.

Um adorável rubor espalhou-se pelas faces de Anne.

– Acho que não. Todo o meu material está em casa, e há pelo menos três coisas que posso terminar nessas seis horas. Desculpe... – Ela se inclinou e o beijou, com doçura, mas firmeza, e se desvencilhou da mão dele. – No entanto, estou livre amanhã à noite. Então, arrumo uma mochila para passar a noite e poderemos levar Fred a questionar as escolhas de vida dele.

– Vou lhe cobrar isso – disse Gil, puxando-a mais uma vez para um último beijo antes de ela se afastar e sair dando risada.

Gil abriu o chuveiro e se encostou na parede, pensativo, enquanto esperava a água esquentar. Não teria a companhia de Anne naquela noite e precisava resignar-se.

Entrando embaixo do chuveiro, pegou o frasco de xampu, colocou uma porção na palma da mão e esfregou o cabelo. Foi somente quando sentiu o perfume cítrico que se deu conta de que era o xampu que Anne deixara lá no fim de semana anterior. Apertando os olhos por causa da água que caía no rosto, ele viu que ela deixara também um condicionador e uma lâmina de depilar.

E isso o fez refletir.

Na bancada do banheiro ao lado da pia, havia agora um frasco tamanho família de loção hidratante e, na geladeira, produtos da marca de que Anne gostava. A prateleira onde Gil e Fred guardavam os pacotes de batata frita e outros *chips* agora continha também três tipos de *pretzels* (porque Anne gostava de variedade), e ela pedira para ele esvaziar uma gaveta na cômoda para ela usar. Anne passava, em média, quatro noites por semana em seu apartamento, e eles já tinham até lado certo na cama para cada um. Somando tudo isso, a conclusão era uma só: Anne já estava a meio caminho de se mudar para morar com ele.

O que estaria faltando para completar a mudança?, ele se perguntava.

Porque era nesse ponto que ele se encontrava. Eles estavam a três meses de concluir o curso, e era possível que, se ele deixasse claro que levava o relacionamento a sério, Anne fosse morar com ele em caráter definitivo. Gil sabia que o Priorly College era a primeira opção de emprego para ela. O doutor Lintford estava conversando com seus contatos por lá. Gil revirou os olhos quando saiu do chuveiro e enrolou uma toalha na cintura. Não via a hora de não mais precisar da orientação do professor, que parecia incapaz de manter uma conversa por mais de cinco minutos sem colocar a si mesmo como centro do assunto. Sem falar que ele não parava de insistir para Gil seguir seus passos e se candidatar a uma vaga no corpo docente da universidade. Quando se encontraram na semana anterior para uma avaliação do progresso individual da dissertação, Gil explicara seus planos de pós-graduação, e a falta de entusiasmo do doutor Lintford fora decepcionante. Não de todo inesperada, pois o homem era um clichê ambulante de esnobismo acadêmico, mas, ainda assim, desanimador.

Isso deixou Gil mais determinado a não contar nada a Anne, até que tudo estivesse encaminhado, porque a reação dela seria devastadora. Uma coisa que Gil sempre admirara em Anne era que ela decidira, muito tempo antes, o que queria, elaborara um plano e se empenhara em realizá-lo com determinação. Ele estava no último ano da faculdade e ainda tentando resolver o que queria fazer da vida, pelo amor de Deus...

Portanto, assim que tivesse um plano concreto, Gil contaria a ela. Dessa forma, ela veria o que ele estava fazendo para alcançar seu objetivo, compreenderia como ele se importava e levava a sério. Precisava esperar só mais um pouco até obter uma resposta do banco sobre um empréstimo, então se sentaria com Anne e se abriria com ela.

Se a entrevista de Anne transcorresse bem, havia a possibilidade de o Priorly oferecer a ela o cargo de professora associada. O salário era decente, e com dois empregos eles teriam condições de alugar uma casa só para eles. Poderiam se mudar e morar juntos, no Brooklyn mesmo, e ele teria condições de se dedicar a fazer sua instituição decolar.

Convencer Anne a concordar em morar com ele dependia de uma série de fatores, mas não era uma ideia ruim.

Capítulo 25

Faltava apenas uma semana para concluir o programa no Herschel, e Anne estava dividida entre cansaço, alívio e tristeza. Sentiria saudade das crianças, sobretudo de Jenna, que, aos trancos e barrancos, transformara-se em escritora durante a primavera. Anne se reunira com ela e a mãe na última terça-feira, e, embora a senhora Brown não tivesse mudado de ideia sobre transferir Jenna para um colégio técnico, para a menina cursar o ensino médio, concordara, relutantemente, em parar de atormentar a filha para desistir de escrever depois de ler as histórias da menina. Anne sabia que aquilo era o máximo de comprometimento que conseguiria e dera a Jenna seu *e-mail*, pedindo que mantivesse contato e a deixasse a par das novidades.

Na penúltima aula daquela tarde, eles voltaram ao início e escreveram alguns minicontos. O progresso dos alunos em um ano enchia o peito de Anne de orgulho. A imensa alegria que sentia cada vez que segurava nas mãos uma prova visível de que era boa professora apenas confirmava que fizera a escolha certa ao perseguir aquela carreira. Saber que ensinara as crianças e mudara, de maneira tangível, o modo como viam a escrita, a leitura e tudo o mais que se relacionava a essa área era uma conquista gratificante.

Ela e Gil entregariam a dissertação em alguns dias, sendo que no último mês haviam trabalhado separadamente. Gil não estava empolgado com todas as horas que passavam longe um do outro, Anne sabia disso, mas ela não se arriscaria a um caso de plágio acidental só porque ele pensava em voz alta. Cada vez com mais frequência, ele lhe pedia que ficasse quando ela ia ao apartamento dele; arrumara espaço no *closet* e esvaziara uma gaveta para ela. Parecia que ele estava tentando induzi-la a se mudar para lá, mas não chegara a verbalizar um convite, e ela não tinha certeza de como se sentia em relação a dar esse passo.

Por um lado, parecia-lhe um pouco precipitado morarem juntos. Por outro, fazia mais de uma década que ela e Gil se conheciam. Sim, o sexo era uma nova adição ao relacionamento, e a ausência da competição passivo-agressiva entre eles era uma mudança agradável. (Descobrir que ele não tinha inibição nenhuma na cama, nem tanto.) Mas ele ainda era Gil. Talvez não fosse tão precipitado considerar a ideia de morarem juntos.

Claro que tudo isso era baseado na hipótese de que ele tivesse interesse em que esse arranjo se concretizasse, mas a verdade era que ele nunca dissera nada; então... talvez não tivesse. Phil iria trabalhar em Chicago depois que se formasse, mas Anne e Diana tinham um arranjo confortável e poderiam continuar dividindo o apartamento. Era ótimo.

O que não era ótimo, entretanto, era o modo como o doutor Lintford se debruçava sobre a cadeira onde ela estava sentada naquele momento.

Ele se levantara alguns minutos depois que ela se sentara e apoiara o quadril na beirada da escrivaninha, bem na frente dela, com um joelho dobrado, o que deixava sua virilha no nível dos olhos dela e desconfortavelmente perto de seu rosto.

Deixando-o falar, Anne sentiu o sangue ferver à medida que a raiva crescia dentro dela. O professor sabia exatamente o que estava fazendo, e o fazia desde o início. Chamara-a para uma reunião individual, com o pretexto de querer falar com ela sobre sua parte na dissertação. Contudo, até aquele momento, ficara apenas enrolando e não dissera nada substancial. Se não parasse de se insinuar para ela, Anne bateria nele com uma das esferas de cristal que decoravam a mesa, como no jogo de Detetive.

Professor Lintford, assassinado em seu escritório com um peso de papéis.

– ... podemos jantar em minha casa, e depois você pode me mostrar seu texto. Ou outros talentos que ache que poderão me interessar.

O sorriso oleoso do professor quando se inclinou e tocou seu joelho a fez encolher-se. Ele estava deixando claro que os talentos que esperava ver incluíam despi-la.

– Não encoste em mim. Tenho interesse zero em lhe mostrar o que quer que seja. – Arrastando ruidosamente a cadeira para trás, Anne levantou-se tão furiosa que seu corpo inteiro tremia. – E é por demais inapropriado o senhor me convidar para jantar em sua casa e... – Ela gesticulou freneticamente, fazendo o doutor Lintford recuar. – Mal tenho palavras para descrever esse seu comportamento.

Anne viu que o pescoço dele ficou vermelho conforme voltava para o outro lado da escrivaninha.

– Já fiz a mesma proposta a inúmeras alunas e não ligo para o que você está insinuando – disse ele, elevando o tom de voz. – Por mais que se ache, mocinha, você não tem nada de especial.

– Nunca achei que tivesse, mas agora me desgosta mais ainda fazer parte de um grupo.

– Bem, lamento que não entenda como isso funciona – retrucou o doutor Lintford. – Sou um homem muito ocupado e estou sobrecarregado de trabalho este ano com os alunos extras de pós-graduação. Garotas iguais a você sempre esperam um tratamento preferencial, mas, se não consegue se adaptar à minha agenda quando lhe ofereço ajuda adicional, receio não poder ajudá-la.

Ele estava invertendo a situação, como se a culpa fosse dela, pensou Anne. Ela nunca pedira nada extra nem adicional!

Ela esfregou a ponta dos dedos, pensando se pegava ou não o peso de papéis.

– Creio que esteja entendendo perfeitamente o que o senhor está oferecendo e como esperava que me adaptasse à sua agenda, e, repito, não estou interessada – disse, trêmula. Anne pressentira que ele tentaria algo assim, mas estar na situação era pior do que imaginara. Aquele homem ultrapassara todos os limites. – É difícil acreditar que permitam que o senhor lecione nesta instituição. Talvez não façam ideia de como o senhor é. Talvez devessem saber.

Recolhendo suas coisas, Anne estava quase na porta quando as palavras do doutor Lintford a fizeram parar.

– Com foi a entrevista no Priorly, senhorita Shirley?

Ela se virou para trás para vê-lo sentado novamente, a frieza e o controle de volta à postura.

– Seria uma lástima... – ele continuou, com brilho malicioso nos olhos – ... se sua falta de profissionalismo chegasse ao conhecimento da reitora de lá. Que, por sinal, é minha grande amiga. Por consideração, não mencionarei esse pequeno incidente a ela e sugiro que faça o mesmo. Boas colocações em universidades nesta cidade não são algo fácil nem corriqueiro de obter. O mundo gira.

Uma onda de náusea subiu à garganta de Anne com a insinuação de sabotagem à sua oportunidade de conseguir um emprego no mundo acadêmico. Ela sabia que a ameaça era real; o doutor Lintford era famoso no *campus* por ajudar os alunos que orientava a obter empregos privilegiados. Agora ela se perguntava qual seria o preço exigido em troca dessas recomendações.

Incapaz de falar e profundamente enojada, Anne apenas lançou a ele um último olhar fulminante e abriu a porta com gesto brusco. Saiu da sala e não parou até sair do prédio e andar meio quarteirão. Só então diminuiu o passo, tentando acalmar a respiração. Com a mente a mil por hora, deixou-se cair sentada em um banco.

Era inconcebível ficar calada apenas para garantir o emprego dos sonhos. Sua cumplicidade não só colocaria outras alunas em risco no futuro, permitindo que ele continuasse a praticar assédio e a abusar de sua posição de poder, como também ela merecia mais que aquilo, ceder à chantagem e ignorar o comportamento predatório do prestigiado professor.

Ela se empenhara tanto para chegar aonde chegara e estava tão perto de dar o primeiro passo para a vida que planejara! Que situação impossível...

No entanto, pensando bem, não era. Enxugando as lágrimas que não percebera que lhe iam escapar dos olhos, Anne levantou-se e ajustou a mochila com mãos trêmulas. Sabia o que deveria fazer.

Capítulo 26

Após dez dias de silêncio, Anne começou a achar que estava a salvo.

Um dia depois de denunciar o doutor Lintford à administração, apresentando uma extensa queixa contra ele por assédio sexual, ela recebeu um *e-mail* do Priorly convocando-a para uma segunda entrevista. Isso era uma ótima notícia, pois significava que fora selecionada para uma lista mais restrita de candidatos. Confiante no currículo acadêmico e ciente de que a primeira entrevista transcorrera bem, Anne começou a relaxar outra vez.

Ela não comentou nada com Gil. Ele iria querer saber por que ela não lhe contara antes, não entenderia por que ela preferira lidar com aquilo sozinha. O que estava feito, estava feito, e, mesmo sentindo uma ponta de culpa por não ter compartilhado com Gil o que estava acontecendo, ela não poderia voltar atrás agora. Além disso, não havia nada que alguém pudesse fazer até ela receber o resultado da investigação da faculdade sobre suas alegações.

Anne permitiu-se aproveitar o restante da semana, tirando da mente a situação com o professor.

Gil fez rabanadas no sábado de manhã, com os pães de hambúrguer que sobraram na véspera. Anne achou fofo vê-lo usar um prato para afinar os pães o suficiente para poder fritá-los; saboreou as iguarias com gosto e voltou para casa sentindo-se saciada, com as pernas ligeiramente trêmulas e um novo encontro marcado para a quarta-feira.

Depois do almoço, ela, por fim, rompeu o bloqueio psicológico e concluiu o trabalho de Literatura Romântica. O mundo ficaria boquiaberto com sua genialidade. Bem, talvez não... mas ela estava feliz com o resultado.

A aula de sapateado não estava lotada, então ela conseguiu se mover livremente, sem sentir que iria chutar o tornozelo de outro dançarino a qualquer momento, e suava em bicas quando a aula terminou.

Quando chegou a casa naquela noite, Perdita e Winnie estavam lá e tinham levado caranguejo com pimenta, tão picante que Anne sentiu como se seus lábios fossem cair. Nem os pãezinhos aquecidos no vapor conseguiram salvá-la. Foi fantástico.

Assim, quando se levantou no domingo de manhã e viu um *e-mail* do Priorly cancelando a segunda entrevista, foi um choque. Não tinha como ser coincidência. O doutor Lintford levara a ameaça adiante, afinal. Ela precisou respirar fundo várias vezes para controlar o impulso de gritar diante de tamanha injustiça.

Insensatamente, ela recusara uma oferta da NYU, a única outra universidade da cidade que a convocara para outra entrevista na sexta-feira. A primeira conversa com a reitora do Priorly e a aparente desistência do doutor Lintford de dar prosseguimento à ameaça a haviam deixado com sensação de falsa segurança; estava tão confiante com a perspectiva de uma cátedra mais elevada e bem paga que cometera um sério erro de cálculo.

Phil estava no hospital fazendo residência, Diana estava no trabalho, e Anne não queria telefonar para casa. Marilla e Matthew ficariam preocupados, e não havia nada que pudessem fazer. Gil, no entanto... Gil estava em casa. De repente, tudo o que ela queria era ser abraçada por ele, inalar o perfume picante de sua colônia. Sentindo-se entorpecida, Anne pegou um táxi de Hell's Kitchen para o Brooklyn, pagando sem pestanejar o preço absurdo pelo longo percurso, quando chegou ao edifício do apartamento de Gil.

Pressionou o interfone na entrada e esperou, impaciente. Por fim, ouviu um clique e a voz familiar, e as lágrimas que vinha segurando formaram um nó em sua garganta. Ela engoliu em seco duas vezes antes de conseguir responder, aliviada quando a porta se abriu no mesmo instante.

Gil esperava por ela no alto da escada, a silhueta realçada pela claridade dourada que vinha da porta aberta do apartamento para a penumbra do *hall*.

– Ei, ei... – ele murmurou, fazendo-a entrar e envolvendo-a nos braços assim que fechou a porta. – O que aconteceu? – Ele se afastou para estudá-la com os olhos castanhos. – Não é nada com Marilla ou Matthew, é?

– Não. Deus, não... – Anne balançou a cabeça. – Nem me fale uma coisa dessas, eu não suportaria...

– Assustei-me de vê-la aparecer nesse estado.

– Bem, minha vida está desmoronando, e não sabia quem mais procurar.

Fred veio do corredor, calando o que quer que fosse que Gil ia dizer.

– Está tudo bem?

– Não. – Ela soltou o ar de modo entrecortado, virando-se para o outro lado.

Os dois rapazes entreolharam-se, e a irritação inflamou-se dentro dela com aquela comunicação silenciosa, antes de Gil sugerir:

– Vamos para o meu quarto.

Anne deixou que ele colocasse a mão em suas costas e a conduzisse pelo corredor.

Fred assentiu, mas uma ruga franziu sua testa quando ele foi para a sala de estar.

Uma vez no quarto de Gil, Anne foi até a cama e sentou-se na beirada, ignorando o fato de estar desarrumada. Gil sentou-se em posição oposta na cadeira da escrivaninha e girou-a para ficar de frente para ela.

Demorou alguns segundos para ela ordenar os pensamentos, e ele esperou em silêncio, com os braços cruzados sobre o encosto da cadeira.

– Cometi um erro – disse Anne, por fim. – Deveria ter contado a você, mas não quis chateá-lo, e não imaginei que... viraria o que virou.

Ela respirou fundo, olhou para Gil e começou a falar. Contou toda a história dos avanços do doutor Lintford, das reuniões particulares, do confronto e da denúncia à administração; contou sobre a ameaça do professor e sobre o fim das chances de conseguir um emprego no Priorly.

O tempo todo Gil ficou em silêncio, ouvindo-a com atenção.

– E é isso – concluiu Anne, gesticulando com as mãos abertas.

Um estranho misto de alívio e tristeza a envolveu. Quando Gil não disse nada, apenas baixando o olhar para o chão quando ela contou sobre a última visita ao escritório do doutor Lintford, Anne teve uma sensação desconfortável, de mau presságio. Não fazia ideia do que ele estava pensando.

Por fim, ele falou, em tom de voz calmo.

– Quer dizer que tudo isso estava acontecendo ao longo do ano inteiro e você não sentiu necessidade de me contar?

A escolha de palavras dele a surpreendeu.

– Eu estava contornando a situação.

– Sim, você disse. – Gil levantou-se e, com uma das mãos, empurrou a cadeira com força contra a escrivaninha, fazendo Anne se sobressaltar.

– Você estava contornando a situação sozinha. Por quê? Achou que eu não iria apoiá-la?

– Eu... – Anne começou, mas Gil a interrompeu, com voz mais alterada dessa vez.

– Achou que não acreditaria em você?

– Não! – Anne protestou. A frustração a fez levantar-se, não querendo continuar sentada enquanto Gil se debruçava sobre ela. Ele estava levando para o lado pessoal, o que era inacreditavelmente injusto. – Não teve nada a ver com você!

– Claro. – Um músculo contraiu-se no maxilar de Gil quando ele se virou para encará-la com olhar frio, subitamente desprovido da ternura habitual. – Pensei... nem sei o que pensei. Achei que fôssemos uma dupla, que tivéssemos uma parceria. Me enganei.

Ah, ele queria brigar... que ótimo, era só o que faltava para completar a desgraça.

– Não acredito que está levando a coisa para esse lado! Como se tivesse algo a ver com nosso relacionamento.

Gil começou a dizer algo, mas visivelmente se controlou e suspirou. Erguendo a mão, dirigiu-se à porta.

– Com licença. Preciso de um minuto.

Abalada com aquela atitude intempestiva, Anne ficou parada no meio do quarto, sem saber o que fazer. Por fim, decidiu que a cama era um lugar vulnerável demais para continuar a conversa (briga?) e sentou-se na cadeira. Mais alguns minutos se passaram, e ela começou a tamborilar os dedos na superfície da escrivaninha, impaciente. Compreendia que ele tivesse preferido sair do quarto a deixar que a discussão se acalorasse e se transformasse em uma troca de gritos; alguém precisava manter a calma no relacionamento, e claro que não seria ela. Mas, com efeito, o que ele estava fazendo que não voltava nunca mais?

Levantando os braços para apertar o elástico do rabo de cavalo, Anne esbarrou o cotovelo em uma pilha de papéis que estava na beirada da escrivaninha, derrubando tudo no chão.

– Droga.

Olhando de soslaio para a porta com ar culpado, ela se curvou para recolher os papéis, esperando recolocá-los na ordem em que estavam antes. Após ajeitar a pilha, seu olhar recaiu sobre a folha de cima, e as palavras ali impressas pareceram saltar do papel.

— *seu interesse no Priorly College*
— *mediante a veemente recomendação do doutor Lintford*
— *a satisfação de lhe oferecer o cargo de professor associado.*

ANNE DE MANHATTAN

Nesse instante, a porta se abriu, e Anne ergueu o rosto, ainda com a carta nas mãos.

– Isso aqui… o Priorly ofereceu a vaga a você?

A testa de Gil franziu-se em uma expressão confusa, até que ele se deu conta do que Anne estava segurando e se aproximou. Ela se levantou de um pulo e se desviou para o lado quando ele estendeu a mão.

– Anne, não é o que parece – disse ele em tom de voz baixo e condescendente que ela achou profundamente irritante, como se ele estivesse tentando acalmá-la.

– Você sabia – resmungou ela, jogando a carta de volta na mesa – que isso é o que as pessoas costumam dizer quando é exatamente o que parece?! Você nem me contou que havia se candidatado.

– Não me candidatei. Não é mesmo o que parece. – O olhar de Gil era firme e franco. – Ouça, eu ia ligar para eles, esclarecer tudo. Tenho um plano e vou lhe contar, mas não é nada disso. Se preferir que eu não interfira, ficarei de fora. Deixo você lidar do jeito que quiser… por sua própria conta.

O tom de voz mordaz de Gil teve o efeito de uma punhalada, mesmo em meio a toda a confusão e à fúria que Anne sentia.

– Uau… isso é um pouco injusto, não acha?

– Talvez, mas você não está sendo razoável.

– Desculpe-me por não entender como você conseguiu um emprego para o qual supostamente não se candidatou… e com a recomendação do doutor Lintford – disse ela com sarcasmo. – Me explique. Explique como é isso, porque estou tentando entender, Gil, e não consigo.

Caminhando até a mesa, ele começou a vasculhar a pilha de papéis que ela derrubara, resmungando enquanto procurava algo.

– Onde está… droga… ah, está aqui. Olhe, não sei do que se trata a oferta de emprego, mas veja… leia aqui, por favor. – A expressão de contrariedade permanecia no rosto de Gil quando ele se virou para Anne e colocou algumas folhas de papel nas mãos dela. – Pronto. Esse é meu plano. Esperava lhe contar de outra forma, mas acho que terá de ser assim mesmo. – Ele se encostou na parede e cruzou os braços. – Está tudo aí.

Anne segurou os papéis por um momento, olhando para ele. Quando Gil arqueou uma sobrancelha num gesto de desafio, ela apertou os lábios e começou a ler. A raiva transformou-se em confusão à medida que assimilava as informações, folheando as páginas para a frente e para trás, relendo algumas delas. Eram documentos bancários, solicitação de subsídios e o que parecia ser uma espécie de declaração de missão. Ela levantou o rosto, perplexa.

– O que é isso?

– Estava esperando para contar quando tudo desse certo. – Gil sorriu, mas seus olhos continuavam sérios quando gesticulou indicando os papéis. – Esse de cima é a aprovação de um empréstimo.

Anne voltou a se sentar na beirada da cama enquanto Gil explicava como se entusiasmara com o trabalho deles no Herschel e começara a pensar em um plano de ter uma organização sem fins lucrativos. Anne estava dividida entre a raiva que não se abrandava e a admiração por tudo o que ele conseguira, mesmo com o emprego no bar e as aulas da faculdade que exigiam tanto. Olhou de novo para a pilha de papéis já um pouco amassada em seu colo.

– O empréstimo foi aprovado há mais de uma semana.

– Sim, mas nós dois estávamos ocupados demais. Eu ia justamente ligar para você hoje e sugerir que viesse jantar, e pretendia contar-lhe a respeito. Mas você apareceu com essa notícia inesperada sobre Lintford.

– Certo...

– Anne, vamos lá, não...

– E você não faz a menor ideia de por que o Priorly lhe ofereceu um cargo no corpo docente, assim, do nada?

– Está começando a me irritar você achar que estou mentindo sobre isso. – Gil estreitou os olhos. – Já disse que não sei de nada, e isso não vai mudar enquanto não tiver uma chance de falar com eles.

– Tudo bem, vamos deixar isso de lado, por enquanto. – Aquela discussão não levaria a lugar nenhum. Contudo, havia uma questão que ela não podia ignorar. – Mas gostaria de saber qual é a diferença entre você não me contar desse plano para uma organização sem fins lucrativos, que aparentemente está agilizando há meses, e eu não ter lhe contado sobre o comportamento do doutor Lintford.

Anne levantou-se da cama e foi até Gil, que se desencostara da parede. Espalmou os papéis no peito dele, deixando-os cair quando ele não os segurou de imediato. Ele permaneceu imóvel, olhando para ela.

– Você ficou tão indignado porque não contei nada, e aí está, fazendo as coisas escondido também!

A hipocrisia.

– É muito diferente! Só guardei segredo porque queria fazer uma surpresa a você, uma surpresa boa! Não porque achasse que você iria querer interferir, ou tomar a frente, ou algo do tipo. – Gil passou a mão nos cabelos, parecendo ofendido. – E não pense que não percebi que você evitou me dizer que sabe que eu jamais agiria pelas suas costas e tentaria roubar um emprego seu.

Não que Anne não estivesse ciente da advertência na voz de Gil, mas isso não importava naquele momento em que estava determinada a provar seu ponto de vista.

– Então, só para deixar claro, as regras no nosso relacionamento são que você pode fazer qualquer coisa secretamente, porque é uma coisa legal, mas eu não posso, mesmo que seja algo bastante pessoal e não da sua conta?

– Ah, sim, claro, obviamente é assim que funciona! Caramba, Anne! – Gil exclamou, atravessando o quarto até a janela e, em seguida, virando-se para encará-la. – Se você não consegue enxergar a diferença, não sei mais o que dizer. E serei franco. Acho que mereço um pouco mais que uma namorada que não confia em mim o bastante para me contar que foi assediada pelo professor ao longo de um ano inteiro.

Anne estava tão enfurecida que demorou alguns segundos para assimilar as palavras de Gil. Sentindo o estômago revirar, ela deu um passo para trás, e suas pernas encostaram na cama, quase a fazendo perder o equilíbrio. Aquilo era a última coisa que esperava ouvir de Gil, e ela sentiu dificuldade para inalar o ar.

– Você está terminando comigo?

Um silêncio denso pairou entre os dois enquanto se encaravam.

– Anne, quero ficar com você, mas não vejo como pode dar certo um relacionamento com alguém que só divide comigo a parte boa da vida. – Ele desviou o olhar, apertando os lábios. – Isso não é real, entende?

– Perfeito. Maravilha. Você está me dando o fora porque cometi o terrível erro de guardar só para mim as partes mais conturbadas da minha vida.

Anne respirou com dificuldade, sentindo o peito doer quando o ar chegou aos pulmões. Gil não compreendia como era impossível deixá-lo participar de todos os detalhes de sua vida e que ela não contara nada, a princípio, por não acreditar que a situação terminaria como terminou. Isso era algo que ele deveria entender e respeitar; ninguém tinha acesso a todos os pedaços de sua vida, e ela não conseguia nem mesmo se imaginar dando esse tipo de poder a alguém.

– Não foi o que…

– Não. – Ela se sentia como se estivesse desfeita em fragmentos, com bordas cortantes que poderiam machucar. – Já ouvi o suficiente.

Deu meia-volta e saiu, sem olhar para trás nem mesmo quando Gil a chamou.

Capítulo 27

O dia da formatura chegou. Anne passou em companhia de Marilla, Rachel e Matthew, que tinham vindo na véspera. Ficou horas sentada sob o sol quente, ouvindo os discursos, o suor escorrendo pelas costas, a beca de poliéster grudando na pele, quando foi receber o diploma, e então, finalmente, a cerimônia terminou. Diana e Phil quase a derrubaram com seus cumprimentos exuberantes.

Anne não procurou por Gil no meio da multidão. Foi com as duas amigas, mais Marilla, Matthew e Rachel, para um almoço de comemoração, antes que os três mais velhos voltassem para Avonlea, levando grande parte dos pertences de Anne no porta-malas da caminhonete de Matthew. Ela iria em alguns dias, após comparecer às formaturas de Diana e Phil. Embora tivesse a opção de continuar em Manhattan, trabalhando na Lazy Lion, precisava desesperadamente mudar de ares e clarear a cabeça, e voltar para a familiar e amada Green Gables era o primeiro passo e o único em que conseguia focar no momento.

Seus colegas e o dono da livraria haviam feito uma festinha surpresa de bota-fora no fim de semana anterior. Fora muito simpático, mas só servira para lembrá-la de que estava sem eira nem beira naquele momento.

Anne não conseguia parar de pensar em Gil. Ficava a todo instante se atormentando, perguntando-se se ele ou ela estava errado. Ou ambos, ou nenhum dos dois. Se fora apenas o término natural de um relacionamento que nunca deveria ter começado.

Suspirando, ela empurrou a tigela de pipoca na qual mal tocara e baixou o volume da TV, quando Diana entrou na sala de estar. A amiga estava deslumbrante, o cabelo recém-cortado expondo a curva do pescoço, os cachos tingidos de loiro rentes ao couro cabeludo. Era um corte que Anne não poderia usar nem em mil anos, fato provado por um desastroso acidente com tintura preta no oitavo ano, mas Diana tinha um tipo e um estilo em que tudo e qualquer coisa ficava bem.

– Tem certeza de que não quer ir? Ainda dá tempo de se vestir – disse a amiga, atarraxando os brincos que caíam em longos fios de prata até tocar os ombros.

– Sim. Tenho um encontro com Timothee Chalamet. – Anne dobrou os joelhos e apoiou o queixo neles.

– Ah, meu Deus, você vai ficar ainda mais deprimida...

Rindo, Anne jogou uma pipoca, que Diana apanhou no ar.

– Ele é bonitinho, e gosto de filmes que me fazem chorar.

– Hum. – Diana não parecia convencida. – Tem certeza de que tudo bem Fred subir para depois ir comigo e Phil? Posso pedir a ele que espere lá embaixo, ele não vai se ofender.

– Não, tudo bem. Fiquei me sentindo meio mal no outro dia porque saí de lá sem nem me despedir – Anne explicou, sem graça.

Diana sentou-se no sofá para calçar as sandálias de salto alto.

– Você sabe que ele entendeu – murmurou, olhando para Anne. – Ficou chateado por causa da situação toda, por você e Gil terem terminado. – Inclinando-se, ela pressionou os lábios no rosto de Anne, deixando uma marca vermelha e esfregando-a para limpar. – Se Gil estiver na festa, quer que eu dê um pontapé na bunda dele? Porque posso dar, bem com este salto fino aqui.

Anne balançou a cabeça.

– Não precisa. Não vai adiantar nada, e sei que vocês são amigos. Não faz sentido você se envolver.

– Anne! Tá de brincadeira?! – Diana recuou, com expressão ofendida. – Você é minha melhor amiga. Você. Gosto do Gil, mas, se tiver que escolher, você vem em primeiro lugar, sempre.

Phil chegou na sala nesse instante e olhou para elas enquanto ia atender o interfone. Apertou o botão para abrir a porta de entrada do prédio e, em seguida, deixou a porta da sala entreaberta.

– Por que ninguém me chamou para esse abraço em grupo?

– Pode vir, estou aceitando o maior número possível de abraços! – exclamou Anne, abrindo os braços.

Fred enfiou a cabeça na fresta da porta e perguntou, cauteloso:

– Posso entrar?

– Só se for para me abraçar! – respondeu Anne do sofá, fazendo-o sorrir.

Ele abriu mais a porta e entrou. Segurando as mãos de Anne, puxou-a para si e a estreitou nos braços.

– Sei que não estou no auge da moda como essa deusa aqui – disse ele, gesticulando para Diana, que o contemplou com um sorriso maroto. – Mas pijama também não, não é, Anne?

– Ela não vai – avisou Phil, da cozinha.

– Nós tentamos – acrescentou Diana.

– O quê? Por quê?

Anne suspirou.

– Você sabe por quê.

– Está me dizendo que vai perder uma festa fantástica porque Gil pode aparecer por lá depois do trabalho?

– É mais ou menos isso.

Fred sentou-se no braço do sofá, com ar pensativo.

– Você sabe que ele está arrasado, não sabe? Aliás, está insuportável.

– Fred – Diana repreendeu com voz firme.

– Só estou querendo ajudar. – Ele ergueu as mãos. – Vamos lá, Anne, vá se arrumar.

– Não. – Ela se deitou no sofá com a cabeça nas almofadas e puxou a manta sobre as pernas. Com sorriso doce, gesticulou para que eles fossem embora. – Não se atrasem!

– Vamos. – Diana praticamente empurrou Fred para fora do apartamento, revirando os olhos para Anne pelas costas dele enquanto saía.

Phil os seguiu, jogando um beijo para Anne antes de fechar a porta, deixando o apartamento mergulhado no silêncio.

E daí se Gil estava arrasado? Ele terminara com ela, a culpa era dele.

Anne mudou de canal em canal com o controle remoto, procurando alguma coisa que lhe interessasse.

Se ele estava tão arrasado, por que não ligou? Ou mandou uma mensagem? Ele não apareceu nem para pegar as coisas que deixara lá: camisetas, escova de dentes e tudo o mais. Por certo, estava sentindo falta do boné de beisebol do Oakland Athletics, tão puído que estava quase se desmanchando.

Mas não, não enviou nenhuma notícia, nenhuma palavra. Obviamente, Fred estava enganado.

Encontrando um filme que estava começando, ela se aninhou na coberta e aumentou o volume.

Capítulo 28

A festa estava a pleno vapor quando Gil chegou, os convidados reunidos no gramado da frente e todas as luzes da casa acesas. Na realidade, estava ali contra a vontade, mas Fred ameaçara arrastá-lo se ele não fosse por vontade própria. Apesar de Gil ser alguns centímetros mais alto que o amigo, pelo menos cinco quilos no corpo de Fred eram músculos, por isso não seria uma contenda justa.

No instante, porém, em que ele seguiu na direção da casa, abrindo caminho entre inúmeras pessoas que não conhecia, tendo que subir os degraus da frente de lado, e passou pela porta principal, Gil desejou ter sido mais firme e voltado para casa depois do trabalho. O turno dobrado o deixara esgotado, ainda mais depois de várias noites sem conseguir dormir direito. Gil não se sentia com energia para fazer muita coisa desde que ele e Anne haviam rompido. Desde que ele rompera com ela.

Por Deus, o que dera nele? Gil se arrependera de suas palavras enquanto ainda saíam da boca, mas não havia como apagá-las, não depois do modo como Anne olhara para ele antes de ir embora.

Após a cerimônia de colação de grau, ele procurara por ela na multidão, mas avistara Diana primeiro. Ela o advertira a distância com um simples olhar, e ele fora procurar os pais, não querendo estragar o dia de Anne. Desde então, pensara inúmeras vezes em ligar, ou mandar mensagem, mas não sabia o que dizer. Talvez sua reação tivesse sido exagerada, mas isso não significava que estivesse errado. E Anne podia ter certa razão, mas também não significava que estivesse certa.

Estava tudo uma bagunça só.

Gil ficava arrasado quando se lembrava de que estava planejando pedir a Anne que fosse morar com ele, e ela nem ao menos confiara nele para contar o que estava acontecendo com o doutor Lintford.

Aquele lixo de homem! Gil precisara reunir todo o autocontrole para não tirar satisfações com o professor após ouvir o relato de Anne. A única coisa que o detivera fora a consciência de que o motivo de Anne para não lhe contar fora, antes de mais nada, o receio de que ele fizesse justamente isso. Talvez já não fizesse diferença para ela que ele tentasse respeitar esse desejo, mas o fazia para ele.

Depois de perambular pela casa inteira, Gil finalmente encontrou Fred no quintal dos fundos. Uma trovoada ribombou no céu escuro, e uma brisa morna despenteou seu cabelo. Phil estava ali perto conversando com outra moça e acenou para ele quando o viu. Todavia, assim que Gil foi até onde se encontravam Fred e Diana, Diana olhou para ele e falou, sem preâmbulos e em alto e bom som:

– Você é um babaca.

Ignorando as risadas dispersas dos que estavam ali em volta, ele apenas suspirou. Quer dizer que ainda teria que aguentar aquilo...

– Eu sei.

– Se sabe, por que continua sendo? – Um pingo de chuva caiu no ombro nu de Diana, e ela o esfregou, impaciente.

– Não é tão fácil, Di – disse Gil, passando a mão pelo rosto, vagamente dando-se conta de que precisava se barbear.

ANNE DE MANHATTAN

– É fácil, sim – retrucou ela. – É só pegar o telefone e ligar.

– Pessoal, é melhor entrar. – Fred olhou para cima apreensivo, conforme os pingos começavam a engrossar e aumentar.

– Você ao menos sabe por que terminamos?

– Lógico que sei, sou a melhor amiga dela.

O "seu babaca" ficou pairando em um silêncio pesado no ar, enquanto Diana se apressava em direção à casa para fugir da chuva repentinamente forte. Gil foi atrás dela, esperando até ela encontrar um canto vazio na cozinha para continuar a falar.

– Você sabia? Sabia o que estava acontecendo com o professor?

– Sabia uma parte. Ela me contou por cima, mas não até o ponto que chegou. – Por um segundo, a expressão dela pareceu perturbada, mas logo se suavizou outra vez. – Eu entendo, OK? Sei que ficou magoado por achar que ela não confiava em você o suficiente para contar o que estava acontecendo. Mas, Gil, pense. Você tem ideia de como era a vida de Anne antes de ir para Avonlea?

Ele olhou para Diana em silêncio, subitamente sentindo o coração bater mais rápido.

– As rejeições e decepções que ela sofreu, uma atrás da outra... – continuou Diana. – Todo mundo em quem ela achava que podia confiar a deixou na mão. Acho que depois de um tempo ela simplesmente parou de esperar apoio, por pura autopreservação. Passaram-se anos, literalmente, até ela deixar de se surpreender quando eu ia visitá-la, conforme o combinado, por eu aparecer na hora certa, e demorou o mesmo tempo para ela começar a me contar sobre o passado. – Diana mordeu o lábio, com expressão triste. – Veja, só estou contando isso porque sei que não era sua intenção que as coisas se desenrolassem dessa forma. Aliás, é também o único motivo pelo qual estou falando com você.

– Não é só Anne que está tentando não se magoar, sabia?

Os olhos escuros de Diana se enterneceram.

– Você é apaixonado por ela, não é? Quero dizer, você a ama mesmo, de verdade.

– Só desde os 12 anos.

– Ah, meu Deus... – ela exclamou, deixando escapar um risinho surpreso. Gil gostaria de conseguir rir também. – Eu sabia que você tinha uma queda por ela no ensino médio, e ela me contou sobre aquela noite desastrosa no acampamento, no último ano, mas... jura?

– Juro. – Gil recostou a cabeça na porta de um armário da cozinha e fechou os olhos, desligando-se da festa. – Não sei como foi que a coisa toda virou do avesso. E não sei o que fazer para consertar.

– Me dê seu celular.

Gil abriu os olhos e viu Diana com a mão estendida, movendo os dedos.

– Por quê?

– Não faça perguntas, apenas me dê o telefone.

Ele tirou o celular do bolso, digitou a senha e o entregou a Diana. Ela o vasculhou por um momento, murmurou "Ahá!" e digitou agilmente alguma coisa no teclado. Esperou um pouco, pedindo silêncio, quando Gil tentou perguntar o que ela estava fazendo, depois empinou o queixo quando o fone vibrou com uma notificação de mensagem. Digitou uma resposta, fechou o aplicativo e colocou o celular de volta na mão dele.

– Eis a sua oportunidade de consertar as coisas.

Destravando o celular com sensação de apreensão, Gil olhou a mensagem. Diana enviara uma mensagem a Anne pedindo-lhe que fosse encontrá-lo na cafeteria perto do apartamento dela, onde eles, às vezes, tomavam o café da manhã no fim de semana, às... ele olhou para o relógio. Dali a uma hora.

Droga.

Ele tornou a guardar o celular no bolso, hesitante.

– Você acha mesmo que pode dar certo?

ANNE DE MANHATTAN

– Acho, sim. Porque ela também o ama. Você só precisa mostrar a ela que está determinado, que ela pode confiar plenamente em você – Diana falou e deu um empurrãozinho nele. – Agora vá.

Gil sorriu para ela, sentindo, pela primeira vez, uma leveza no peito desde o dia em que Anne saíra de seu apartamento. Despediu-se rapidamente de Fred e Phil, acenando para trás quando ambos lhe desejaram boa sorte, e abriu caminho entre os convidados para ir embora. Estava sem fôlego quando chegou à estação de metrô mais próxima e desceu as escadas, de dois em dois degraus, para pegar o trem que estava ali parado. Passou o percurso inteiro olhando pela janela, ansioso à medida que o relógio avançava. Assim que o trem diminuiu a velocidade ao chegar à estação mais próxima da cafeteria, Gil já estava em frente às portas e saiu antes que se abrissem por completo. Subiu as escadas correndo novamente, para descobrir que o céu estava desabando.

Desejando ter trazido um moletom com capuz, ele afastou o cabelo molhado de cima dos olhos e correu pela calçada. Parecia que em todas as esquinas o sinal estava vermelho para pedestres, e ele esperava impaciente no meio-fio que o trânsito desse uma folga para ele atravessar a rua antes de o sinal abrir. Não podia se atrasar; provavelmente, Anne não lhe daria outra chance se perdesse aquela.

Foi no quarto semáforo que Gil calculou mal.

A chuva caía a cântaros, ardendo em seus olhos, e ele enxugava o rosto sem sucesso, amaldiçoando a fileira de guarda-chuvas à frente que bloqueava sua visão dos veículos. Abaixando-se entre eles, Gil olhou para a rua, viu que não vinha nenhum carro próximo e atravessou o cruzamento.

Então ouviu um guincho, o som de pneus freando no asfalto molhado, e dois faróis altos ofuscaram sua visão. Alguma coisa o atingiu em cheio, jogando-o para o alto como se fosse um saco vazio, fazendo-o aterrissar contra o meio-fio, do outro lado.

Uma dor lancinante alastrou-se como fogo sob sua pele, e algo obstruiu seu peito quando ele tentou respirar, fazendo-o tossir. Um gosto metálico espalhou-se em sua boca.

As pessoas gritavam, e alguém lhe disse para não se mexer; a chuva parou de cair em seu rosto quando um guarda-chuva se abriu acima dele.

O som de uma sirene distante foi chegando mais perto, até que parou abruptamente, e os rostos assustados debruçados sobre ele foram substituídos por dois homens com uniforme de paramédicos.

– Ei, cara, está me ouvindo? Não quero que se mexa, OK?

Um jovem negro com olhar gentil inclinou-se sobre ele, enquanto o outro rapaz fazia algo que Gil não conseguia ver. Ele não achava que conseguiria se mover, mesmo que quisesse. Mal conseguia pensar, com a vista opaca e salpicada com pontinhos pretos.

O paramédico continuou a orientá-lo, fazendo perguntas às quais Gil não conseguia responder. Estava se apegando com dificuldade à consciência. Mas havia algo que ele precisava fazer… era algo fora do seu alcance, mas o pensamento se desfez quando os paramédicos o colocaram em uma prancha, e uma dor horrível atravessou sua perna direita.

Houve uma movimentação ao redor quando ele gritou de dor, vozes afobadas, alguém pressionando uma toalha do lado de sua boca, onde o líquido metálico escorria de seus lábios.

– Tudo bem, respire fundo, rapaz. – A voz do paramédico soou atrás da cabeça de Gil. – Vamos colocá-lo na maca e na ambulância. Seguiremos para o Uptown Regional, tudo bem?

Ainda bem que ele não parecia realmente esperar que Gil respondesse, porque então a prancha foi levantada, e ele apagou.

Capítulo 29

No passado

Ele não tinha permissão para subir na árvore.

Bem, para falar a verdade, nunca tivera permissão, mas sempre tivera planos de subir um dia. Na véspera, Gil ouvira o pai comentar com o vizinho da casa ao lado, o senhor Hartley, que a árvore era "uma ameaça e que teria que ser derrubada". Portanto, se ele não subisse agora, poderia não ter outra chance. Jamais teria a oportunidade de subir até o topo e ver se conseguia enxergar todo o caminho até a baía. O problema era que o pai se preocupava demais. Ele dizia que, sendo médico, vira coisas que faria o cabelo de Gil se arrepiar (o que era curioso, porque o cabelo dele já era arrepiado), e dizia isso todas as vezes que Gil queria fazer alguma coisa.

Gil nunca conseguia fazer nada.

Por isso, ele subiria naquela árvore hoje.

O início não era tão difícil. Os galhos eram baixos e grossos, e havia várias partes nodosas em que ele podia apoiar os pés. Conforme ia subindo, Gil tinha que se esticar para alcançar o próximo galho. Em dado momento, seu pé escorregou em um trecho do galho coberto de musgo, e ele se jogou contra o tronco, enterrando os dedos na madeira, o coração disparado. A árvore rangeu e inclinou-se um pouco para a esquerda, como empurrada por um vento repentino. Mas o ar estava parado e abafado, esperando o temporal de verão que ainda pairava no horizonte desabar mais tarde.

Talvez aquela não fosse a melhor ideia que ele tivera, afinal.

Mas estava com 8 anos! Não era mais o bebê que o pai achava que ele era. De qualquer forma, já chegara à metade. Ele chegaria ao topo!

Respirando fundo, Gil soltou o tronco e segurou-se no galho de cima, voltando a se equilibrar no galho onde estava balançando, grato por ter tirado os tênis antes de subir. Os galhos eram ásperos para pisar, mas era mais fácil apoiar os pés descalços que a sola de borracha dos tênis. Ainda bem que ele praticara segurando objetos com os dedos dos pés e usando-os para escrever. Fazia só uma semana, mas ele quase já conseguia escrever direito seu nome, sem parecer um garrancho.

Infelizmente, nem mesmo seus artelhos treinados foram capazes de salvá-lo quando ele se pendurou no galho seguinte e enfiou a mão em um ninho de pássaros. A mamãe pássaro voou em sua direção, gritando, e seu rosto ardeu com a bicada. Com o susto, a mão de Gil escorregou do galho.

Ele caiu para trás no galho de baixo com tanta força que rolou contra o tronco. A árvore rangeu novamente, mais alto dessa vez; Gil ouviu um estalo, então tudo virou de cabeça para baixo. Ele perdeu o equilíbrio quando a árvore se inclinou para a esquerda, como se tivesse se cansado de ficar no mesmo lugar nos últimos vinte anos e agora quisesse, a todo custo, sair dali.

Gil fez um esforço gigante para se segurar enquanto a árvore tombava lentamente, mas não adiantou.

Parecia que ele ia batendo em todos os galhos, em todos os trechos duros e ásperos no caminho para baixo, a dor atravessando seu corpo conforme ia quicando de galho em galho. A aterrissagem arrancou o ar de seu peito, e sua cabeça bateu dolorosamente em uma das raízes salientes. Seu braço direito queimava de dor, e ele não conseguia se mexer, ainda lutando para respirar. Com o estômago revirando de náusea, chutou com o calcanhar o que sobrara do tronco da árvore, tentando se distrair da queimação que rolava como ondas em seu braço. Pelo menos a árvore caíra para um lado, e ele, para o outro.

Seu último pensamento antes de os pontinhos pretos na visão se fundirem para formar um manto escuro foi como o enfurecia o pai ter sempre razão.

Capítulo 30

Anne olhou de novo o celular, mas somente a hora e a data apareciam no visor. Não havia mensagens novas, nenhuma ligação perdida, e era quase meia-noite. Já havia se passado quarenta minutos do horário que Gil lhe pedira para encontrá-lo na cafeteria, e era óbvio que ele não viria.

Então era isso.

Com movimentos lentos e precisos, ela recolheu os guardanapos amassados e a xícara de café vazia e levantou-se. Contornando as mesas, levou a bandeja para a bancada sobre os recipientes de lixo antes de colocar o capuz do moletom e sair para a calçada. A chuva forte encharcou imediatamente sua calça *jeans* e os tênis, fazendo-a inclinar a cabeça para proteger os olhos.

Com a mente entorpecida, Anne enfiou as mãos nos bolsos do moletom e começou a caminhar de volta para o apartamento, o ritmo lento da própria respiração soando alto nos ouvidos.

Fora tolice concordar em se encontrar com Gil; ela já sabia disso quando digitara "OK" em resposta à mensagem dele. Apesar de não entender direito como haviam chegado àquele ponto, era óbvio que ela precisava de um rompimento definitivo. Passara mais de uma década envolvida com

ANNE DE MANHATTAN

Gilbert Blythe, de um jeito ou de outro, e bastava, antes que seu coração ficasse tão destruído que não tivesse mais recuperação.

Repentinamente assaltada por um desejo agudo de estar de volta em seu quarto em Green Gables, vendo a chuva bater na vidraça da janela enquanto ela contemplava os campos, embaçando o vidro com sua respiração, Anne apressou o passo. Suas coisas já tinham sido despachadas em malas e caixas, restando apenas uma mala de rodinhas que ela levaria na viagem. Portanto, nada mais a prendia ali. Se se levantasse às cinco, chegaria a Avonlea no meio da manhã. Seu peito doeu à lembrança de Marilla, as linhas duras do rosto se suavizando quando abrisse os braços para estreitá-la entre eles, naquele gesto que sempre sinalizava amor e segurança, e ela soube que deveria ir. Precisava ir.

Voltaria para casa.

Capítulo 31

A viagem de ônibus foi interminável.

Nada foi capaz de prender a atenção de Anne por muito tempo, nem mesmo a pequena pilha de livros que levara na mochila. O improvável acontecera: ninguém se sentou a seu lado, deixando-a à vontade para se entregar por completo aos seus pensamentos, por mais arrastados que fossem. Ela tivera dificuldade para dormir na noite anterior e atribuía isso ao café, jamais à sua mente rodando em círculos, revivendo a espera vã na cafeteria. Assim, em vez de mergulhar na leitura do romance histórico ao qual não resistira no último dia de trabalho, Anne viu-se apática, olhando a paisagem pela janela do ônibus. Pelo menos ainda não estava chovendo.

Ela entrara no quarto de Diana de manhã cedo para se despedir, acordando a amiga sonolenta com um abraço apertado. As duas não se veriam até Anne voltar para a cidade no outono. Diana estaria bastante ocupada com o novo cargo de *designer* júnior na House of Giventi. Isto é, se Anne voltasse. Dependeria muito de conseguir um emprego em alguma faculdade.

Talvez fosse o caso de ampliar sua busca. Por outro lado, a ideia de ir para muito longe de Green Gables e de Matthew e Marilla era quase inconcebível, ainda mais com os dois envelhecendo. Fazia apenas pouco mais de uma década que encontrara sua família. Como poderia abandoná-los agora e mudar-se para um lugar a centenas de quilômetros de distância para seguir uma carreira? No entanto, por mais que abominasse a ideia, era difícil conseguir um cargo permanente de professora universitária, mesmo em uma metrópole como Nova York.

O silvo dos freios interrompeu os pensamentos taciturnos de Anne; ela colocou a mochila nos ombros e desceu do ônibus com outros passageiros sonolentos. Esperando com a maior paciência possível... que, na realidade, nada tinha de paciência, pois se sentia bastante irrequieta... que sua mala de rodinhas fosse retirada do porta-malas de aço que mais parecia um túnel, Anne olhou em volta. Apertando os olhos contra os raios de sol da manhã que espreitavam sobre o apertado terminal de ônibus, ela quase não avistou Matthew embaixo de um grande carvalho. Agradecendo apressadamente ao motorista, que, por fim, lhe entregou a mala, ela começou a puxá-la pela calçada, praguejando quando uma das rodinhas se prendeu no meio-fio e a mala inteira virou de lado.

Anne parou, fechou os olhos e respirou fundo, reprimindo a vontade de gritar. Quando sentiu um puxão na alça da mala, instintivamente agarrou-a com mais força, até se deparar com o rosto apreensivo de Matthew, enquanto ele tentava tirar o objeto das mãos dela.

– Tudo bem, Anne?

A raiva dissipou-se como cinzas no vento, soprada por uma onda de alegria, acolhimento, amor. De volta ao lar. Tudo o que passara nas últimas semanas, os sentimentos que vinha tentando impiedosamente combater, vieram à tona como um gêiser. Irrompendo em lágrimas, Anne se jogou nos braços de Matthew, que deixou a mala cair na calçada para impedir que ambos fossem parar no chão.

– Ei, o que foi? – Ele levou a mão ao rabo de cavalo de Anne e o afagou. – O que está acontecendo?

Mas ela não conseguia responder; cada vez que tentava parar de chorar, um novo acesso de choro ressurgia. Matthew conduziu-a até um banco ali perto, encostado no muro de tijolos ainda na área do terminal, e voltou para pegar a mala. Sentou-se ao lado dela em silêncio, esperando que estivesse pronta para falar, como era seu hábito. Ao contrário de Marilla, que não tinha muita paciência para lágrimas e lamúrias e insistiria para que ela falasse logo o que estava acontecendo. Mas Matthew, não; a paciência dele era ilimitada, mesmo sendo tão ocupado, como Anne bem sabia. Em nenhum momento ele a fizera se sentir como se não fosse a pessoa que ele mais prezava na vida, algo que, até aquele instante, Anne não se dera conta de como era essencial para ela.

Por fim, afastando-se dele com um soluço entrecortado, Anne desviou o olhar enquanto procurava na mochila um pacotinho de lenços de papel. Depois de enxugar as lágrimas e assoar o nariz, ela amassou o lencinho na mão, suspirou e deitou a cabeça no ombro de Matthew.

– Desculpe-me – murmurou com a voz rouca. – Sinto muito, não pretendia chegar aqui desse jeito. As últimas semanas foram difíceis.

Matthew cobriu com a mão os punhos fechados de Anne sobre o colo, num gesto tranquilizador.

– Rachel contou que você e Gilbert terminaram.

– Rachel contou?

– Ah, você conhece Marilla. É quase impossível arrancar alguma coisa dela.

Anne percebeu um sorriso divertido pelo canto do olho.

– Por isso aquelas duas se completam – acrescentou Matthew. – Rachel não consegue guardar segredo. E assim uma equilibra a outra.

Anne deu um sorriso trêmulo.

– Não era segredo, na verdade. Sei que não contei detalhes para você e Marilla sobre o que estava acontecendo entre mim e Gil. Mas não foi porque quisesse guardar segredo; é só que... não tenho uma explicação para o que aconteceu. No entanto, não quis esconder de vocês.

– Eu sei – disse Matthew. – Há coisas que a gente não tem vontade de contar. É difícil compartilhar; são como se fossem um segredo, até que... bem, até deixarem de ser. Imagino que você e Gil não tenham chegado ao ponto de quererem compartilhar.

– Não. Não chegamos. Talvez porque, no fundo, nós dois soubéssemos que terminaria do jeito como terminou. Nossa história sempre foi muito complicada; foi ridículo achar que seria possível ter um relacionamento duradouro.

Matthew suspirou e, em seguida, espalmou as mãos nas pernas antes de se levantar.

– Bem, Anne, por Deus, e eu a amo muito, mas vou falar, que merda, hein...

Anne olhou para ele boquiaberta, chocada com aquele inédito uso de palavrão. Perplexa, levantou-se e seguiu Matthew, enquanto ele puxava sua mala em direção ao estacionamento.

– Desculpe! Não é, não.

Ele resmungou, sem se virar.

– Não é, não! – Anne parou ao lado dele, enquanto ele abria o porta-malas da caminhonete. – Eu tentei. Tentei mesmo, Matthew. Queria que desse certo. – Ela se sentou no banco e colocou a mochila aos pés, quando Matthew ligou o motor. – Gosto muito de Gil, eu o amo.

Anne respirou fundo à medida que seu cérebro absorvia as palavras que haviam saído de sua boca. Ela custara a admitir, mas era verdade. Apaixonara-se perdidamente por Gilbert Blythe, a única coisa que tinha total noção de que não deveria acontecer. E depois o perdera. Ou... perderam-se um ao outro.

Ela não imaginava que amar alguém pudesse causar tanto sofrimento.

Até metade do trajeto para Green Gables, nenhum dos dois falou. Por fim, Matthew olhou para ela com expressão séria.

– Desculpe-me por tê-la chateado.

– Desculpe-me também – retrucou Anne no mesmo instante. Detestava discutir com Matthew, e sempre se arrependia, todas as vezes. – Não queria ter sido grosseira com você.

– Você, melhor que ninguém, sabe como foi seu relacionamento com Gilbert. Eu a conheço, sei que fez sua parte. – Ele ficou em silêncio por mais um momento, depois passou a mão pelo cabelo e suspirou. – Só vou lhe perguntar uma coisa... você se arrepende? De ter ficado com ele, quero dizer.

– Sim. – Anne fez uma pausa, depois afastou a dor e a raiva e encarou a verdade. – Não, mentira... não me arrependo. Gostaria de estar arrependida, assim poderia considerar a coisa toda como falha de discernimento. Mas não me arrependo, porque a maior parte das minhas melhores lembranças deste ano são com Gil.

– Ah – Matthew murmurou. – Isso é algo para pensar, não?

– Talvez.

– Não sei os detalhes do que aconteceu, nem preciso saber. Isso só diz respeito a vocês. – Eles pegaram a saída da rodovia para Avonlea. – Mas lhe digo uma coisa: não me lembro de vê-la tão feliz em todos esses anos como estava nas festas de fim de ano. E lamento muito que tenha perdido isso.

Matthew reduziu a velocidade para atravessar a ponte de madeira logo antes da entrada da residência dos Barrys.

– Mas, se quiser, posso usar Gil como fertilizante para as videiras. Tudo o que quero é vê-la feliz.

Anne deu uma longa risada.

– Adoro como você e Diana se oferecem imediatamente para fazê-lo desaparecer.

– Sempre gostei daquela garota.

O estado de ânimo de Anne melhorou um pouco, e ela pulou da caminhonete e subiu os degraus correndo para a varanda onde Marilla e Rachel esperavam para abraçá-la. Não passou despercebida para ela a troca de olhares entre Marilla e Matthew, mas ela preferiu ignorar e deu o braço a Rachel, deixando que ela a conduzisse para dentro da casa. Sabia que, em algum momento, teria que ter com Marilla uma espécie de reprise da conversa que tivera com Matthew, mas não naquele instante. Uma vez por dia era mais que suficiente.

Então, em vez disso, ela passou a tarde arrumando as coisas no antigo quarto, correndo atrás das galinhas (elas sentiam sua falta, Anne tinha certeza disso) e perambulando pela vinícola, cumprimentando todo mundo. Estava ciente de que era tudo uma espécie de fuga, para evitar pensar, mas ajudou.

Na manhã seguinte, quando estava lavando a louça, Marilla contou a Anne que ela, Rachel e Matthew haviam concordado que uma mudança de ares faria bem a ela, e que, por isso, fariam uma viagem de alguns dias. Quando Anne argumentou que Avonlea já era uma mudança de ares, Marilla lançou-lhe um olhar inexpressivo e mandou-a arrumar a mala.

Anne parou na soleira da porta.

– E a vinícola? – Ela tentou se lembrar de alguma vez em que tivessem tirado férias todos juntos, e sabia que isso jamais acontecera.

Estalando a língua com impaciência, Marilla torceu a esponja e colocou-a no escorredor.

– Não se preocupe com isso. Petra e Harry ficarão aqui. Cuidam deste lugar com Matthew há anos, mais ou menos desde que você veio para cá. E será por poucos dias. Agora, quer fazer o favor de ir logo arrumar sua mala, antes que o oceano seque e o sol exploda? Não sei qual dos dois acontecerá primeiro… – Ela riu baixinho.

Erguendo as mãos em um gesto defensivo, e desconcertada com a rapidez com que as coisas estavam acontecendo, Anne subiu para seu quarto

sem dizer mais nenhuma palavra. Pegou algumas peças de roupa, dobrou-
-as, colocou-as na mala e levou-a para baixo, deixando-a perto da porta
da frente. A velha e puída sacola de viagem de Matthew já estava lá, e ela
colocou a mochila em cima da mala, antes de voltar para a cozinha. Em
silêncio, ajudou Marilla a preparar o jantar, depois se sentou e fez a refeição
também em silêncio, apenas ouvindo a conversa dos outros três à mesa.

O sono demorou a chegar, e ela acordou bastante durante a noite,
revirando-se inúmeras vezes na cama, com o coração acelerado, a mente
confusa.

Eles partiram antes de o sol nascer, Anne sentando-se ao lado de Matthew
no banco traseiro do velho sedã de Rachel e colocando uma pequena pilha
de livros e seu *notebook* entre eles. Ainda não sabia para onde iriam, mas
estranhamente não estava curiosa para saber. Contentou-se em deixar-se
levar para qualquer lugar que fosse. Era bom simplesmente colocar os óculos
escuros e recostar a cabeça no assento do carro, vendo o sol nascer entre
as árvores à medida que se afastavam de Green Gables, maravilhando-se
com aquele espetáculo de dourado e verde.

Os quilômetros iam ficando para trás, conforme passavam por pontes e
rodovias movimentadas, atravessando florestas densas e cidades populosas.
Eles pararam em algum lugar entre Boston e Portsmouth para almoçar,
depois Marilla revezou a direção com Rachel. Matthew cabeceava, lutando
contra o sono, e Anne observava tudo ao mesmo tempo que começava a
leitura de um romance.

Foi somente quando se aproximaram da fronteira do Canadá que ela
sentiu a curiosidade começar a se aguçar, mas entregou seu documento
ao fiscal sem dizer nada.

Em Moncton, Anne vestiu o casaquinho de lã quando pararam para
um lanche.

Quando chegaram à ponte Confederation, Anne fechou o livro. Nunca
vira nada parecido com aquilo. A ponte estendia-se a perder de vista sobre

o mar, em direção à Ilha do Príncipe Edward. Pilastras maciças de concreto elevavam-se da água, sustentando a estrada, e ela sentiu uma pontinha de aflição quando o carro deixou a terra firme para trás. Mas seu receio foi logo substituído pelo fascínio, ao contemplar a extensão do oceano azul--escuro, que de ambos os lados se encontrava com o céu no horizonte. Desviando o olhar daquela vista deslumbrante só por um instante, para colocar o fone de ouvido e escutar sua *playlist* predileta, ela passou o restante do trajeto observando as nuvens brancas e fofas projetando sombras sobre as ondas suaves.

Depois que deixaram a ponte para trás, não demorou muito para pegarem uma estrada margeada por abetos e pinheiros, fazendas, pastos e campos abertos, e, finalmente, por uma série de estradinhas estreitas. Por fim, Matthew virou à esquerda e entrou em uma longa alameda arborizada, até chegarem a um pequeno agrupamento de chalés espalhados sobre um impecável gramado verde-esmeralda.

Anne saiu do carro, aliviada por poder esticar as pernas, e foi direto até a água cintilante visível atrás do charmoso bangalô azul e branco, em frente ao qual o carro estava estacionado, na beira de uma praia ampla e plana de areia rosada.

Além das ondulações de areia, o oceano beijava gentilmente a praia, e Anne sentiu algo se expandir dentro dela. Parecia que, pela primeira vez em muitos dias, ela respirava de verdade, um ar salgado refrescante que a fazia sentir como se, de alguma forma, pertencesse àquele lugar.

Anne passou os dois dias seguintes caminhando na areia com Marilla, visitando mercados e lojas locais com Rachel e procurando os lugares mais propícios para pescar com Matthew. Deixou o celular descarregado na mala, querendo se desligar o máximo possível do mundo exterior. O tempo que passou naquele paraíso foi preenchido por risadas descontraídas, leitura dos livros que levara, fofocas da cidade natal, e ela rapidamente descobriu que aquela areia carmesim que tanto admirava se infiltrava em todos os cantos, incluindo em seus cabelos. De manhã, Marilla sentava-se atrás dela nos degraus do alpendre e penteava seu cabelo em duas longas tranças; um hábito meio esquecido da infância de Anne, quando suas madeixas rebeldes eram o tormento da vida das duas.

Ninguém tocou no nome de Gil, e cada toque das mãos de Marilla quando trançava seu cabelo era como um bálsamo para a alma combalida de Anne.

Após dois dias e meio maravilhosos de sol e areia, Anne se sentia relutante em ir embora. Sabia que tinha que ir, não podia se esconder da realidade para sempre, mas aquela pausa fora exatamente o que ela precisava, e ela seria grata à família por isso, pelo resto da vida. Tentou manter a sensação de liberdade e relaxamento que alcançara durante aqueles dias na viagem de volta e na primeira noite em casa, no aconchego de sua cama. Tinha consciência de que não duraria muito, mas se apegaria ao sentimento até onde conseguisse.

Talvez, pensou, se ela se esforçasse, fosse possível evitar pensar em coisas ruins, pelo menos até o fim do verão.

Porém, nada dura para sempre, o que ficou provado quando o telefone tocou no quinto dia depois que chegaram a Green Gables. Por ordem de Marilla, Anne estava lustrando o rodapé da sala de estar, o cabelo preso com uma bandana e a camiseta manchada de poeira. Ela ouviu Rachel atender, depois um instante de silêncio, então...

– Anne! Diana ao telefone!

Não era incomum, na casa dos Cuthberts, que Diana ligasse, mas o tom com que Rachel anunciou fez o coração de Anne disparar. Havia um timbre de pânico na voz da mulher mais velha que a deixou apreensiva. Largando a flanela, ela correu para a cozinha e pegou o telefone que Rachel lhe estendia.

– Oi, Di!

– Menina, mandei mais de cem mensagens! Caramba, Anne!

– Não vi… Fomos para a Ilha do Príncipe Edward, e meu celular ficou sem bateria. Deixei porque precisava… me desconectar um pouco, entende? – Anne respondeu, mordendo o lábio.

Quando chegara de volta a casa, ela colocara o celular descarregado na gaveta da mesinha de cabeceira, sentindo necessidade de se afastar, por um tempo, de tudo que não fosse relacionado a Green Gables. Sabia que Diana e Phil tinham o número do telefone de lá, embora tivesse se esquecido de que Marilla se recusava, com veemência, a conectar o aparelho a uma secretária eletrônica ou a qualquer outro tipo de serviço de mensagens de voz.

– Desculpe-me, não imaginei que você tentaria ligar enquanto eu não estava aqui. O que foi? Aconteceu alguma coisa?

Ela ouviu Diana suspirar do outro lado da linha.

– Rachel está aí?

Anne piscou, sentindo o estômago revirar. Olhou para onde a mulher mais velha estava, na soleira da porta.

– Está.

– Certo. Tudo bem. – Diana fez uma rápida pausa, que só serviu para deixar Anne ainda mais apreensiva. – Bem, não há um jeito suave de contar, então serei direta. Gil sofreu um acidente. Está no hospital.

– O quê?! – A voz de Anne soou estranha, oca. Sem olhar para o lado, ela estendeu a mão na direção de Rachel.

A outra mulher atravessou a cozinha e segurou sua mão, com uma ruga de preocupação na testa.

– Que tipo de acidente? Foi grave?

– Ele foi atropelado. Estava chovendo, à noite, e o carro virou a esquina em alta velocidade quando ele estava atravessando a rua. Teve fratura exposta na perna e precisou ser operado. Colocaram pinos e uma haste de metal. – O tremor na voz de Diana era audível. – E teve hemorragia interna também.

Anne deixou escapar um gemido angustiado, e Diana apressou-se a acrescentar:

– Mas ele está bem! Quer dizer, vai ficar. Fred disse que os médicos falaram para os pais de Gil que ele vai se recuperar por completo, com o tempo. Eles estão aqui. Vão levá-lo para casa amanhã, depois que ele receber alta.

– Ele vem para cá, para Avonlea?

– Sim, porque terá que ficar um tempo em cadeira de rodas. Vai precisar de ajuda para tomar banho, se vestir, tudo isso. E vai precisar de muita fisioterapia até conseguir voltar a andar, provavelmente com a ajuda de uma bengala. A senhora Blythe não quis nem ouvir falar de ele ficar no apartamento de Fred, porque ele ficaria muito sozinho lá. Você sabe como Fred trabalha; fica fora a maior parte do tempo.

Rachel levou Anne até uma cadeira na cozinha e a fez se sentar.

– Vou chamar Marilla – sussurrou. – Já volto, não saia daí.

Anne assentiu com expressão vazia no rosto, enquanto Diana relatava tudo que Fred passara e como a senhora Blythe questionava cada decisão dos médicos, até o doutor Blythe literalmente ameaçar trancá-la no banheiro. Parece que isso ajudara a dar uma descontraída em todos e a aliviar a tensão.

De repente, um pensamento ocorreu a Anne, e ela interrompeu Diana no meio de uma frase, sentindo o pânico obstruir sua garganta.

– Espere… Quando foi isso? Em que dia aconteceu?

– No domingo à noite. Lembra-se daquele temporal que caiu no dia da festa? Foi por isso que o motorista do carro não viu Gil. Não sei por que ele não pegou um táxi! – Diana hesitou antes de perguntar: – Estou deduzindo que ele não apareceu para encontrar você, não foi? Antes de saber do acidente, imaginei que você não tivesse tocado no assunto porque vocês haviam se entendido e estivessem, em algum lugar, compensando o tempo perdido. Mas aí não consegui falar com você de jeito nenhum e depois soube que ele estava no hospital, e não entendi nada. Não sabia o que pensar.

– Não – murmurou Anne com voz fraca. – Achei que ele havia me dado o cano.

Ela sentiu como se tivesse levado um soco no estômago, roubando-lhe todo o ar. Gil estava embaixo do temporal para ir ao seu encontro! E ela lá, espumando de raiva na cafeteria, praguejando por ele nem ao menos ter a consideração de mandar uma mensagem avisando que não iria mais.

– Ah, querida, não!

Anne quase não conseguia suportar a compreensão na voz de Diana. Ficou ali sentada, imóvel, enquanto a amiga prosseguia falando.

– Fred saiu na segunda-feira cedo e não estranhou que Gil não tivesse voltado, achou que vocês estivessem juntos. Ele só voltou para casa depois de encerrar o expediente no estúdio, à noite. Quando acordou na terça de manhã, viu que havia seis ligações perdidas dos Blythes no celular. A enfermeira nem conseguiu avisar aos pais dele, só na segunda-feira à tarde, quando o celular dele secou. Tinha caído numa poça. Foi por pura sorte que um dos paramédicos viu e pegou. – Diana suspirou e acrescentou com voz cansada: – Só sei que a coisa toda foi um *show* de horrores.

Marilla entrou na cozinha nesse momento, com Rachel nos calcanhares, assustada ao ver Anne curvada para a frente, com um braço sobre o abdômen, e correu para tirar o telefone da mão dela. Rachel inclinou-se sobre Anne, afagando suas costas, e ela ouviu, como se de muito longe, Marilla fazer algumas perguntas a Diana.

– Certo. Obrigada por nos avisar – disse ela por fim, com a voz firme de sempre. – Vou pedir a Anne que ligue de volta para você quando estiver mais calma… Pode deixar, vou lembrar a ela de recarregar o celular… Te amo também, querida.

Com cuidado, Marilla recolocou o fone no gancho, ignorando o fio todo retorcido. Anos atrás, quando adolescente, Anne costumava passar horas deitada no chão da cozinha, num trecho iluminado pelo sol ("parecendo um gato", Marilla dizia), falando naquele telefone. Ela erguia as pernas e as apoiava na parede, com o fio do telefone entre os dedos dos pés, retorcendo-o nos antebraços. Certa vez ela perguntara a Matthew por que ainda possuíam uma linha fixa, quando quase todo mundo tinha celular; ele dera de ombros e dissera que era para o caso de um furacão danificar as torres. Fosse qual fosse a razão, ela adorava falar naquele aparelho verde-oliva; gostava de sentir o fio emborrachado entre os dedos dos pés, o calor do receptor na orelha e a sensação de se enroscar inteira no fio comprido e depois girar ao contrário como uma bailarina.

Agora, porém, era como um objeto estranho que ela não conseguia decifrar, algo em que se focar em vez de olhar para o rosto de Marilla. Estava com medo. Medo de ver a expressão da mãe adotiva. Talvez Diana tivesse minimizado a gravidade dos ferimentos de Gil, embora horríveis como ela os descrevera, e tivesse contado a verdade nua e crua a Marilla, para que esta lhe desse a má notícia. Por isso Anne não conseguia olhá-la; porque poderia ver nos olhos da mulher mais velha a verdade que não seria capaz de suportar.

Porque, afinal, seu amor por Gil não era coisa do passado.

Se ela achara que fora doloroso antes, quando ele partira seu coração, agora via que isso não era nada, nada, em comparação com aquela agonia.

– Anne. Anne, olhe para mim. Anne.

Assustada com o tom de voz austero de Marilla, ela virou o rosto para fitá-la. A expressão da mulher mais velha era de serenidade, o que ajudou a aliviar um pouco a angústia em seu peito. Por certo, Marilla não estaria tão calma e controlada se estivesse prestes a lhe dar a notícia da iminente morte de Gil.

– Rachel, pode colocar água para ferver?

Quando a outra mulher assentiu e se levantou para encher a chaleira, Marilla aproximou-se e sentou-se à mesa da cozinha. Houve alguns minutos de silêncio, exceto pela água correndo da torneira e depois pelo clique e o sopro do gás na boca do fogão. Quando Rachel voltou a se sentar, Marilla sorriu calorosamente para ela e virou-se para Anne.

– Vou ligar para Patricia daqui a pouco, para saber se ela precisa de alguma coisa e o que podemos fazer para ajudar. Ela já está tão ocupada cuidando de John, apesar de que soube que ele está se recuperando, ao menos isso.

Aquela era a essência de Avonlea. Cidades pequenas tinham um lado bom e um lado ruim. Todo mundo sabia da vida de todo mundo, mas também todo mundo estava disposto a ajudar em uma emergência. Anne não tinha dúvida de que a notícia do acidente de Gil era o assunto em cada uma das casas ao longo da baía, naquele exato momento.

– Mas, agora, o mais importante é ver o que podemos fazer para ajudar você. – Marilla inclinou a cabeça para ver o rosto de Anne. – Matthew me contou o que aconteceu no terminal de ônibus... Não, não fique brava, ele ficou preocupado com você. Imaginei que fosse me contar, ou para Rachel, mas você não disse nada. E agora isso, francamente... Não sei o que fazer, porque nem tenho ideia do que está acontecendo. Só sei que é mais do que você nos contou.

– Desculpe-me... – Anne esfregou as mãos no *short jeans*, sentindo-se nervosa e inquieta. Estava confusa, distraída, constantemente visualizando a imagem de Gil, pálido e imóvel, em um leito de hospital. – Não estou escondendo nada de vocês. Pelo menos, não foi essa minha intenção. Meu Deus, como tenho tanta dificuldade de me comunicar tendo mestrado em pedagogia?!

Rachel levantou-se quando o apito da chaleira as interrompeu e, logo depois, colocou diante de Anne uma xícara de chá fumegante. Anne adicionou leite e açúcar, dedicando à tarefa mais atenção que o necessário, enquanto pensava sobre o que diria às duas mulheres e de que forma diria. Os poucos namoricos que tivera enquanto ainda morava em Avonlea não haviam sido particularmente dramáticos nem tensos e nunca foram um assunto importante. Anne tomou um gole de chá, depois outro, e colocou a xícara no pires.

– Então, o que acontece é que sou apaixonada por Gilbert Blythe.

Houve um momento de silêncio enquanto as três se entreolhavam. Até que Marilla gesticulou, impaciente.

– Claro, isso é óbvio. E...? O que aconteceu?

– Como assim, claro, é óbvio? Só descobri isso há pouco tempo!

As duas mulheres mais velhas se entreolharam, com sorriso disfarçado.

– Certo. Tudo bem. – Anne ergueu as mãos, a exasperação finalmente dispersando a névoa na mente. – A história toda se resume a isso... Gil e eu estávamos juntos fazia mais de seis meses, e eu achava que estava indo tudo bem, bem mesmo. A ponto de me sentir apaixonada por ele.

As três ficaram em silêncio por um instante, enquanto Anne levava, de novo, a xícara aos lábios, com mãos ligeiramente trêmulas. Quando se sentiu um pouco mais no controle dos nervos, prosseguiu:

– Tive um problema com um professor da faculdade e perdi a chance de conseguir um emprego que queria muito. Quando contei a Gil, ele tomou como ofensa pessoal, como se o problema fosse entre nós dois, pelo fato de eu não ter contado antes. Brigamos e... terminamos. Foi horrível.

– Espere, uma coisa de cada vez – Rachel falou por fim, cruzando as mãos sobre a mesa e inclinando-se para a frente. – Conte para nós sobre esse professor.

Anne suspirou, relutante em reviver a história toda; era exaustivo.

– Foi o doutor Lintford. Acho que contei para vocês, no fim do ano, que ele era meu orientador, e de Gil também. Ele nos colocou para trabalhar juntos na dissertação, em dupla. Gil não sabia, e nunca pensei em contar a ele porque estava lidando com a situação por minha conta, mas Lintford continuava com aquele comportamento que me deixava muito desconfortável.

ANNE DE MANHATTAN

O modo como Marilla apertou os lábios e como Rachel se recostou na cadeira indicou que elas já haviam entendido do que se tratava.

– Toda vez que Gil não estava junto, ele dava um jeito de encostar em mim; era inconveniente, dizia coisas inadequadas. – Anne encolheu os ombros. – Mas era tudo muito sutil; não era concreto o suficiente para eu fazer alguma coisa a respeito, entendem?

– Infelizmente, sim – respondeu Marilla, séria.

– Então, um dia, ele sugeriu que eu me encontrasse com ele mais tarde, só eu, na casa dele. Deixou bem claro o que queria em troca da "ajuda" extra com minha dissertação. – Anne estremeceu ao se lembrar do modo como o professor olhara para ela. – Naquele dia, não aguentei, cansei, entendem? Estava farta de fazer de conta que nada estava acontecendo. Então dei uma resposta à altura.

Rachel fez uma expressão zangada e assentiu.

– Fez bem.

– Mas ele não aceitou muito bem. Nem um pouco, na verdade. Primeiro, disse que eu estava exagerando, que não era nada do que estava pensando, depois ameaçou falar para todo mundo que eu era uma pessoa difícil, que ninguém aguentava trabalhar comigo, que eu estava criando problema quando tudo o que ele queria era tentar me ajudar. – Anne cerrou os punhos sobre o colo. – Fiquei apavorada com a ideia de que ele, de fato, tivesse poder e influência para fazer isso, mas o denunciei mesmo assim.

Deus, fora uma situação aterradora. Anne tivera certeza de que ninguém acreditaria nela, e, apesar de ainda não saber o resultado da investigação de sua denúncia, a expressão horrorizada da assistente do reitor lhe dera esperança de que, por fim, o professor Lintford arcaria com as consequências de seus atos.

– Me dava mal-estar pensar que no ano seguinte, e nos outros, ele faria a mesma coisa com outras alunas.

Marilla murmurou algo concordando, depois estreitou os olhos.

– Mas como isso tudo levou ao rompimento entre você e Gil? Vocês pareciam tão felizes no Ano-novo! Não comentaram nada, mas era óbvio que estavam envolvidos. Pelo menos, quem conhece vocês percebeu.

– Acho – respondeu Anne, devagar – que nós dois passamos a vida inteira nos rodeando. Hoje percebo isso. Gil sempre esteve ali, por perto, de uma maneira ou de outra, a não ser nos anos que passamos na faculdade, porque estávamos muito longe. Mesmo assim, tantas vezes me peguei pensando nele; qualquer coisinha me fazia lembrar dele. Ele nunca saiu por completo do meu pensamento.

– Mas alguma coisa mudou quando ele voltou para a costa leste.

– Sim. – Anne passou a ponta do dedo sobre um risco na superfície gasta da mesa de madeira. – Mas acho que foi mais diferente para mim que para ele. Foi muito fácil para ele me dar o fora.

Marilla esfregou a testa, em um gesto que sinalizava o início de uma dor de cabeça.

– Bem, estou do seu lado, e sempre estarei, mas… aquele garoto sempre foi apaixonado por você, desde o oitavo ano.

Anne ficou boquiaberta. A negação morreu em seus lábios quando ela olhou para Rachel, que assentia, concordando.

– Acho difícil entender que ele finalmente tenha conquistado você e, em seguida, jogado tudo fora por causa de uma discussão – continuou Marilla.

– Não foi uma simples discussão. – Anne espalmou a mão sobre a mesa. – Ele interpretou toda a situação com o professor contra mim, como se eu não confiasse nele. Por não ter contado antes, por tê-lo deixado de fora. Mas não posso depender de ninguém para resolver as coisas para mim. Não posso e não quero.

– Você acha que ele tem alguma razão em ficar magoado?

Anne ergueu o rosto e olhou para Rachel. O primeiro impulso instintivo foi negar. Sentir-se ofendida. Mas forçou-se a ser racional e reconheceu que havia uma verdade que ela não queria encarar, porque a fazia se sentir pequena e mesquinha.

– Não sei... – Sua voz embargou, e ela enterrou o rosto nas mãos. – Talvez... Não por completo. Sempre fui sincera com ele, mas nesse assunto do doutor Lintford realmente não pensei em contar a ele, no início. Não me ocorreu que fosse algo que não se deve esconder da pessoa que ama, quando você a tem ao seu lado. Eu... acho que quis poupá-lo, não quis aborrecê-lo com isso, até porque não imaginei que a coisa toda chegaria aonde chegou. Mas... pode ser que eu não tenha confiado totalmente nele – admitiu, por fim.

– Entendo. Ainda me lembro de quando você finalmente se convenceu de que Matthew e eu não a mandaríamos de volta se você não fosse otimista e positiva o tempo todo – disse Marilla com um suspiro. – Mais ou menos um ano depois que chegou aqui, tivemos uma briga porque achei que você tivesse pegado meu chapéu de sol e perdido. Lembra-se disso? Aquele com as florzinhas de tecido.

– Como poderia esquecer? Era tão lindo!

– Ela amava aquele chapéu – Marilla confidenciou a Rachel, com um sorriso.

– Amava mesmo. – Anne mordiscou o lábio inferior. – Você achou que eu o tivesse pegado e perdido em algum lugar no bosque e que estivesse mentindo para não ficar de castigo. Acho que ia ter uma festa do sorvete na escola dominical, não era?

– Sim, e por pouco você não foi. No fim, descobrimos que o culpado era Bailey.

Marilla ficara tão brava quando descobrira que o cão labrador pegara o chapéu no console do vestíbulo e o destruíra! Durante semanas, eles encontravam pedaços das flores de tecido pela casa toda.

– De que você se lembra daquela noite em que ficou de castigo, antes de encontrarmos as florzinhas todas mordidas? – perguntou Marilla, observando Anne com atenção.

Anne tentou se recordar, sem saber ao certo o que a mulher mais velha pretendia com aquela pergunta.

– Lembro-me de ficar arrasada. Me acabei de chorar no travesseiro porque você não acreditava em mim e fiquei inconformada por ser castigada por algo que não tinha feito. – Anne deu uma risadinha. – E lembro-me de me sentir vingada quando Bailey expeliu uma violeta de pano toda amassada no dia seguinte de manhã.

– Essa foi a primeira vez que você demonstrou estar com raiva. Fomos informados, quando decidimos que você ficaria conosco, que tinha temperamento forte, mas nem eu nem Matthew havíamos presenciado qualquer evidência disso. Você parecia uma menina alegre e animada. Mas, naquele dia... você ficou enfurecida! Subiu a escada correndo, bateu a porta do quarto, jogou-se na cama e chorou alto. Era tudo o que eu temia que acontecesse quando me apareceu aqui uma menina em vez de um menino. No entanto, àquela altura, eu não a mandaria de volta por nada neste mundo.

Anne deu um suspiro trêmulo, mais uma vez refletindo sobre como era sortuda por ter sido adotada pelos Cuthberts.

– E me ocorreu que seu acesso de raiva era uma coisa positiva. Que você já confiava em nós o suficiente para expor esse lado da sua personalidade, sem medo de ser rejeitada. Finalmente você confiava em nós; foi espontânea conosco.

Marilla recostou-se na cadeira, sem desviar o olhar do rosto de Anne.

– Você deu essa abertura a pouquíssimas pessoas desde então, Anne. Diana... Jane... Philippa também, acho. Mas expor-se a um namorado é diferente. Faz você se sentir vulnerável, e acredito que seja essa a causa do seu conflito.

– Gil estava indo se encontrar comigo para conversar, tentar resolver as coisas – disse Anne, sentindo-se péssima. – Na noite em que foi atropelado. Ele só estava embaixo daquele temporal por minha causa.

– Pare com isso. Você não tem culpa do acidente.

– Mas me sinto culpada...

– Bem, alguém lá em cima decidiu que você merecia uma segunda chance de resolver as coisas com Gil. Isto é, se você quiser. – Marilla suspirou e inclinou-se para a frente, envolvendo Anne nos braços. Rachel levantou-se e abraçou as duas. – Parece que você tem muito em que pensar.

– Sim – sussurrou Anne, deixando-se abraçar pelas duas mulheres, pousando as mãos sobre os braços delas. Fora por isso que voltara para casa. Para estar com a família. – Acho que sim.

Capítulo 32

No passado

Anne Shirley era uma criança estranha.

Todos diziam isso, e ela não negava. Talvez fosse mesmo estranho, aos 12 anos, ainda se imaginar princesa de uma terra distante ou acreditar que havia duendes escondidos na floresta; criar histórias sobre uma colônia marciana secreta na lua e cobrir os espelhos do quarto à noite com medo da possibilidade de haver fantasmas do outro lado observando-a. Apesar de que... ela não se opunha a fantasmas, de modo geral, se existisse por trás deles uma história trágica. E tudo bem, talvez fosse esquisito recusar-se a abrir mão de amigos imaginários que viajavam com ela para cada lar adotivo. Mas, muitas vezes, eram os únicos que ela tinha, que não a deixavam se sentir sozinha durante a noite, portanto ela não entendia por que os adultos se preocupavam tanto com isso.

Na realidade, de verdade mesmo, Anne não se importava de ser estranha. Preferia ser estranha a ser chata, como sua mais recente mãe adotiva, a senhora Hammond, cuja imaginação não ia além de mandar Anne lavar a louça e cuidar das três duplas de gêmeos. Três! Gente, que alívio ir embora daquela casa para outro lar, mesmo que fosse para uma fazenda, ou algo assim! Quem sabe eles criassem galinhas... ou tivessem uma velha égua rabugenta que deixasse somente ela chegar perto e comesse maçãs na sua mão e a deixasse escovar sua longa crina. Elas se tornariam grandes amigas, e Anne iria visitá-la todas as tardes; ela imaginava que uma égua seria uma boa ouvinte de suas histórias. Encostou o rosto no vidro frio da janela do carro da assistente social enquanto se dirigiam ao próximo lar, em Long Island, e visualizou uma criatura majestosa com pelo brilhante e uma estrela branca na testa. Exatamente como no livro antigo que lera, *Belez Negra*.

Portanto, ninguém podia culpá-la por ficar decepcionada quando, após uma curva, seguiram por um caminho entre duas longas cercas de madeira recobertas de folhas de parreira, em vez de um campo aberto com um formoso cavalo preto empinando as patas dianteiras. Passaram em frente a uma construção baixa e esparramada, com janelas de vidraças brilhantes, uma placa onde estava escrito VINÍCOLA GREEN GABLES e um amplo pátio de estacionamento. Aquilo tudo era a última coisa que Anne esperara encontrar. O único carro parado ali era uma velha caminhonete azul desbotada, assando sob o sol, como se alguém a tivesse estacionado ali décadas antes e se esquecido de buscar. Depois Anne vislumbrou, de relance, outras caminhonetes e o que parecia ser um trator nos fundos da casa, quando passaram.

Bem, pensou, com sensação reconfortante, um trator significava que se tratava de uma fazenda. Portanto, a possibilidade de haver galinhas e um cavalo era real. Ainda era cedo para perder a esperança.

Quando a senhora Spencer parou o carro, Anne assumiu expressão alegre, sorridente, para causar boa primeira impressão, e seguiu a assistente social, a mais recente de tantas que a haviam acompanhado nos últimos sete anos, em direção a casa. Uma mulher com os cabelos grisalhos presos em um coque, e as mangas da blusa xadrez dobradas até os cotovelos, revelando braços musculosos e mãos ásperas pelo trabalho árduo, apareceu na varanda para recebê-las. Ela tinha um rosto que não parecia sorrir com frequência e olhos azuis com leve brilho, mas sua expressão era bondosa. Anne tinha experiência em detectar personalidades rudes e mesquinhas, e não enxergar isso na desconhecida com quem iria morar ajudou a acalmar a apreensão que sentia.

Enquanto as duas mulheres se cumprimentavam, Anne se pôs a examinar a casa. Era antiga, certamente do tempo em que as mulheres usavam saias até os pés e as pessoas se locomoviam de carruagem. Era uma casa de madeira branca, com dois andares, telhado verde-escuro e uma varanda que contornava os cantos da casa; sob cada janela havia uma jardineira com flores coloridas. E uma torre! Uma torre redonda em um dos lados, com telhado em formato de cone e três janelas altas, dando a impressão de que uma princesa se debruçaria ali a qualquer momento para que seu amado subisse por seus longos cabelos para salvá-la. Parecia o cenário perfeito para um romance épico, tendo como herói um príncipe, ou um exterminador de dragões, ou talvez um duque bonito e sisudo perdidamente apaixonado por ela. Anne ficou curiosa para saber se a torre abrigava um dormitório e se, nesse caso, poderia pedir que fosse seu quarto. Sabia que aquele lugar lhe daria inspiração e asas à imaginação, para sonhar acordada e criar histórias.

Marilla Cuthbert (ela fora informada) era uma mulher solteira de 50 e poucos anos que morava com o irmão e havia (gentilmente, como a senhora Spencer fizera questão de ressaltar várias vezes durante a viagem) decidido adotar uma criança. A senhora Spencer não entendia muito bem o motivo dessa decisão, levando em conta a idade da senhorita Cuthbert e por que ela pedira, especificamente, uma criança já crescida, o que não era algo muito comum; em geral, as pessoas queriam adotar bebês, porque eram mais fofos, sem falar que as crianças mais velhas vinham com manias e opiniões próprias.

ANNE DE MANHATTAN

Mas a verdade era que assim fora, e Anne deveria sentir-se grata e se comportar, e não fazer nada para que a senhorita Cuthbert viesse a se arrepender de adotar uma órfã em cuja mala havia mais livros que roupas e com histórico de ser tagarela. Anne não tinha certeza de como fazer isso, já que sua única experiência, até então, era de ter morado, por pouco tempo, em cada casa, alternando com o orfanato. Olhando a expressão severa da mulher mais velha, com um brilho de crítica nos olhos ao estudar Anne e depois balançando a cabeça como se ela já tivesse feito algo errado, a chance de ela voltar para o orfanato em um mês multiplicou-se por mil.

– Pedi um menino – disse a senhorita Cuthbert em tom ríspido, virando-se para a senhora Spencer. – Fui bastante específica nesse ponto. Houve alguma confusão.

Anne fechou os olhos. Bem que parecia bom demais para ser verdade.

– Estou com a documentação aqui, senhorita Cuthbert. Diz claramente que é uma menina.

– A documentação está errada. Não tenho interesse em lidar com os humores e dramas de uma pré-adolescente.

– Ah, não sou dramática nem mal-humorada, nem um pouco! – exclamou Anne, enfrentando o olhar da mulher e esperando que ela mudasse de ideia. Claro que mentia descaradamente, mas valia a pena a tentativa. – A senhora nem vai perceber minha presença.

A senhorita Cuthbert apertou os lábios, batendo na perna com os papéis que a assistente social lhe entregara.

– Não sei o que vou fazer com uma menina.

A voz dela soou relutante, porém não tão firme como antes. Anne sentiu o fio de esperança se renovar e mordeu o lábio para conter a ansiedade.

– Posso ajudar nas tarefas. Alimentar as galinhas, ordenhar as vacas, limpar os banheiros... Tenho muita experiência em limpar banheiros, esfregar o chão e lavar roupa.

– Não temos galinhas nem vacas.

Bem, que droga... Lá se ia o sonho por água abaixo. Mas ainda havia uma possibilidade de conhecer o quarto da princesa.

– E aqui cada um cuida das suas responsabilidades – continuou Marilla. – As tarefas são adicionais. Mas, independentemente disso, pedi um menino.

A senhora Spencer se moveu ao lado de Anne, parecendo desconfortável.

– Compreendo o dilema, mas há um processo a ser seguido e papelada a ser preenchida no caso de desistência ou de o solicitante recusar a criança encaminhada. Posso providenciar tudo para amanhã, mas seria possível ela ficar aqui nesta noite? Porque não tenho para onde levá-la; não posso levá-la de volta para o orfanato sem a documentação em ordem.

Anne concentrou-se em controlar a respiração, o olhar fixo no modo como a espessa fileira de árvores na extremidade do campo balançava e, mais além, o brilho do sol sobre o que devia ser a baía. Mas não conseguiu evitar que as lágrimas se derramassem dos olhos e escorressem pelo rosto quando a dor da rejeição, mais uma vez, confrangeu seu coração.

– Ah, pelo amor de... Ela está chorando? – A senhorita Cuthbert suspirou, frustrada. – Tudo bem, ela pode ficar nesta noite. Não sou um monstro para dar as costas a uma criança e deixá-la ao relento. Mas não posso prometer nada além disso.

Anne se virou, com os olhos arregalados e enxugando as lágrimas.

– Ah, então posso dormir na torre, senhorita Cuthbert? Aquilo lá é um quarto? Posso deixar a janela aberta para sentir o perfume das flores e a brisa noturna? Por favor?

A senhorita Cuthbert pareceu ficar surpresa com a rapidez da sequência de perguntas, mas logo se recompôs.

– É um quarto, sim. Não um que pretendia que fosse ocupado, mas não fará mal nenhum você dormir lá por uma noite. E prefiro que me chame de Marilla, já que vai ficar.

Uma noite em um quarto de princesa, depois de volta para o orfanato, onde havia um cheiro perene de urina misturado ao de desinfetante. Mas

ANNE DE MANHATTAN

ela poderia tirar o máximo proveito de uma tarde e uma noite naquele lugar, se conseguisse convencer a senhorita Cuthbert... Marilla... a deixá-la andar pelos campos próximos e, quem sabe, até o bosque. Se tivesse sorte, haveria uma trilha em algum lugar ali perto que levava à baía. Anne tinha quase certeza disso, porque tinha a impressão de ouvir, ao longe, o som das ondas rebentando na praia. Nunca morara perto do mar, e seria bom dormir ao som das ondas, mesmo que apenas por uma noite. Ela teria para sempre a lembrança de ter passado uma noite em uma torre mágica, e isso era algo precioso.

Decidida a aproveitar ao máximo o pouco tempo que lhe restava, Anne tirou sua mala do carro e subiu os degraus para a varanda. A senhora Spencer se despediu, visivelmente aliviada, prometendo voltar no dia seguinte, depois entrou no carro e partiu.

– Não sei o que faremos até amanhã de manhã, mas podemos começar com o jantar e depois pensar em algo – disse Marilla após longo momento, quebrando o silêncio. – Imagino que não saiba fazer purê de batata.

– Sei, sim, senhora! – Aquilo era algo que Anne realmente sabia fazer. Cozinhar era uma tarefa que era obrigada a fazer com frequência na casa da senhora Hammond, para a qual acabara descobrindo que tinha facilidade e habilidade. Anne pegou sua mala, animada com a perspectiva de um bom jantar e um quarto de princesa.

– Faço o melhor purê de batata do estado de Nova York. Você nunca mais vai olhar do mesmo jeito para um purê depois de experimentar o meu.

– Muito bem, então – disse Marilla, a sombra de um sorriso curvando os lábios. – Vamos lá e mostre-me sua mágica.

Naquela noite, depois de um jantar um pouco embaraçoso por causa das tentativas forçadas de Marilla de puxar assunto e do silêncio tímido de Matthew, Anne carregou sua mala para cima, para o quarto da princesa. Seus olhos se arregalaram quando entrou no cômodo, enquanto admirava, boquiaberta, a perfeição do quarto redondo da torre. O piso antigo de madeira polida brilhava sob os raios de sol que inundavam o aposento através das três janelas altas convexas. Os galhos de um enorme carvalho tocavam a vidraça, a brisa de verão agitando as folhas como dando boas-vindas. O cômodo em si era parcamente mobiliado, com apenas uma cômoda, uma cama de solteiro coberta com uma colcha azul e uma mesinha de cabeceira. Largando a mochila perto da porta, Anne correu para o assento que contornava a parede das janelas, apoiando ali os joelhos e inclinando-se para a frente, até praticamente pressionar o nariz na vidraça. Aquela vista era tudo o que ela poderia ter sonhado e um pouco mais.

– Se você fosse minha – sussurrou em um sopro, levando a mão ao vidro onde, do outro lado, as folhas da árvore farfalhavam –, eu lhe daria o nome de Gloriana, como a bela rainha.

– O que é isso? – perguntou Marilla com voz impaciente.

Anne baixou a mão e virou-se com largo sorriso no rosto.

– Ah, só estava vendo que dá para avistar o cais do porto daqui. Não muito, só um pouco. É como uma pintura, com os campos, as árvores e o mar azul-escuro. Não sei como você consegue fazer outras coisas. Eu ficaria aqui o dia inteiro, sonhando acordada com sereias e dríades.

Arqueando as sobrancelhas, a mulher mais velha pegou a mala de Anne do chão e colocou-a em cima da cama. Foi até a janela e espiou com a testa franzida, como se não visse nada extraordinário. Talvez ela também não visse, pensou Anne, se tivesse morado ali a vida toda, como pareciam dizer as pessoas vestidas em roupas antigas nas fotos amareladas e emolduradas ao longo da escadaria, que Anne presumiu serem da família Cuthbert, já falecidas. Ela contara a Matthew e a Marilla, no jantar, que aquela era a terceira casa para onde ia num período de três anos, e que estava realmente desolada por ter que ir embora no dia seguinte. Não que quisesse que eles se sentissem culpados, nem estava tentando persuadi-los a deixá-la ficar, nada disso. Bem, não muito. Contudo, a cada hora que passava naquela casa, ela se encantava um pouco mais.

Seria muito doloroso ter que ir embora. No romance que ela escondera no fundo da mala, a garota da aldeia fora mandada embora do castelo do duque quando ele descobrira que ela era uma menina, e não um garoto que cuidava dos cavalos, e Anne conseguia compreender muito bem o profundo desespero que a menina devia ter sentido.

Mas isso seria no dia seguinte. Naquela noite, queria explorar o máximo possível.

– Posso ir um pouco lá fora?

Ela queria sentir o cheiro dos cachos carregados de uvas pendurados das estruturas de madeira, enfileirados até quase a entrada do bosque, ver se era tão bom como parecia. Será que as uvas tinham cheiro? Ela não se lembrava. Maçãs tinham, e pêssegos, então talvez as uvas também tivessem.

– Não, logo vai escurecer, e você não conhece a propriedade. – Marilla olhou para o relógio. – A última coisa de que Matthew e eu precisamos neste momento é ter que ficar andando pela vinícola procurando uma menina perdida.

– Ah. – Anne recostou-se na janela, desapontada por seu plano de descobrir todos os locais secretos do lugar não se realizar.

Marilla apertou os lábios, depois deu de ombros.

– Se der tempo, amanhã de manhã, antes de a senhora Spencer chegar, você pode ir.

– Obrigada, um milhão de vezes obrigada! Gostaria de conhecer a vinícola, se puder… E o bosque, mas prometo não entrar nele, e também o quintal grande lá atrás. Acho que vi pés de mirtilo. Alguma frutinha miúda, não sei, não conheço direito, mas acho que consigo reconhecer se olhar de perto. Adoro mirtilos! E framboesas! E cerejas! Uvas também são sempre deliciosas, claro! – ela apressou-se a acrescentar, não querendo ser indelicada. – Você come as uvas que planta aqui?

– Tudo bem, menina, calma. – Marilla atravessou o cômodo e parou na porta. – Você tem uma energia fabulosa. Fico cansada só de ouvi-la falar.

– Você não é a primeira mãe adotiva que me diz isso – observou Anne com naturalidade, já planejando seu roteiro para a manhã seguinte.

Os cantos dos lábios da mulher mais velha se curvaram em uma expressão divertida, o que a fez parecer muito mais acessível aos olhos de Anne.

– Respondendo à sua pergunta, sim, são mirtilos nos arbustos dos fundos. Apesar de que a estação já está no fim, então deve ter bem poucos sobrando. E, não, não comemos nossas uvas. Poderíamos comer, mas não comemos.

Depois que Marilla saiu, Anne vestiu a calça velha de moletom e a camiseta que usava para dormir e deitou-se. Deixou as cortinas abertas, por dois motivos: primeiro, porque a claridade do fim do dia era fascinante; segundo, porque o sol nasceria diretamente naquela direção de manhã, e ela gostava de acordar com o sol nascendo. Ela não tinha celular (quem pagaria por um? Evidentemente, não o governo), mas havia um despertador antigo na mesinha de cabeceira que parecia estar ali desde 1975. Só para o caso de o dia amanhecer nublado e o sol não bater na janela, ela ajustou o alarme para tocar às seis e meia. Esperava que funcionasse. Dessa forma, poderia se levantar bem cedo e ter bastante tempo para uma aventura antes de voltar à vida monótona onde nada interessante acontecia, a menos que ela considerasse as inspeções surpresa dos quartos.

E essas não eram o tipo de coisa excitante.

Na manhã seguinte, o sol não decepcionou e bateu suavemente nos olhos de Anne cinco minutos antes de o despertador tocar. Ela saiu da cama, vestiu um *short* e uma camiseta, ignorando a mala aberta e deixando-a para mais tarde, e desceu a escada correndo. Tentou não fazer barulho, para o caso de os Cuthberts ainda estarem dormindo, mas não precisaria ter se preocupado. Os irmãos já estavam na cozinha tomando café e comendo ovos com torradas. O estômago de Anne roncou, porque ela era "um poço sem fundo", característica que haviam lhe dito ser impressionante para uma menina magricela igual a ela.

Marilla levantou-se quando ela parou na soleira da porta e foi até o fogão colocar ovos em um prato. Colocou também duas fatias de pão de forma na torradeira.

– O que prefere, manteiga ou geleia?

– Ah, na verdade eu ia lá para fora... – disse Anne, olhando sobre o ombro, dividida entre iniciar sua aventura e forrar o estômago. O aroma gostoso de torrada impregnou o ar, e ela vacilou só mais um instante antes de finalmente entrar na cozinha e se sentar à mesa, de frente para Matthew. – Mas acho que é melhor comer primeiro. Geleia, por favor.

– Não quero forçá-la.

– Tudo bem, é bom se alimentar de manhã!

– Tem toda razão – disse Marilla, bem-humorada, colocando o prato com ovos e torradas na frente de Anne.

Em seguida, colocou também um copo grande com leite e um pote do que parecia ser geleia caseira de morango. Anne sentiu água na boca diante da visão e do aroma daquilo tudo, como se não tivesse se saciado na véspera com bistecas de porco e purê de batata. Após agradecer a Marilla, ela ficou em silêncio, saboreando o café da manhã, enquanto os dois adultos retomavam sua conversa. Pegou uma garfada de ovos mexidos, tentando não mastigar com a boca aberta, conforme prestava atenção ao que os dois conversavam.

– ... Então, eu falei...

Marilla calou-se de repente e olhou para Anne, que, no mesmo instante, desviou o olhar para o prato com ar inocente. A mulher mais velha baixou a voz ainda mais; Anne nunca se sentira grata por ter orelhas grandes, mas naquele dia, sim.

– ... Eu disse a ela que o engano foi deles e que eles tinham que resolver. Aí ela disse que o sistema está superlotado e que, no momento, não há uma família disponível e perguntou se poderíamos ficar com ela mais algumas semanas. Imagine...

Então havia uma esperança, afinal! Talvez.

– Eu lhe disse minha opinião ontem à noite, depois que a assistente social telefonou. – Matthew não ergueu os olhos do jornal, segurando a xícara de café.

– Sim, obrigada pelo apoio – respondeu Marilla, o tom de voz voltando ao normal enquanto gesticulava com as mãos para cima, exasperada. – Ótimo. Vou ligar para ela e dizer que Anne pode ficar mais algumas semanas.

O coração de Anne estava quase pulando do peito de tanta alegria, mas conseguiu aparentar calma quando Marilla se virou para ela e perguntou:

– Tudo bem para você?

– Sim, senhora. Marilla. E Matthew também, claro. Sim, adoraria ficar, obrigada!

A torrada desmanchou-se entre seus dedos, espalhando migalhas no prato. Ela teria mais algumas semanas de verão para explorar Green Gables! O que fazer primeiro? Uma longa lista de opções se desenrolava em sua mente, mas após alguns segundos ela respirou fundo e forçou-se a ir com calma. Tinha duas semanas para fazer tudo, não precisava ter pressa.

– Desse modo, está acertado. – Marilla tirou um celular do bolso traseiro da calça e saiu da cozinha, digitando um número.

Anne continuou em silêncio por mais um momento, olhando a torrada sem enxergar. Então, um farfalhar do outro lado da mesa a lembrou de que Matthew ainda estava ali. Ela sorriu quando ele espiou por cima do jornal. O homem mal falara desde que ela chegara, no dia anterior, mas tinha olhos bondosos e voz calma, e Anne apreciava ambas as coisas.

– Bem, o que você faz?

Matthew abaixou o jornal devagar.

– Como assim, o que faço?

– O que você faz o dia todo? Faz vinho? As pessoas ainda pisoteiam as uvas, como naquele episódio de I Love Lucy que passou há muito tempo? Adoro esse seriado; às vezes, assisto às reprises, quando estou em uma casa com TV a cabo.

– Não faço vinho o tempo todo. Faço de vez em quando – disse ele, dobrando o jornal e colocando-o sobre a mesa. – Mas, às vezes, examino as videiras e converso com meu gerente de campo, ou visito nosso fabricante de tonéis. Alguns dias apenas fico no escritório da sala de degustação, colocando a papelada em ordem e fazendo a contabilidade. Às vezes, viajo até outras vinícolas para fazer negócios ou aprender novos métodos de produzir vinho.

– Essa parte de escritório não me parece empolgante, mas o restante é bem legal! – Anne esqueceu seu plano de encontrar o caminho até a praia e apoiou o queixo na palma da mão. – E hoje, o que vai fazer?

– Agora de manhã, vou até a plantação verificar se há alguma coisa estragada ou insetos comendo as frutas.

– Posso ir?

– E vistoriar as videiras comigo? – Matthew parecia surpreso.

– Claro. – Anne levantou-se, pegou o prato vazio e a xícara de Matthew e os levou para a pia. – Você pode me ensinar sobre o cultivo das uvas. Não sei nada sobre elas, além de que são uma delícia. Gosto de aprender um pouco sobre cada coisa. Torna tudo tão mais interessante, não acha?

Matthew levantou-se e seguiu Anne para fora da cozinha, colocando o boné.

– Nunca pensei por esse ângulo, mas creio que sim.

Ela sorriu e desceu saltitando os degraus da varanda, perguntando-se quanto tempo deveria esperar para pedir a Matthew que lhe mostrasse como chegar à praia. Talvez houvesse conchas na areia, conchas bonitas que ela pudesse lavar e guardar na mala para levar consigo. Assim, poderia, de vez em quando, olhar para elas e se lembrar de que, pelo menos por um tempo, morara em um quarto de princesa à beira-mar.

Capítulo 33

No presente

Anne recebeu a ligação do Priorly alguns dias depois.

Antes de sair de Manhattan, ela escrevera um longo *e-mail* para a reitora de lá, detalhando sua experiência com o doutor Lintford, contando que o denunciara por assédio sexual e sobre a subsequente investigação da administração do Redmond. Ela não podia deixar de desconfiar de que o professor influenciara a decisão deles de eliminá-la tão abruptamente da lista de candidatos. Algumas pessoas poderiam considerá-la presunçosa, mas Anne sentiu que sua atitude se justificava quando a reitora ligou pessoalmente para ela, para falar sobre a dissertação e sobre a vaga de professora associada.

– Achei que a vaga já houvesse sido ocupada – disse ela.

No entanto, em seguida, descobriu que a vaga estava sendo oferecida outra vez, uma vez que Gil desistira no dia anterior.

– A confusão em torno da vaga finalmente foi esclarecida – explicou a reitora. – Não podemos informar muita coisa, mas o senhor Blythe pediu, em específico, que a senhorita fosse avisada de que a vaga continua disponível. Espero que sua experiência não a tenha deixado com má impressão do Priorly, porque, de fato, acredito que a senhorita será uma excelente adição ao nosso corpo docente.

Anne aceitou no mesmo instante. Era o que sempre sonhara e se empenhara em alcançar, e finalmente estava ali, sendo-lhe oferecido. Combinou uma reunião com a reitora para a semana seguinte e outra com o departamento de Recursos Humanos para formalizar a admissão.

Ainda não estava no papel, mas era oficial... Anne era professora universitária.

Após desligar o telefone, ela correu para contar a novidade à família, e eles comemoraram com rolinhos de lagosta e salada de repolho em um quiosque local de frutos do mar. Depois, Anne enviou mensagens a Diana e Jane, então pegou um livro e foi para a praia. Subiu na pedra em que gostava de se sentar para ler, mas não conseguiu se concentrar.

Estava em casa com a família, conseguira o emprego dos sonhos... mas sua alegria não estava completa. Porque não podia dividir com Gil.

Colocando o livro de lado, ela dobrou as pernas e apoiou o queixo nos joelhos, contemplando a baía. O vento despenteava seu cabelo, e ela se lembrou do toque das mãos dele em suas tranças; da expressão do olhar dele quando se deitavam juntos na cama, falando sobre tudo e qualquer coisa, enquanto ele alisava suas madeixas com os dedos, afastando os fios da testa repetidamente. Anne sentia uma falta dolorosa de tudo isso, com uma sensação que parecia rasgá-la ao meio, e de repente soube que não podia deixar que tudo acabasse sem lutar. Talvez fosse tarde demais; talvez Gil não a quisesse mais; ou talvez o momento fosse péssimo. Mas ela precisava, ao menos, tentar.

Pegou o livro e voltou para casa, para perguntar a Matthew se poderia pegar o carro emprestado.

Capítulo 34

O dia estava lindo. A claridade que se infiltrava entre os galhos das árvores era tão brilhante que quase feria os olhos de Gil, mas a sombra nos fundos do quintal era tão fresca que ele não sentia necessidade de ficar no ar-condicionado. O que era bom, porque fazia apenas alguns dias que voltara para casa e já estava com vontade de se embrenhar na floresta e não voltar mais.

Poderia viver de frutos silvestres, de ostras na praia e nunca mais ouvir alguém lhe perguntar quatro vezes seguidas se precisava descansar.

A mãe era ótima, sempre pronta a ajudar, mas o sufocava. Era como se algo tivesse mudado naquele ano e, agora que o pai estava curado do câncer, ela não soubesse direito o que fazer da vida.

Se fosse bem sincero consigo mesmo, no entanto, o que mais aborrecia Gil era a falta de autonomia. A casa dos pais não tinha acessibilidade, e ele não conseguia circular sozinho, por mais de alguns poucos minutos, sem perder o fôlego. Aparentemente, um rasgo minúsculo no pulmão fora suficiente para deixá-lo acamado por meses.

Sem falar no pino de aço na perna.

Mas ele evitava comentar, porque a mãe poderia perguntar se ele queria descansar, e ele poderia admitir que sim, que um cochilo faria bem; porém, naquele momento, por pura rebeldia, era anticochilo. Já fora difícil não empurrar a mão dela quando ela tentara passar protetor solar nele, pegando gentilmente a bisnaga da mão dela e prometendo que não se esqueceria de passá-lo. E não se esqueceria mesmo, porque a última coisa de que precisava era de queimadura de sol.

Era possível que estivesse um pouco irritadiço e que, de fato, precisasse de uma soneca. Droga.

Inclinando a cabeça para trás, Gil fechou os olhos.

O que Anne estaria fazendo naquele momento? Ele sabia que ela estava em Avonlea, a menos de dez quilômetros de distância. Mas não fazia diferença; poderia haver um oceano inteiro entre eles, de tão longe que estavam um do outro. Diana enviara uma mensagem na véspera contando que finalmente conseguira entrar em contato com Anne para contar sobre o acidente. Gil tentara se desligar, mas não conseguia deixar de olhar o celular de hora em hora para ver se havia alguma palavra dela. Cada vez que olhava, havia mensagens de todo mundo que ele conhecia, menos de Anne; ele prometeu a si mesmo que pararia de olhar, mas continuava olhando e amaldiçoando-se a cada vez.

– Espero que tenha passado protetor solar, senão correrá o risco de ficar assado, estirado no sol desse jeito.

Piscando contra a claridade, Gil olhou na direção da voz familiar, justamente a voz na qual estava pensando, e por um segundo imaginou se os analgésicos estariam lhe causando alucinações, porque estava vendo Anne parada logo ali, no quintal. Ela estava tão bonitinha, com um *short* desfiado e uma camiseta antiga do uniforme do colégio, a pele normalmente clara com um tom mais dourado que na última vez que a vira.

– Gil? – Ela se aproximou com expressão preocupada quando ele não respondeu.

– Ali. – Ele, por fim, apontou para a bisnaga sobre uma mesinha de jardim, ainda assimilando a inesperada presença de Anne no instante em que pensava nela.

Anne deu um passo à frente, pegou o protetor e virou-se para ele.

– Quer que passe em você?

Gil arqueou as sobrancelhas. Com toda aquela situação mal resolvida entre eles, Anne se oferecia para passar protetor solar nele? Quando Gil não respondeu, a expressão dela ficou sombria, e ela colocou a bisnaga de volta na mesinha.

– Acho que não foi uma boa ideia – murmurou.

Para horror de Gil, os lábios dela começaram a tremer, e seus olhos se encheram de lágrimas.

– Espere! – Gil exclamou, sentindo uma onda de pânico quando ela se virou de costas, enxugando os olhos com o pulso. – Pode passar, sim. Passe o protetor em mim... se for algo que realmente queira fazer. Obrigado – acrescentou, começando a se sentir um pouco tolo, mas aflito, para que ela parasse de chorar.

Brigar era algo com que ele conseguia lidar; contudo, aqueles lindos olhos cinzentos marejados de lágrimas o deixavam arrasado. E era ainda pior saber que a culpa era dele.

Com um suspiro, ela pegou novamente o protetor e foi para perto dele. Nenhum dos dois disse nada enquanto ela colocava uma porção de loção na mão e entregava a bisnaga para ele segurar. Após esfregar as palmas das mãos, Anne colocou-se de pé entre as pernas de Gil e passou cuidado-samente a loção em seu rosto. Ainda havia sinais de choro nos olhos dela, mas nenhum dos dois disse nada.

Com a ponta dos dedos, espalhou o creme por todo o rosto de Gil, nas faces, na testa, no maxilar.

Teria sido mais conveniente culpar o pulmão perfurado pela dificuldade de respirar, mas seria enganar a si mesmo. Gil ficou imóvel, no esforço para não segurar Anne pelos quadris, fazê-la sentar-se em seu colo e beijá-la. Quando ela passou a loção em seu pescoço, ele não conseguiu evitar prender a mão dela com o queixo por um instante.

– Gil?

Foi somente quando Anne falou, com voz cautelosa, e ainda tão perto dele, que Gil se deu conta de que fechara os olhos sem perceber. Ficou um pouquinho constrangido, mas, por outro lado, sentia um conforto e um relaxamento que não experimentava desde o acidente.

– Obrigado – murmurou, quando ela recuou e tampou a bisnaga.

Com um aceno de cabeça casual, como se não tivesse acabado de seduzi-lo passando protetor em seu rosto, Anne puxou uma cadeira e se sentou. Sorriu rapidamente para ele e, em seguida, voltou a ficar séria, com expressão de dúvida.

– Senti-me péssima por não estar com você depois do acidente; por, em vez disso, estar brava por achar que você me dera o cano, e, afinal, não era nada disso. Teria sabido se tivesse falado antes com Diana ou Fred.

– Tudo bem.

– Não, não está tudo bem – ela discordou, cruzando os dedos sobre o colo. – Vim para cá pensando no que iria dizer. Porque é muita coisa que preciso dizer, e tenho que acertar isso. E meu medo é que seja tarde demais para fazer alguma diferença.

Na mente, ele viu aquela expressão desolada no rosto de Anne quando ela achara que ele a estava rejeitando, minutos antes, e sabia que precisava ser, de fato, sincero. Se queria aquela mulher, tinha que mergulhar de cabeça. Talvez ela o amasse, ou talvez não fosse bem esse o sentimento. Mas, naquele momento, o que ela sentia não mudaria o que ele tinha que fazer, e a consciência disso era libertadora.

– Anne, quero você desde muito antes de saber o que era querer alguém – disse, inclinando-se para a frente, para buscar o olhar dela. – Mesmo quando as únicas vezes que você olhava para mim era quando brigávamos, e tudo o que eu conseguia enxergar era você. Por isso, se me perguntar se é tarde demais, acredite que não é.

Ela exalou o ar ruidosamente.

– Achei que poderia me pedir para ir embora.

A questão era: fazia tanto tempo que ele gostava de Anne que acreditava conhecer todas as expressões dela. Sabia quando estava surpresa, ou zangada, ou quando ganhava na chamada oral de soletração; não restava dúvida, para ele, quando ela estava cansada, insegura ou nervosa; conhecia a expressão dela quando se sentia apaixonada, quando falava da melhor amiga ou da família.

Mas aquele meio-sorriso, incrivelmente doce e um pouquinho trêmulo, ele nunca vira, e estava fascinado. Queria contemplá-lo por horas.

Se ela fosse embora, se ele a deixasse ir de novo, teria que ir atrás dela, com perna quebrada ou não. Quantas outras segundas chances o universo lhe daria? Não valia a pena tentar descobrir.

– Quero que você fique.

Capítulo 35

Anne sabia que Gil estava esperando que ela dissesse as coisas que fora até lá dizer. No entanto, seria mais fácil formular as palavras se seu coração não estivesse alojado na garganta.

– Acho... – Ela desviou o olhar. – Acho que ficou tudo emaranhado na minha cabeça porque as coisas nunca foram fáceis entre nós, não é mesmo? Durante anos, tudo o que fizemos foi brigar. Às vezes, era muito ruim, mas, às vezes, nem tanto. Isto é, não que fosse bom; porém, muitas vezes, não incomodava. Porque você era engraçado, às vezes era legal... e eu acabava gostando de você mesmo sem querer.

Gil deu um sorriso lento e caloroso.

– Perdoe-me por ter feito piada com o seu cabelo.

– Você já tentou pedir desculpas por isso antes, e vou aceitar desta vez. – O alívio que Anne sentia ao perceber o afeto que Gil demonstrava tão abertamente, mesmo depois de tudo que acontecera, era tão imenso que fazia sua cabeça rodar. – Peço desculpas por ter presumido que você era o tipo de cara que usaria sexo para derrotar a arqui-inimiga...

– Arqui-inimiga?!

A expressão de triunfo de Gil tornou mais difícil para Anne se controlar e não mostrar a língua para ele. Por Deus, ele às vezes realmente conseguia despertar a menina de 12 anos dentro dela.

– ... e arruinaria um beijo perfeito ao luar na praia – ela concluiu.

– Legal – disse Gil. – Faz seis anos que volta e meia penso naquele beijo. Foi demais, não negue.

– Legal? – Anne mordeu o lábio para disfarçar um sorriso, mas sabia que não estava conseguindo. Era tão típico de Gil pegar o que poderia ser uma situação dolorosa e, de alguma forma, cortar todas as arestas para que não se ferissem. – Tudo bem, admito que também me lembro, de vez em quando.

– Sinto muito que tenha achado que eu não me importava, que usei você, porque meu ego se interpôs no meio do caminho. – Gil ficou sério. – E lamento que tenha pensado que não podia me contar qualquer coisa, ou que achasse que não podia contar comigo, ou que eu tentaria levar a melhor. Não sei como provar o contrário.

– Sinto muito por você estar certo. Não me permiti confiar plenamente em você, não porque merecesse, mas unicamente por causa das minhas experiências passadas. Deveria ter tido mais bom senso. Que raiva por quase ter estragado tudo...

– Nós quase estragamos tudo. – Gil fez uma pausa, e, em seguida, aquele brilho malicioso no olhar dele retornou. – Espere... você sente muito porque eu estava certo?

– Não! Ao contrário. Apesar de que... bem, um pouquinho, sim.

– Anne, eu te amo. Você sabe disso, não sabe?

Anne sabia, porque, mesmo se Gil não estivesse confessando naquele momento, seu semblante dizia que ela significava tudo para ele. Isso roubava o fôlego dela. A ideia de ter o amor de Gil era, ao mesmo tempo, emocionante e assustadora. Era como uma entrega de confiança acreditar que ele sempre estaria ali para ampará-la, que faria qualquer coisa para ajudá-la. Sentia que podia contar a ele coisas que não contaria a mais ninguém. Naquele momento, segurar o rosto dele entre as mãos e pressionar os lábios aos dele foi fácil e natural, mais que qualquer outra coisa.

– Eu tinha mania de entregar meu coração quando criança, desesperada para receber amor, a pessoas que não mereciam minha confiança – disse ela, passando os polegares nas faces dele, fascinada com a sensação da pele quente e macia. – Demorei para entender que é muito fácil você se decepcionar e sofrer quando se entrega continuamente. É uma lição que uma criança não deveria ter que aprender, mas pelo menos agora tenho essa consciência.

– Você sempre aprendeu rápido – disse Gil, enlaçando-a pela cintura e puxando-a para si. Virou o rosto e beijou a pele delicada do antebraço dela antes de soltá-la. – É essencial podermos contar um com o outro, dizer tudo o que pensamos. Não somos mais os mesmos do ensino médio. Eu achava que a conhecia, porque passei tanto tempo olhando-a, observando-a e tentando atrair sua atenção. Mas agora vejo que perdi muita coisa. Tudo que quero é uma chance de conhecê-la melhor, Anne.

Ele sorriu, e a covinha sedutora apareceu, fazendo o coração de Anne derreter.

– E, se por acaso eu me comportar de novo como um idiota, você tem permissão para bater na minha cabeça com qualquer coisa que esteja à mão.

– Não pense que não vou aceitar essa sugestão!

Anne pretendia que soasse como brincadeira, mas o tom de voz ofegante arruinou sua intenção, porque Gil segurava, agora, sua mão entre as dele, acariciando seus dedos e sua palma. O toque suave a arrepiava da cabeça aos pés; ela nunca se cansaria do modo como Gil a tocava.

– Então... antes de tudo isso que aconteceu... – começou ele, rompendo o silêncio – ... eu estava pensando em pedir que fosse morar comigo.

O coração de Anne deu um pulo. Ele usara o verbo no tempo passado, mas isso não significava que tivesse mudado de ideia; tudo levava a crer que não. A perspectiva de poder ficar aconchegada a Gil até tarde da noite, conversando, de acordar ao lado dele todos os dias, era tentadora e fazia-a ansiar por isso.

– Sério?

– Sério. – Os cantos dos olhos dele se franziram quando ele ergueu o rosto para fitá-la. Entrelaçou os dedos aos dela, apertando sua mão. – Então, o que me diz? Acha que consegue me aguentar mordiscando canetas e deixando meus sapatos amontoados perto da porta?

– Isso não é amor? – Anne riu, sentindo algo dentro dela se libertar quando o abraçou com força. – Estar sempre por perto, mesmo quando o amado coloca o papel higiênico virado ao contrário?

– Eu jamais faria tal coisa! Que tipo de monstro acha que sou?

Anne recuou apenas o suficiente para olhar o rosto dele.

– Você sabe que também te amo, não é? Te amo tanto que chega a doer, às vezes. Mas é uma dor boa. Do tipo que parece que a gente vai se partir ao meio porque é um amor tão grande que não cabe dentro da gente.

– Se não a conhecesse desde os 12 anos, ficaria alarmado com a intensidade de drama contida nesse sentimento – murmurou Gil, soltando a mão de Anne para segurar o rosto dela entre suas palmas.

Com delicadeza infinita, ele beijou o rosto dela, a testa, o nariz coberto de sardas.

Anne entreabriu os lábios para falar, mas qualquer coisa que dissesse naquele momento se perderia, quando Gil se inclinou e a beijou com ardor. Segurou os braços dele quando se inclinou também, correspondendo ao beijo, tomando cuidado para não apoiar os joelhos no gesso. Gil deslizou as mãos entre os cabelos dela, a respiração acelerando. Anne sentiu as pernas bambas com o desejo de colar o corpo ao dele, mas sabia que isso teria que esperar um pouco mais.

O som de uma tossidela discreta os interrompeu, e eles se afastaram, embora Gil continuasse com o braço ao redor da cintura de Anne. A visão de Fred encostado no batente da porta da cozinha, os pés cruzados, com um pacote de salgadinhos na mão e levando um à boca, fez Anne enrubescer de repente.

– Perdão por interromper – disse ele alegremente, não parecendo arrependido. – Pattie quer saber se Anne vai ficar para o almoço.

– Quando você chegou? Achei que só viria amanhã. – Gil fingiu uma expressão mal-humorada. – Minha mãe sabe que você começou a chamá--la de Pattie?

Fred revirou os olhos.

– É óbvio que não a chamo assim quando ela está por perto.

– Porque você não gosta de viver perigosamente…

– Claro – Fred confirmou, e Anne reprimiu uma risadinha, imaginando a reação da altiva senhora Blythe diante da audácia de alguém lhe dar um apelido que ela considerava indigno. – Então, Anne… vai ficar? Sim ou não?

Erguendo-se, Anne passou as mãos no *short*, depois segurou a maçaneta da cadeira de rodas de Gil com olhar indagador. O calor no semblante dele se dissolveu em um sorriso largo, e ele assentiu. Com um pequeno impulso, ela começou a empurrar a cadeira em direção à casa, sentindo, no coração, uma leveza que fazia semanas não sentia.

– Sim. Vou ficar.

Agradecimentos

Primeiro, obrigada à minha editora, Tessa Woodward, da *HarperCollins*, por divulgar, no Twitter, um romance moderno de Anne de Green Gables e por acreditar em mim e na minha visão. Não posso conceber ter escrito este livro a alguém menos envolvido e que não amasse Avonlea e seus habitantes tanto quanto amo.

Obrigada também à minha outra editora, Elle Keck, por responder aos meus milhões de perguntas e por estar disponível para mim em cada etapa do caminho.

Meu enorme apreço a Jen Udden, a Suzie Townsend e a todos da New Leaf Literary por todo o empenho e encorajamento e por me defenderem em todos os momentos.

Um agradecimento especial a Ali Trotta, Carin Thumm, Reese Ryan, Nicole Tersigni, Alex de Campi, Suleikha Synder, Cat Sebastian e Elsa Sjunneson, pelo melhor apoio que uma garota poderia desejar.

Obrigada a Zoulfa Katouh por me lembrar de como ficam charmosos os rapazes bonitos quando usam boina, e a Melissa Blue, por ser tanto uma amiga como uma leitora de profunda sensibilidade. Quaisquer erros que eu tenha cometido com a personagem Diana neste livro são cem por cento meus; Melissa é uma editora e leitora incrível.

Imensa gratidão à minha melhor amiga, Cortney Wofford, por ouvir minhas lamúrias, por me fazer dar risada e por ser minha companheira na pandemia! Você manteve minha mente sã nos últimos seis meses (seis anos, na verdade).

Devo mais que um agradecimento aos meus pais, pelo apoio ilimitado e por sempre me incentivarem a acreditar em mim e em minha escrita. Passamos tempos turbulentos juntos, e eu não seria a pessoa que sou hoje sem seu amor incondicional.

Por fim, quero agradecer ao meu marido e aos meus filhos. Nate e Brady, obrigada a vocês dois por compreenderem minhas longas horas na frente do computador e minha ansiedade com o prazo de entrega. Amo vocês mais que tudo, e não, não vou comprar nada para vocês para demonstrar meu amor e gratidão. (Tudo bem, talvez um sorvete, quem sabe...)

Shawn, obrigada por sempre apoiar meus sonhos e tentativas e por me proporcionar o tempo e o espaço necessários para realizá-los. Sou uma mulher de sorte por ter conhecido você, tanto tempo atrás. Te amo com todo o meu ser, meu querido.